20 ANS
D'ARCHÉOLOGIE
PRÉVENTIVE

LA FABRIQUE DE LA FRANCE

SOUS LA DIRECTION DE
DOMINIQUE GARCIA

Flammarion Inrap

Stéphane Augry
Inrap ; UMR 6566 « Centre de recherche en archéologie, archéosciences, histoire », CNRS, universités de Rennes, Nantes, Le Mans

Agnès Balmelle
Inrap

Grégory Bayle
Inrap ; UMR 7324 « Cités, territoires, environnement et sociétés », CNRS, université de Tours, et UMR 7194 « Histoire naturelle de l'Homme préhistorique », Muséum national d'histoire naturelle

Miguel Biard
Inrap ; UMR 7041 « Archéologie et sciences de l'Antiquité », équipe « Ethnologie préhistorique », CNRS, universités Paris 1 Panthéon-Sorbonne et Paris Nanterre

Marc Bouiron
Inrap ; UMR 7264 « Cultures et environnements Préhistoire, Antiquité, Moyen Âge », CNRS, université Nice-Côte d'Azur

Muriel Boulen
Inrap ; UMR 7209 « Archéozoologie, archéobotanique : sociétés, pratiques et environnements », CNRS, Muséum national d'histoire naturelle

Jean-Yves Breuil
Inrap ; UMR 5140 « Archéologie des sociétés méditerranéennes », CNRS, université Paul-Valéry Montpellier 3

Laurent Bruxelles
Inrap ; UMR 5608 « Travaux et recherches archéologiques sur les cultures, les espaces et les sociétés », CNRS, université Toulouse 2 Jean-Jaurès ; Geography, Archaeology and Environmental Sciences, université du Witwatersrand, Johannesburg, Afrique du Sud

Simon Bryant
Service régional de l'archéologie, Drac Centre-Val-de-Loire ; UMR 7041 « Archéologie et sciences de l'Antiquité », CNRS, universités Paris 1 Panthéon-Sorbonne et Paris Nanterre

Manon Cabanis
Inrap ; UMR 1095 « Génétique, diversité, écophysiologie des céréales », équipe Paléogénomique et évolution, Inrae, université Clermont-Auvergne

Élodie Cabot
Inrap ; experte près la cour d'appel de Rennes

Vincent Carpentier
Inrap ; UMR 6273 « Centre de recherches archéologiques et historiques anciennes et médiévales », CNRS, université de Caen-Normandie

Isabelle Catteddu
Inrap ; UMR 6566 « Centre de recherche en archéologie, archéosciences, histoire », équipe Sociétés, milieux, climats, CNRS, universités de Rennes, Nantes, Le Mans

Rozenn Colleter
Inrap ; UMR 5288 « Centre d'anthropobiologie et de génomique de Toulouse », CNRS, université Toulouse 3 Paul-Sabatier

Valérie Delattre
Inrap ; UMR 6298 « Archéologie, terre, histoire, sociétés », CNRS, université de Bourgogne

Claude de Mecquenem
Inrap ; Nouvelle Gallia Judaïca ; UMR 8584 « Laboratoires d'études sur les monothéismes », CNRS, EPHE

Pascal Depaepe
Inrap ; UMR 7194 « Histoire naturelle de l'Homme préhistorique », Muséum national d'histoire naturelle

Emmanuelle du Bouëtiez de Kerorguen
Inrap ; UMR 7041 « Archéologies et sciences de l'Antiquité », équipe Archéologie de la Gaule et du monde antique, CNRS, universités Paris 1 Panthéon-Sorbonne et Paris Nanterre

Bastien Dubuis
Inrap ; UMR 6298 « Archéologie, terre, histoire, sociétés », CNRS, université de Bourgogne

Emmanuel Ferber
Inrap ; UMR 5138 « Archéologie et archéométrie », CNRS, universités Lumière Lyon 1 et Lyon 2

Souen Fontaine
Inrap ; UMR 7299 « Histoire et archéologie de la Méditerranée et de l'Afrique du Nord de la Protohistoire à la fin de l'Antiquité », Centre Camille-Jullian, CNRS, université d'Aix-Marseille

Muriel Gandelin
Inrap ; UMR 5608 « Travaux et recherches archéologiques sur les cultures, les espaces et les sociétés », CNRS, université Toulouse 2 Jean-Jaurès

Max Guérout
Groupe de recherche en archéologie navale

Lamys Hachem
Inrap ; UMR 8215 « Trajectoires. De la sédentarité à l'État », CNRS, université de Paris 1 Panthéon-Sorbonne

Alban Horry
Inrap ; UMR 7041 « Archéologies et sciences de l'Antiquité », CNRS, universités Paris 1 Panthéon-Sorbonne et Paris Nanterre

Bertrand Houix
Inrap ; UMR 5140 « Archéologie des sociétés méditerranéennes », CNRS, université Paul-Valéry Montpellier 3

Marie-Pierre Koenig
Inrap ; UMR 7044 « Archéologie et histoire ancienne : Méditerranée-Europe », CNRS, université de Strasbourg

Elven Le Goff
Inrap ; Centre tourangeau d'histoire et d'études des sources ; UMR 6566 « Centre de recherche en archéologie, archéosciences, histoire », CNRS, universités de Rennes, Nantes, Le Mans

Cyril Marcigny
Inrap ; UMR 6566 « Centre de recherche en archéologie, archéosciences, histoire », CNRS, universités de Rennes, Nantes, Le Mans

Émilie Millet
Inrap ; UMR 8546 « Archéologie et philologie d'Orient et d'Occident », CNRS, université PSL

Jean-François Modat
Inrap ; UMR 7041 « Archéologies et sciences de l'Antiquité », équipe Archéologies environnementales CNRS, universités Paris 1 Panthéon-Sorbonne et Paris Nanterre

Fabienne Ravoire
Inrap ; UMR 6273 « Centre de recherches archéologiques et historiques anciennes et médiévales », Centre Michel-de-Bouärd, CNRS, université de Caen

Catherine Richarté
Inrap ; UMR 5648 « Histoire, archéologie, littératures des mondes chrétiens et musulmans médiévaux », CNRS, université Lumière Lyon 2

Catherine Rigeade
Inrap ; UMR 7298 « Laboratoire d'archéologie médiévale et moderne en Méditerranée »; CNRS, université d'Aix-Marseille

Thomas Romon
Inrap ; UMR 5199 « De la préhistoire à l'Actuel : culture, environnement et anthropologie », CNRS, université de Bordeaux

Ingrid Sénépart
Pôle Archéologie, musée d'Histoire de Marseille ; UMR 5608 « Travaux et recherches archéologiques sur les cultures, les espaces et les sociétés », CNRS, université Toulouse 2 Jean-Jaurès

Cécile Travers
Archéoverde

Émilie Trébuchet
Inrap ; UMR 7324 « Cités, territoires, environnement et sociétés », Laboratoire archéologie et territoires, CNRS, université de Tours

Laurent Vidal
Inrap ; UMR 7268 « Anthropologie bio-culturelle, droit, éthique et santé », CNRS, université d'Aix-Marseille

ISBN : 978-2-0802-3470-4

HISTOIRES CONNECTÉES 149

LECTURES DE NOTRE PASSÉ 241

LA TERRE COMME UN LIVRE

Dominique Garcia

Chaque strate archéologique mise au jour est une page d'histoire lue par le spécialiste et dont le récit doit être partagé avec le plus grand nombre. C'est un fait, tout site exploré révèle des archives inédites dont l'analyse et la mise en perspective permettent d'éclairer d'un jour nouveau l'histoire de l'espace qui, aujourd'hui, compose la France, dans l'Hexagone et les outre-mer : vestiges microscopiques et bâtiments en élévation, gisements sous terre et dans les océans, lieux nommés et confins anonymes, villes et campagnes…

Il s'agit là d'un récit sur le temps long, sur près d'un million d'années, des premiers hominidés, dont nous conservons encore quelques gènes, aux vestiges de l'ère industrielle et des derniers conflits mondiaux dont on perçoit toujours les stigmates. Mais elle embrasse aussi la néolithisation, qui porte en germe l'Anthropocène, les témoignages pluriels des communautés de l'âge du Bronze et de la Gaule indépendante, la romanisation sous toutes ses formes, puis le Moyen Âge et l'époque moderne, dont l'étude archéologique pourrait paraître superfétatoire si archives papier et iconographie ne constituaient pas une documentation partielle et parfois partiale.

Ce récit, rigoureux et sans cesse enrichi, ne sert pas forcément le mythe des origines ou celui du roman national ; il est avant tout celui de nos territoires dans tous leurs états. Il ne vise pas tant à donner des racines à certains qu'à offrir à tous des repères, en illustrant

Il y a 19 000 ans, des humains ont dessiné ces chevaux sur la paroi de la grotte Cosquer, située au sein du Parc national des Calanques, près de Marseille. Classées au titre des Monuments historiques, ainsi que l'ensemble de la cavité, ces représentations réalisées au charbon de bois sont menacées par les eaux de la Méditerranée : comme pour tout vestige archéologique, seule leur étude permettra d'en conserver le témoignage et d'en assurer la transmission.

l'appropriation et l'évolution des paysages, la constitution matérielle des identités, les permanences et les innovations techniques, les migrations et les héritages, la construction des espaces politiques, les conflits et la convivance, le local et les formes de mondialisation, les mutations économiques, sociales et culturelles… tout ce qui a concouru à la *Fabrique de la France*, qui en révèle la matérialité, qui en autorise une approche spatiale et qui en éclaire l'idéel.

Les apports de l'archéologie et les sujets auxquels elle s'intéresse sont ceux d'une discipline neuve et dynamique qui, en quelques décennies, est passée de la seule étude de « beaux objets » à la génomique, de l'exploration d'un site historique à celle des abysses, de l'observation de l'éclat d'un silex à celle du territoire, de l'humain à son milieu. L'archéologie et sa participation à la *Fabrique de la France* s'apprécient donc à différentes échelles et selon diverses démarches

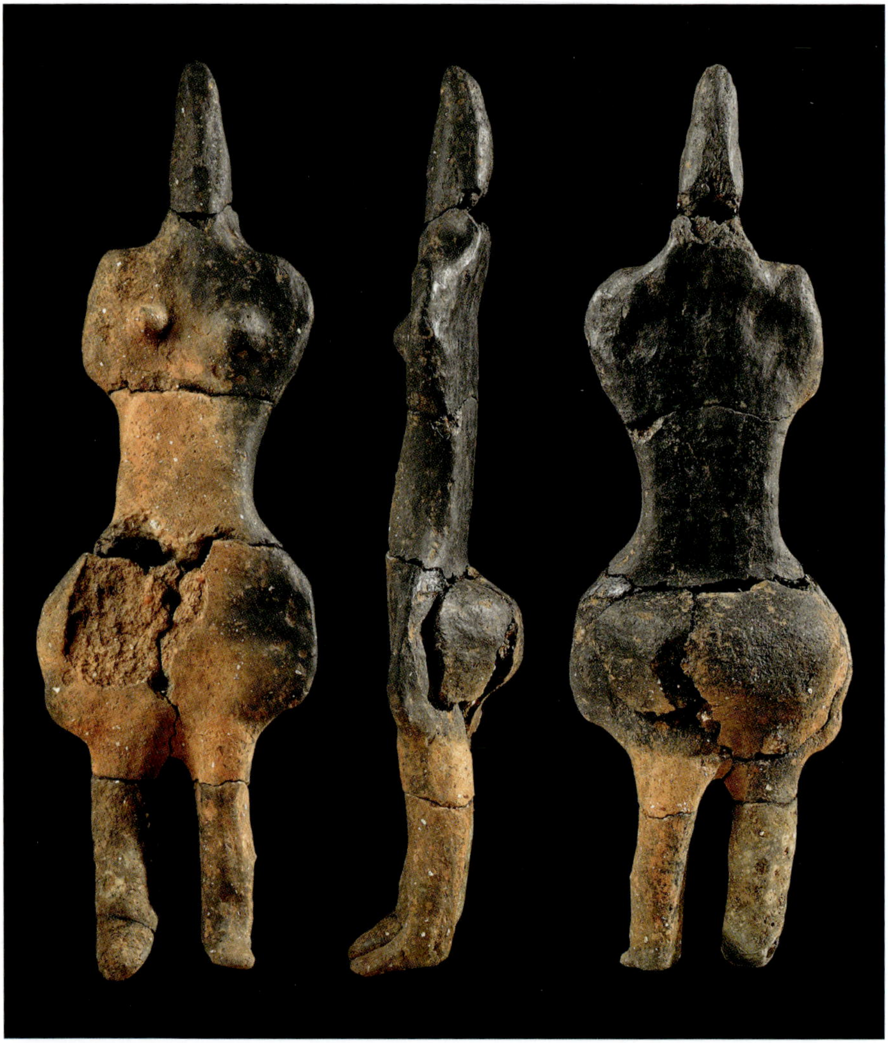

Mise au jour à Villers-Carbonnel, dans la Somme, cette statuette en céramique est haute de 21 centimètres. Datée de 4000 avant notre ère, il s'agit d'une rare représentation humaine du Néolithique (culture chasséenne). Elle fut découverte lors des recherches préalables au projet d'aménagement de l'immense canal Seine-Nord-Europe. La construction de cet ouvrage à grand gabarit a nécessité l'exploration d'une surface de plusieurs dizaines de millions de mètres carrés, révélant une cinquantaine de sites archéologiques.

complémentaires qu'il convient d'évoquer avant de présenter celle qui est privilégiée dans cet ouvrage, à savoir l'archéologie préventive.

Un patrimoine éternel ?

Les découvertes révélées par la binoculaire, la truelle, la pelle mécanique ou le drone des archéologues sont encore trop souvent qualifiées de mystérieuses, de spectaculaires ou d'inattendues tant, au sein de nos sociétés contemporaines et face à un avenir incertain, l'individu aspire à une part de rêve, à une exploration en terre inconnue ou en introspection collective dans le cadre sécurisé des siècles révolus. Nous sommes là dans une archéologie qui s'apparente à une « science du rêve » où les connaissances comptent moins que l'émotion, et où le hasard se substitue à l'apprentissage et à la méthode. Ce sentiment est peut-être entretenu par des découvertes exceptionnelles, parfois dues au hasard et souvent à des non-archéologues, comme celles des grottes ornées préhistoriques de Lascaux en 1940 par des enfants et leur chien, de Cosquer en 1985 par un plongeur ou de Chauvet-Pont d'Arc par des spéléologues amateurs en 1994.

Atemporels et connus de tous, des vestiges archéologiques font partie de notre environnement. Monument isolé (dolmen, inscription lapidaire, borne milliaire, sculpture...), ruine d'un bâtiment public ou privé (aqueduc, château...) ou édifice encore en usage (comme un grand nombre d'églises ou quelques édifices de spectacle antiques), ils constituent un patrimoine collectif dont la matérialité, souvent imposante, rassure et témoigne. Repères collectifs et biens communs, ils viennent illustrer notre histoire, mais leur genèse est souvent méconnue ou auréolée d'une légende. Le plus souvent, ces sites sont administrativement protégés et placés sous le regard bienveillant de tous. Néanmoins, la survenue d'un drame, comme celui de l'incendie de Notre-Dame de Paris le 15 avril 2019, au-delà du traumatisme collectif, peut révéler une paradoxale méconnaissance de ce type de site – historique et patrimonial, donc archéologique – et produire une irrémédiable perte de savoirs.

Aujourd'hui, les archéologues sont au chevet de la cathédrale parisienne comme ils le sont également auprès du théâtre d'Orange ou de celui de Vienne, des arènes nîmoises ou de celles de Saintes, des remparts du Mans ou de Rennes, du Mont-Saint-Michel et de plusieurs centaines d'autres monuments historiques ou vestiges encore en élévation qui nous entourent. Même s'ils ne paraissent pas menacés par un danger immédiat, retenons qu'aucun site n'est éternel, puisqu'il porte en lui sa propre histoire – qui a un

Le phénomène princier celtique est révélateur des relations qu'entretiennent les sociétés méditerranéennes et les communautés celtiques d'Europe centre-occidentale. Exhumée en 2014, la tombe du prince de Lavau, dans l'Aube, a livré un ensemble unique d'objets de prestige datés du Ve siècle avant notre ère, dont ce torque en or massif. Au plus près du lieu de fouille, le musée Saint-Loup, à Troyes, va prochainement présenter cette découverte d'intérêt international.

Les auteurs antiques rapportent que les Gaulois sonnaient dans des carnyx (trompes de guerre) lors des combats pour galvaniser leurs troupes et effrayer leurs ennemis. Cet exemplaire en bronze du IIIe siècle avant notre ère, mis au jour à Tintignac, en Corrèze, fait partie d'un ensemble d'objets métalliques qui illustrent un patrimoine unique de nos régions et documentent les pratiques militaires, culturelles et religieuses des Celtes.

début et qui aura une fin –, et que l'étude et la transmission de ce savoir demeurent la meilleure conservation qui soit.

Domaines de recherche

L'archéologie dite « programmée », dont le cadre réglementaire a été régulièrement précisé durant la seconde moitié du XXe siècle, est une démarche scientifique engagée à seules fins de connaissances. Elle repose sur un projet élaboré et présenté par un chercheur ou un groupement de chercheurs. Elle est motivée par une problématique et recourt à des méthodes soumises à l'avis des directions régionales des affaires culturelles et de commissions d'experts. Ce cadre de recherche, conduit le plus souvent par des chercheurs du CNRS, de l'Université, du ministère de la Culture,

La ville d'Uzès, dans le Gard, est célèbre pour son patrimoine médiéval et baroque. En 2017, grâce à l'archéologie préventive, c'est son passé romain qui a ressurgi – en particulier, les remarquables pavements mosaïqués d'une maison de l'antique agglomération d'Ucetia. Ainsi, un aménagement urbain contemporain a permis à cette cité, labellisée Ville d'art et d'histoire, de s'enrichir de vestiges antiques et de mieux connaître l'historique de sa trame urbaine.

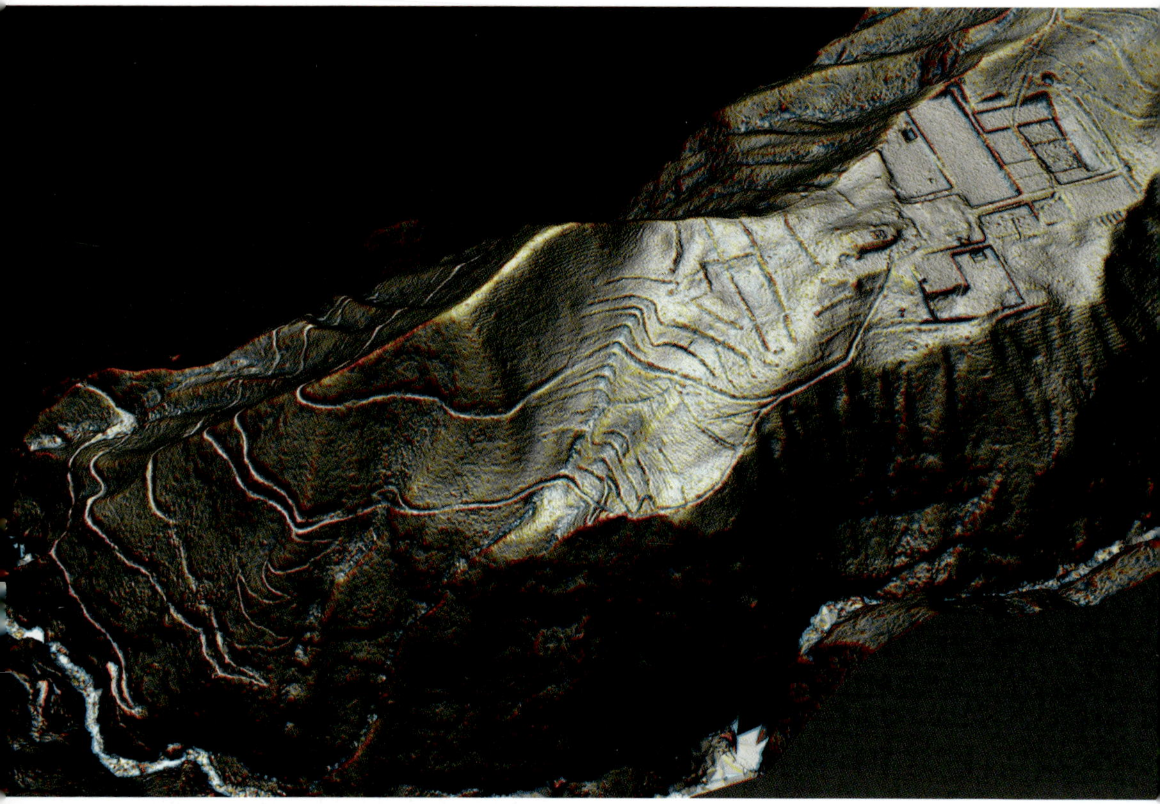

Le savoir-faire des archéologues est aussi mis au service d'un patrimoine non menacé par des travaux mais qui mérite d'être mieux valorisé d'un point de vue culturel, éducatif et touristique. Missionné par le département de La Réunion, l'Inrap, s'appuyant sur une étude LiDAR réalisée par la Direction des affaires culturelles, analyse ainsi les vestiges d'une colonie pénitentiaire pour enfants du XIXe siècle, située dans les collines de l'Îlet à Guillaume, sur les hauteurs de Saint-Denis.

de l'Inrap ou des collectivités, a aussi pour vocation de concourir à la formation d'étudiants et de mettre au point de nouvelles méthodes de recherche.

C'est ce mode d'intervention qui, pendant longtemps de façon exclusive et encore aujourd'hui de manière significative, a permis de documenter et de mettre en perspective notre passé, des premiers peuplements – grâce aux fouilles de Tautavel dans les Pyrénées-Orientales, de Pincevent en Seine-et-Marne ou du

Mas-d'Azil en Ariège – à l'habitat médiéval, avec les villages désertés de Rougiers en Provence ou de Dracy en Bourgogne, en passant par les fouilles des sites des premiers agriculteurs de la vallée de l'Aisne et de Villeneuve-Tolosane, des capitales gauloises comme Alésia, Gergovie, Bibracte, des ports méditerranéens – Marseille la grecque, Narbonne la romaine ou Lattes l'indigène –, des *villae* et cités gallo-romaines. La liste des sites serait longue ; chacune de ces fouilles constitue un laboratoire à ciel ouvert, dont l'activité se déroule sur plusieurs années voire sur plusieurs décennies et dont les vestiges mis au jour et les résultats scientifiques font parfois l'objet d'une présentation *in situ* ou d'un programme muséographique (Bibracte, Lattes, Lyon, Mariana, Nîmes, Solutré...).

La préservation par l'étude

En même temps que des recherches étaient réalisées sur ces fouilles programmées, soit un nombre somme toute limité de sites sélectionnés pour leur potentiel heuristique et documentaire, les travaux d'aménagement du territoire, notamment durant les « Trente Glorieuses », ont irrémédiablement perturbé un patrimoine archéologique enfoui, jusqu'alors préservé.

Aujourd'hui encore, dans notre pays, ce sont chaque année 700 km^2 qui sont concernés par ces travaux de grande envergure – carrières, routes, voies ferrées, bâtiments – pouvant entraîner la disparition des vestiges du passé que recèle le sous-sol. Depuis quelques lustres, et selon une dynamique très soutenue, c'est le développement des infrastructures en mer (parcs d'éoliennes, pose de câbles de transmission, extraction de granulats...) qui menace des vestiges jusqu'alors préservés (sites préhistoriques ou antiques immergés, épaves...). À ces périls directement engendrés par les humains, nous pourrions ajouter celui qui leur incombe indirectement, à savoir la dérégulation climatique actuelle, qui met en danger de nombreux sites littoraux, mais aussi un patrimoine exceptionnel comme la grotte Cosquer, dont certaines peintures rupestres sont progressivement effacées et qui, dans son intégralité, est menacée par une remontée du niveau marin ou par un mouvement de terrain brutal.

Pour recueillir, conserver et étudier ces données patrimoniales avant leur destruction, l'archéologie préventive s'est progressivement développée, à partir des années 1970, en amont des travaux d'aménagement. En 1992, la France a signé la convention de Malte, qui affirme le rôle de l'archéologie préventive au plan européen. Dans son prolongement, la loi du 17 janvier 2001 a instauré le

cadre juridique de l'intervention des archéologues en préalable aux chantiers d'aménagement et créé – il y a tout juste vingt ans ! – l'Inrap, l'Institut national de recherches archéologiques préventives. Cet organisme répond ainsi à la double exigence de l'État d'aménager le territoire et de préserver par l'étude le patrimoine archéologique. Depuis 2003, des services archéologiques des collectivités territoriales – dont l'expertise dans le sauvetage et l'étude des vestiges anciens était ancienne et précieuse – et des structures de droit privé œuvrent également dans le champ de l'archéologie préventive.

Aujourd'hui, l'Inrap, établissement public administratif placé sous la double tutelle des ministères en charge de la culture et de la recherche, assure la détection et l'étude du patrimoine archéologique en amont des travaux d'aménagement du territoire. Plus grand établissement de ce type en Europe et acteur majoritaire en France, il exploite les résultats scientifiques des fouilles et les diffuse auprès des chercheurs comme des citoyens. Il concourt à l'enseignement, à la médiation culturelle et à la valorisation de l'archéologie auprès de tous. Il conduit enfin des travaux de recherche, qui donnent lieu à la publication de plus de sept cents articles scientifiques par an.

Nous fouillons, c'est votre histoire

Cet ouvrage constitue un bilan narratif de ces deux dernières décennies d'expertises, de fouilles et d'études en archéologie préventive. Chaque année, ces centaines d'articles qui paraissent, en France et à l'international, permettent de rendre publics des documents rares, des analyses inédites, des récits de fouilles ou des synthèses thématiques, régionales ou chronologiques. Ce livre ne saurait donc être exhaustif, ni dans les approches opérationnelles, car il ne prend pas directement en compte les acquis de l'archéologie programmée, ni dans le détail des découvertes, car ce sont près de quarante mille sites que les archéologues de l'Inrap ont expertisés durant cette période de vingt ans.

Après le drame qu'a subi la cathédrale Notre-Dame de Paris le 15 avril 2019, le rôle des archéologues est de parfaire la connaissance de cet édifice prestigieux dont l'étude scientifique était demeurée jusque-là limitée. Les conclusions des recherches enrichissent également le cahier des charges rédigé par l'établissement missionné pour sa restauration : mieux connaître cet édifice inscrit par l'Unesco dans sa liste du Patrimoine mondial pour mieux transmettre son histoire.

Cependant, aujourd'hui, un tableau peut enfin être dressé : *La Fabrique de la France* apparaît là de façon novatrice, crédible et sensible. Les experts qui ont participé à cette aventure éditoriale sont partis de leur terrain de fouille, d'un objet inédit ou marquant, ou encore d'un document dont l'interprétation renouvelle le savoir historique, environnemental ou culturel. Ils ont ensuite tenté une mise en perspective de leurs données pour nous offrir un cadre synthétique proche de nos préoccupations sociétales, culturelles et citoyennes. C'est donc au plus près des sources et avec la volonté d'enrichir les connaissances, en souhaitant poser les bonnes questions plutôt que de donner les mauvaises réponses, que cet ouvrage a été conçu.

Il nous invite en premier lieu à explorer les « Préhistoires du territoire », des restes du très ancien Néandertalien de Tourville-la-Rivière aux prémices de notre agriculture. « Villes et échanges » constitue la deuxième étape : les populations transforment la matière, vont entrer en contact avec d'autres cultures – grecque et romaine en particulier – puis adopter un mode de vie urbain. Ensuite, le rythme s'accélère de par la force de la dynamique propre des communautés implantées en France, mais aussi d'« Histoires connectées », qui vont relier nos régions au reste du monde, par le commerce, les échanges culturels, mais également lors de dramatiques conflits. *La Fabrique de la France*, ce sont donc aussi ces chapitres de notre histoire longtemps amputée de la culture matérielle et que révèlent enfin vingt ans d'archéologie préventive : ces « Lectures de notre passé », dont plusieurs textes nous présentent en fin d'ouvrage les méthodes, livrées par les archéologues et partagées avec tous.

Implantée sur les rives du fleuve Aa, à Saint-Martin-d'Hardinghem, dans le Pas-de-Calais, l'imposante résidence d'été des évêques de Thérouanne, datée des XIVe-XVe siècles, n'avait pas été localisée avant les fouilles. À l'emplacement d'un futur bassin d'écrêtage des crues, les archéologues de l'Inrap et leurs collègues du département du Pas-de-Calais ont mis au jour cet ensemble architectural exceptionnel, dont les pavements ont été déposés et vont enrichir les collections publiques.

PRÉHISTOIRES DU TERRITOIRE

La Vénus de Renancourt, datée de 23000 ans et haute de 4 centimètres.

LES NÉANDERTALIENS

Un radius, un cubitus et un humérus gauches. C'est tout ce qu'il reste du jeune Néandertalien découvert en 2010 à Tourville-la-Rivière, en Seine-Maritime. Un bras, donc. Qui est venu s'échouer au pied de la falaise de Tourville, il y a environ 200 000 ans.

Il est rare d'exhumer des restes de Néandertaliens aussi anciens. La plupart d'entre eux datent en effet de moins de 100 000 ans ; seuls une dizaine sont antérieurs. C'est pourquoi la présentation officielle de ces vestiges osseux, le 9 octobre 2014, fut un événement médiatique. L'étude réalisée par une équipe internationale a mis en évidence, sur l'humérus, la marque d'une enthésopathie. Cette inflammation des insertions osseuses, bien connue aujourd'hui chez les sportifs de haut niveau, est la conséquence d'un mouvement répétitif du bras. Le jeune Néandertalien était-il gaucher et avait-il trop chassé ?

Les trois os longs du bras gauche (humérus, cubitus et radius) retrouvé sur le site de Tourville-la-Rivière, en Seine-Maritime, en regard d'un bras moderne. Une découverte majeure pour la connaissance du peuplement humain du nord-ouest de l'Europe.

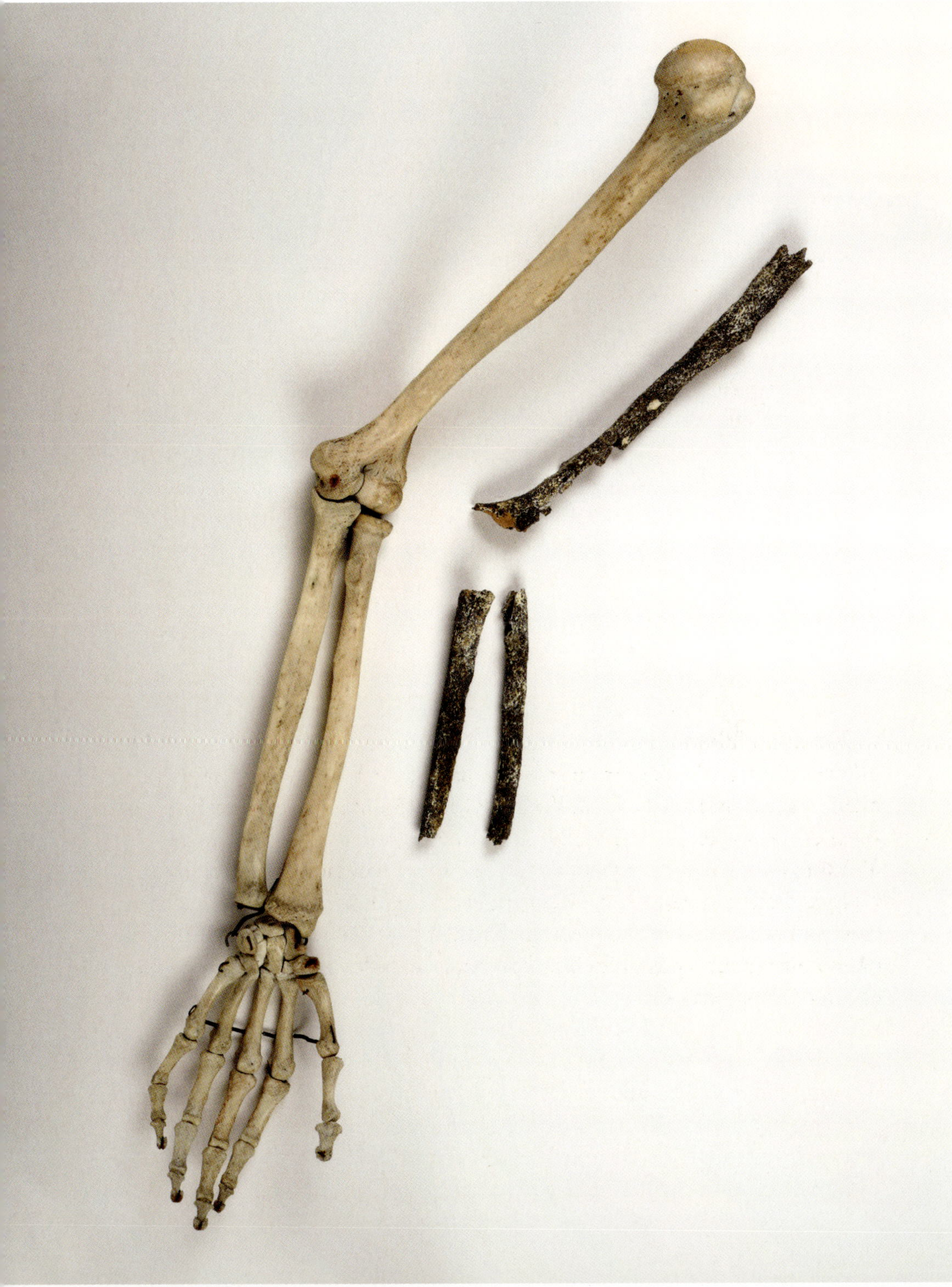

Une longue histoire de préjugés

Néandertal est le plus connu des hommes préhistoriques. Il faut dire que c'est le premier *Homo* fossile découvert qui ne soit pas *sapiens* : il fut mis au jour en 1856, en Allemagne, dans la vallée de Neander, ainsi nommée en l'honneur du pasteur Joachim Neumann, plus connu sous le nom hellénisé de Neander. Neumann, *Neander*, c'est-à-dire « homme nouveau » : l'histoire est parfois facétieuse !

Dès cette découverte, les polémiques surgissent, enflent : s'agit-il des restes osseux d'un singe ? D'un dégénéré (soit un crétin des Alpes, soit un cosaque des armées russes, égaré là en 1814 lors de l'invasion de la France) ? D'un ancêtre ou d'un autre homme très ancien ? Pour la plupart des scientifiques, c'est impossible : entre dogmes religieux et primauté de l'homme blanc sur le monde, il est hors de question d'avoir dans sa lignée cet être simiesque, à la tête « primitive ». Et Darwin n'a encore rien publié !

Notre Néandertalien est donc resté très longtemps la victime de préjugés, voire d'un véritable « racisme » paléontologique. Car nous pensons – nous, les *Homo sapiens* – être le sommet, l'aboutissement d'un processus : pour certains de la Création, pour d'autres de l'évolution. Donc, les autres espèces nous sont forcément inférieures. Dès lors, il fallut du temps pour humaniser Néandertal.

Le cousin costaud à grosse tête

Qui était-il ? Son ascendance fait encore débat. Il serait le successeur biologique d'un certain *Homo heidelbergensis*, quoique cette lignée ne fasse pas l'unanimité. Il semble que nous partagions un ancêtre commun, il y a environ 700 000 ans, avant que nos destins phylogénétiques ne se séparent. Pas complètement, cependant : le séquençage de nos ADN respectifs a montré la présence chez *Homo sapiens* d'une petite partie du génome néandertalien, et les débats font rage pour établir si cet héritage nous détermine encore. Nos ancêtres directs et eux se sont donc rencontrés, dans tous les sens du terme. Où ? Quand ? Sans doute à plusieurs époques et en plusieurs endroits – les chercheurs privilégient le Proche-Orient, où nous cohabitâmes entre 120000 et 60000 avant notre ère environ.

La morphologie du Néandertalien diffère de la nôtre : il est trapu et puissant (1,61 m pour 72 kg en moyenne, soit un indice de masse corporelle proche de 28, le disqualifiant aux yeux des nutritionnistes actuels !), avec des jambes et des avant-bras plus courts, un tronc et des épaules larges – peut-être une adaptation aux climats froids qui furent l'essentiel de son environnement. Les différences les plus visibles se situent au niveau de la tête : des bourrelets au-dessus des yeux forment comme une visière, le crâne est allongé à la façon d'un ballon de rugby – le nôtre tenant plus de la sphère du ballon de football – et le menton est absent.

Reconstitution d'une Néandertalienne qui vivait il y a 36 000 ans. D'après le moulage du crâne découvert sur le site de La Roche à Pierrot, à Saint-Césaire, en Charente-Maritime.

Ces caractéristiques morphologiques sont la cause de son métabolisme qui, d'après certaines estimations, nécessitait un apport énergétique important, de l'ordre de plus 4000 kcal/jour, soit 150% du nôtre, *grosso modo*.

Une vie rude

L'homme de Néandertal, ce sont plus de 300000 années d'existence en tant qu'espèce, soit au minimum entre 12000 et 15000 générations. Pour mémoire, entre notre époque et la conquête des Gaules par César, il n'y en a que 84! Ces milliers de générations néandertaliennes se sont succédé en Eurasie, de l'Altaï à l'océan Atlantique, et ont surtout connu des environnements froids – le climat tempéré doux que nous connaissons aujourd'hui en France ne représente que 6% en durée de ce que connurent les Néandertaliens, le reste étant un régime continental froid, subarctique, voire glaciaire.

Ces vastes étendues steppiques étaient peuplées d'immenses troupeaux de mammifères, certains aujourd'hui disparus, comme le rhinocéros laineux ou l'emblématique mammouth, d'autres toujours présents, comme le renne. Prédateurs de haut rang et gros consommateurs de viande, les Néandertaliens privilégiaient ces grands animaux, sans pour autant dédaigner des espèces plus petites ni des végétaux, comme le montre l'étude de leur tartre dentaire. En les analysant, on trouve parfois aussi des résidus laissant penser à l'existence d'une pharmacopée paléolithique (restes de camomille, d'achillée millefeuille, de champignon *Penicillium* et de bourgeons de bouleau riches en acide salicylique, une aspirine naturelle).

Les traces découvertes sur les squelettes mis au jour témoignent d'une vie rude, comme chez l'adolescent de Tourville. Mais certains ossements portent aussi le signe des soins prodigués à des congénères hors d'état de survivre sans aide : la solidarité au sein du groupe était donc bien présente. Mais quels groupes ? La taille des sites archéologiques laisse penser à des familles élargies, quelques hommes et femmes, et leurs enfants : 20 à 30 personnes, pas plus.

Un site extraordinaire, El Sidrón, en Espagne, a ainsi livré les restes de 13 Néandertaliens dont 3 hommes, 3 femmes, 3 adolescents et 3 enfants (le dernier est un adulte indéterminé). Les hommes et une des femmes sont génétiquement du même lignage (frères, oncles ou neveux, sœurs ou nièces) ; les deux autres femmes sont de lignages différents. En bref, sur ce lieu, vers 45000 avant notre ère, étaient pratiquées l'exogamie et la patrilocalité : ce sont les femmes qui quittaient leur famille pour en fonder une autre, dans un autre groupe. Mais une part de consanguinité existait aussi.

Contrairement aux idées reçues, les Néandertaliens ne survivaient pas dans un milieu forcément hostile, cherchant péniblement leur pitance tout en fuyant devant de dangereux prédateurs. Ils vivaient, tout simplement, dans un environnement parfaitement connu et maîtrisé, développant durant 300 000 ans une riche civilisation dont il ne nous reste que bien peu de témoignages, d'autant plus émouvants qu'ils sont rares.

Quand Néandertal se fait artisan

Les archéologues ont longtemps classé les productions techniques des hommes

Biface en silex mis au jour à Saint-Amand-les-Eaux, dans le Nord, façonné il y a environ 49 000 ans. L'esthétique recherchée de cette pièce (forme, couleur) ne conditionne pas ses fonctionnalités ; elle est donc voulue pour elle-même.

Vue de l'une des structures de Bruniquel. Ces aménagements n'ont pu être réalisés qu'avec une parfaite maîtrise des techniques d'éclairage, matérialisée par la présence de dix-huit points montrant des traces de chauffe.

préhistoriques suivant une échelle qualitative. Nous, les *Homo sapiens*, étions ainsi les géniaux inventeurs du débitage laminaire, c'est-à-dire de la production de lames, supports d'outils variés ou utilisées telles quelles. Les Néandertaliens, en revanche, étaient les découvreurs du débitage Levallois, caractérisé par la production d'éclats nécessitant une anticipation et un enchaînement précis des gestes de taille du silex. Cette dernière a ainsi été rattachée au Paléolithique moyen, entre la fabrication des bifaces par *Homo erectus* au Paléolithique ancien, et celle de lames par *Homo sapiens* au Paléolithique supérieur. Rassurante linéarité du progrès.

Or, dans les années 1980-1990, des fouilles ont montré la présence de lames sur des sites néandertaliens. Un peu différentes, certes, mais des lames, sans conteste. Patatras ! Les choses ne sont donc pas si simples ? Non, car les outillages reflètent des traditions différentes selon le temps et l'espace. Au sein de la longue civilisation néandertalienne, des cultures distinctes ont ainsi pu s'exprimer.

Un être de culture

Néandertal est loin d'être la brute simiesque traditionnellement décrite, du moins jusqu'à récemment (et encore, cette mauvaise réputation n'a pas totalement disparu dans l'imaginaire collectif). Nous savons qu'il fabriqua des objets non directement utilitaires, comme des parures en dents animales ou en serres de rapaces. Il existe également des preuves archéologiques d'utilisation de pigments, peut-être destinés à des parures corporelles. Ces traces sont rares, fugaces, mais l'épaisseur du temps en a sans doute gommé beaucoup.

Parmi les quelques aménagements laissés par les Néandertaliens, ceux de la grotte de Bruniquel, dans le Tarn-et-Garonne, sont exceptionnels. Il s'agit de deux ovales (6,70 m et 2,20 m pour leurs grandes longueurs) formés par 399 fragments de stalagmites volontairement brisées, à plus

de 330 mètres de l'entrée de la cavité. Leur âge, autour de 180 000 ans, ne laisse aucun doute sur leurs auteurs, les Néandertaliens étant seuls présents en Europe à cette date. Quant à leur fonction, elle demeure un mystère, mais elle est sans doute rituelle ou cultuelle.

Dans l'état actuel de nos connaissances, Néandertal est le premier humain à enterrer ses morts (Tabun, Israël, vers 141000 avant notre ère). Il est peut-être osé de parler de spiritualité, mais il s'agit au minimum de croyance en un au-delà, le défunt s'y rendant accompagné d'offrandes. En revanche, les œuvres pariétales figuratives qui ornent des centaines de grottes (Chauvet, Lascaux, pour ne citer que les plus célèbres) sont l'œuvre exclusive d'*Homo sapiens*. Là est certainement une différence majeure entre les Néandertaliens et nous.

PASCAL DEPAEPE

QUAND NOS ANCÊTRES CÔTOYAIENT LES MAMMOUTHS

L'imaginaire associe souvent le mammouth aux temps glaciaires, sans doute parce que cet éléphantidé désormais éteint est très présent dans l'art pariétal, qu'il a contribué à consacrer. De quelles natures étaient les relations entre les groupes humains préhistoriques et le géant poilu ?

En 2012, la France découvrait « Helmut le mammouth », un squelette quasi intact. Avec un autre spécimen moins complet, il a été mis au jour à Changis-sur-Marne, en Seine-et-Marne – une trouvaille exceptionnelle sur ce territoire ! Leurs ossements étaient accumulés sur une ancienne rive du cours d'eau, associés à un petit silex taillé. Ils seraient morts entre 100000 et 90000 avant notre ère, soit au début du dernier cycle glaciaire. De mort naturelle, ou bien abattus par des chasseurs ? Difficile en effet d'interpréter la présence de ce petit silex : est-il arrivé là fortuitement ? A-t-il servi à la découpe de ces animaux ?

Ce site génère donc plus de questions que de réponses, mais il participe aux grands débats scientifiques qui animent la recherche préhistorique,

Restes osseux de mammouths laineux en cours de fouille, à Changis-sur-Marne, en Seine-et-Marne. Au premier plan apparaît l'humérus de l'un des deux individus. Ils sont datés entre 100000 et 90000 avant notre ère.

notamment sur la chronologie et la paléoécologie. Il fournit également des informations sur le comportement des humains face à ces imposants animaux d'Eurasie.

De l'évolution des mammouths en Eurasie

Le mammouth laineux, *Mammuthus primigenius*, appartient – comme l'éléphant actuel – à l'ordre des Proboscidiens. Il est souvent associé à la neige et aux frimas, mais ce n'a pas toujours été le cas. Le genre *Mammuthus* est un bon témoin de l'évolution des espèces en fonction des changements climatiques, alternant entre des cycles glaciaires et interglaciaires, qui impactent l'environnement et les conditions de vie des animaux.

La fouille de Soucy 3, dans l'Yonne, a mis au jour, un peu en retrait de la rivière, des vestiges de faune et des silex taillés, datés entre 350000 et 300000 avant notre ère. Parmi les animaux identifiés figuraient, entre autres, des équidés, des bovinés, des cervidés, des rhinocéros de Merck et des éléphantidés.

C'est dans un contexte tempéré que semble apparaître le mammouth méridional, *Mammuthus meridionalis*. En France, il se manifeste il y a environ 2 millions d'années, au cours du Pléistocène inférieur. Il s'agit du premier mammouth connu sur le territoire. Le mammouth des steppes, *Mammuthus trogontherii*, le remplace jusqu'à 200000 avant notre ère, au cours du Pléistocène moyen. Cet animal a vraisemblablement vécu dans différents environnements, mais il a surtout fréquenté des steppes arides.

Le mammouth laineux arrive, lui, en Europe occidentale à la fin de l'avant-dernier cycle glaciaire, voilà 200 000 ans. Il en repart à l'occasion d'un réchauffement climatique important entre 130000 et 110000 avant notre ère, gagnant le nord de l'Europe ou la Sibérie, avant de revenir en France dès les prémices du dernier cycle glaciaire, il y a 110 000 ans, à l'instar d'Helmut ! Les mammouths laineux disparaissent définitivement du territoire français à la fin du Pléistocène, au moment du réchauffement climatique qui perdure actuellement. Les tout derniers spécimens périssent vers 3000 avant notre ère, sur une île tout au nord de la Sibérie, probablement pour des raisons paléoenvironnementales.

Dès les premiers peuplements humains

La datation des premières occupations humaines au Paléolithique inférieur en France recule de plus en plus, grâce notamment aux progrès des méthodes employées et aux investigations scientifiques. Les plus anciennes traces d'occupation humaine aujourd'hui connues par du matériel lithique datent d'environ 1,1 million d'années, période durant laquelle évoluait déjà le mammouth méridional. Nous ne disposons pas d'informations suffisantes pour savoir précisément quelles furent leurs relations avec les Proboscidiens : les ont-ils chassés, charognés ? Un rare indice : à Soleilhac, en Haute-Loire, vers 900000 avant notre ère, des humains semblent avoir rapporté des restes d'éléphantidé pour aménager leur espace.

Au Pléistocène moyen, la maîtrise du feu va changer la donne, notamment en permettant de durcir les pointes de lances. Les groupes humains semblent alors en capacité de s'approvisionner en viande, comme les fouilles nous le confirment. Les chasseurs s'attaquaient à des mammifères de grande taille, ou bien charognaient leurs dépouilles, par une intervention rapide et stratégique sur des animaux morts naturellement. Ces modes d'acquisition impliquent une organisation sociale élaborée, ainsi qu'une très bonne connaissance de l'environnement et du monde animal.

Une proie de Néandertal

C'est au Paléolithique moyen que les groupes de Néandertaliens ont côtoyé les mammouths. Cette autre figure de la préhistoire a vécu plusieurs milliers d'années, entre environ 350000 et 35000 avant notre ère, sous des climats froids et tempérés. En contexte glaciaire, les animaux, et notamment les mammouths, devaient être activement recherchés pour leurs diverses ressources (viande à défaut de végétaux, graisse, toison pour se protéger du froid, etc.). Cette quête devait nécessiter de longs déplacements pour ces groupes de chasseurs. Les Néandertaliens étaient bien parés pour supporter ces conditions de vie rigoureuses. En Ukraine, sur le site de Molodova I, ils se sont même fabriqué une cabane en utilisant des os de mammouth.

En France, grâce à la multiplication des fouilles préventives, depuis plus de trente ans, nous avons une connaissance approfondie du mode de vie de Néandertal. Le cadre chronostratigraphique est mieux détaillé, tout comme les modalités d'implantation des sites, la mobilité des groupes et la diversité de leur industrie lithique. Plusieurs vestiges de mammouths ont ainsi été mis au jour, fournissant des données inédites sur les mouvements de cette espèce en Eurasie et sur ses possibles interactions avec les groupes humains.

Certes, à Changis-sur-Marne, la présence d'un éclat de silex et quelques traces trop ténues sur certains ossements ne permettent pas d'attester une intervention humaine, sans pour autant l'exclure définitivement. Plusieurs autres cas démontrent la capacité des Néandertaliens à s'attaquer à des méga-herbivores. À Lehringen, en Allemagne, un épieu en bois mis au jour à proximité immédiate d'une carcasse d'un éléphant antique – un éléphantidé vivant sous un climat tempéré – permet d'envisager son abattage. En France, une carcasse d'éléphant antique a été exploitée à Ranville, dans le Calvados, au cours d'un épisode tempéré de l'avant-dernier cycle glaciaire, il y a 230 000 ans. D'autres sites ont livré des restes de mammouth portant des traces caractéristiques d'éviscération et de décharnement, comme à Mützig, en Alsace, ou au mont Dol, en Bretagne.

À Montereau-sur-le-Jard, en Seine-et-Marne, une défense de mammouth laineux a été trouvée à proximité d'outils en silex, sur un site daté entre 100000 et 90000 avant notre ère. L'analyse tracéologique menée sur des pointes en silex a révélé des activités de boucherie.

Homo sapiens et les derniers mammouths

Apparu en Afrique, *Homo sapiens* est arrivé en Europe occidentale entre 45000 et 35000 avant notre ère, au début du Paléolithique supérieur. Il disposait d'un savoir-faire technique et artistique différent de celui des Néandertaliens, ainsi que d'un allié de poids : le loup devenu chien, un compagnon fort utile pour la chasse. S'il a principalement traqué le renne et le cheval, *Homo sapiens* n'a cependant pas dédaigné le mammouth.

C'est lui qui a poussé à l'extrême l'exploitation du proboscidien, aussi bien pour sa viande que pour son squelette. Il construisit de même des cabanes en os de mammouth, au cours des périodes gravettienne et épigravettienne en Europe orientale, soit entre 30000 et 10000 avant notre ère. Mais il avait surtout une prédilection pour l'ivoire de ses défenses, dédié à la confection d'armes, de statuettes et de parures. Il l'a représenté sur des objets et sur des parois de cavités, nous laissant de superbes témoignages artistiques de sa perception de ces grands herbivores, qui constituent aujourd'hui un précieux patrimoine.

Cet animal contribua d'ailleurs en 1860 à la reconnaissance de l'art paléolithique avec la mise au jour, dans l'abri-sous-roche de La Madeleine, en Dordogne, d'une gravure le représentant sur une défense de mammouth. Le degré de précision atteint par l'artiste démontrait qu'il avait pu observer un spécimen vivant – preuve irréfutable de la contemporanéité de cet éléphantidé et d'*Homo sapiens*. Depuis, de multiples figurations de l'animal ont été découvertes, dont celles, très nombreuses, de la grotte de Rouffignac, en Dordogne, ou, plus récemment, celles de la grotte Chauvet, en Ardèche.

Il fallut cependant dire adieu au géant poilu lorsque les prémices du dernier grand réchauffement se firent ressentir en France, dès 15000 avant notre ère. La plupart des animaux des temps glaciaires quittèrent alors progressivement le territoire pour des contrées plus nordiques et orientales, là où les steppes subsistaient. Les derniers mammouths connus en France sont datés vers 12000 avant notre ère. Ils en furent chassés par la progression de la forêt tempérée, qui, après 10000 avant notre ère, recouvrit la majorité de l'Hexagone. Les chasseurs-cueilleurs s'adaptèrent, quant à eux, à ce nouvel environnement au cours de la période culturelle

Ces petites perles en ivoire proviennent d'une couche aurignacienne, datée d'environ 27000 avant notre ère, du site de Solutré, en Saône-et-Loire.

appelée le Mésolithique. Ils perdureront quelques milliers d'années, avant l'arrivée de groupes humains au mode de vie sédentaire et pratiquant la domestication, au début du Néolithique.

Ce parcours de centaines de milliers d'années pendant lesquelles nos ancêtres ont côtoyé les mammouths comporte encore d'immenses lacunes. Pourtant, une meilleure connaissance de ce lointain passé peut aider, aujourd'hui et demain, à mieux vivre ensemble sur la planète et à mieux réagir face au défi des changements climatiques, auxquels ces groupes humains ont avant nous été confrontés.

GRÉGORY BAYLE

LES ÉTONNANTES GRAVURES D'ANGOULÊME

C'est dans l'affolement général d'une fin de chantier de fouille, le 20 novembre 2018, qu'elle est apparue : une simple plaquette de grès, effleurée par le godet d'une mini-pelle mécanique. Les gravures qu'elle porte allaient changer notre vision de l'art préhistorique.

Mais qu'avait-elle donc de si particulier, cette plaquette ? Apparemment de peu d'intérêt, elle avait été collectée avec les silex taillés qui l'accompagnaient : son pourtour présentait en effet des enlèvements qui semblaient volontaires, suggérant qu'elle avait servi. Ce n'est qu'après nettoyage qu'apparaîtraient sur l'une de ses faces, parmi un enchevêtrement d'incisions gravées, les contours très naturalistes d'un cheval.

C'est à cet instant que les archéologues ont pris conscience de leur découverte. Car cet objet provient d'une couche archéologique d'époque

Sur cette dalle de grès sont gravées les représentations figuratives de deux chevaux, d'un cerf et d'un aurochs.

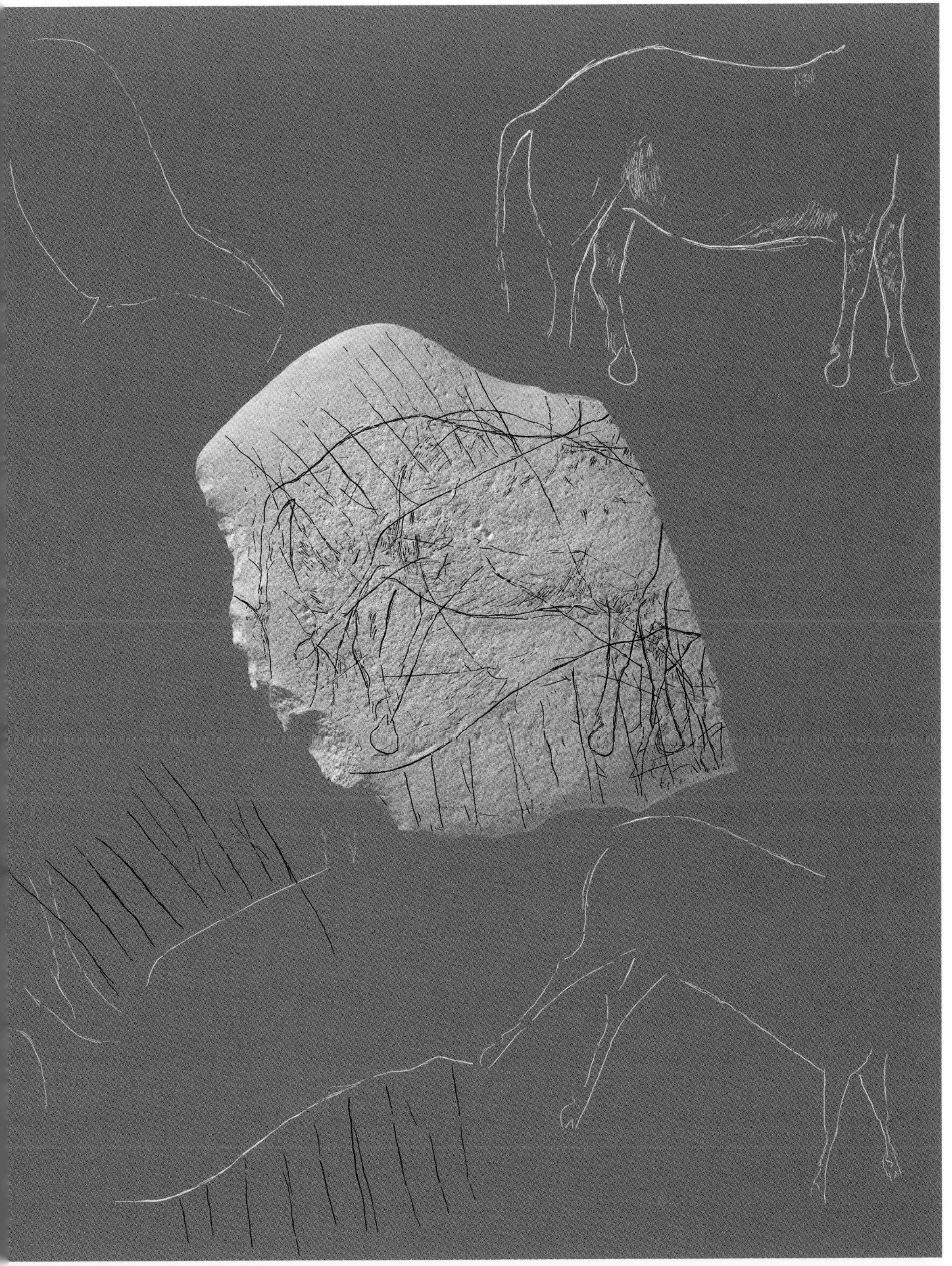

Vue zénithale de la fouille du site d'Angoulême.

azilienne (d'après la grotte du Mas-d'Azil, en Ariège), datée vers 12500 avant notre ère. Durant cette période, les artistes ont abandonné la représentation de la figure animale ou humaine, et privilégié les décors abstraits et géométriques. Voilà pourquoi ce cheval dénote : il paraît anachronique. Pourtant, aucune occupation antérieure du Paléolithique supérieur n'a été identifiée sur le site, ce qui élimine toute possibilité d'un mélange avec des couches archéologiques plus anciennes.

Cinq herbivores

La plaquette mesure 25 centimètres de long sur 18 centimètres de large pour une épaisseur d'environ 3 centimètres. Son étude minutieuse a permis d'y reconnaître cinq herbivores finement gravés : sur une face, deux chevaux, un aurochs et un probable cervidé ; sur l'autre, plus lisse mais sans doute plus dure à inciser, la silhouette d'un cinquième animal, indéterminé pour le moment.

La gravure que l'on distingue le mieux est celle d'un des deux chevaux, dépourvu de tête, un éclat l'ayant emportée. Faut-il voir dans cette cassure un geste volontaire, symbolique ? Cette œuvre est donc originale à plus d'un titre. Elle associe à un décor géométrique typiquement azilien, constitué de doubles séries d'incisions parallèles latérales, des figures animales naturalistes qui semblaient, jusqu'à cette découverte, complètement écartées du registre artistique de cette époque de la fin du Paléolithique.

Un site remarquablement préservé

Cette découverte a été rendue possible par le contexte de la fouille, réalisée par l'Inrap à Angoulême, rue de l'Amiral-Renaudin. Situé au pied du versant nord du plateau où est implantée la ville, à 300 mètres du cours actuel de la Charente, le chantier s'étendait sur 6 000 m^2. Ce quartier, en contrebas de la gare, fait en effet depuis quelques années l'objet d'un ambitieux projet de réhabilitation, entamé par la mise au jour des vestiges d'une faïencerie du XIXe siècle. C'est un vaste décapage qui a donc permis de détecter la présence de deux niveaux préhistoriques, bien conservés grâce à la nature du sol, les vestiges étant protégés par d'épais dépôts sédimentaires peu perturbés, si bien que la succession des occupations humaines apparaissait clairement.

Une solide équipe pluridisciplinaire, composée d'archéologues et de spécialistes (malacologue, géoarchéologue, géomorphologue, palynologue, technologue et de tracéologue), s'est alors appliquée à faire parler le sous-sol d'Angoulême, pour déchiffrer cette succession, mais aussi et surtout pour apprécier les relations entre les hommes préhistoriques et leur environnement. Nous sommes à la fin de la dernière glaciation, au cours de la transition entre le climat froid et son paysage de steppe du Paléolithique supérieur et le climat tempéré où se développent progressivement les forêts de feuillus au Mésolithique.

Profusion de ressources

Les groupes de chasseurs-cueilleurs n'ont certainement pas choisi ce lieu au hasard. Bien situé, sur un promontoire et un versant, à proximité de sources et d'un fleuve, le site avait tout pour les attirer. La plaine alluviale de la Charente et les plateaux adjacents offraient alors à profusion toutes les ressources naturelles nécessaires au quotidien.

Le silex, tout d'abord : matière première utilisée dans la fabrication de l'outillage et des pointes de projectiles pour la chasse, il provient des gîtes situés sur le plateau ; le site en a livré à profusion.

Le gibier, ensuite : le nombre important d'ossements d'animaux découverts, dont du sanglier, du cerf ou de l'aurochs, suggère que ce secteur du fleuve devait être un lieu de passage régulier pour de nombreux mammifères. C'est sûrement là que s'organisaient des chasses, d'abord avec des sagaies, puis avec des arcs munis de flèches.

Enfin, la présence de sources, s'écoulant depuis le plateau d'Angoulême, offrait l'eau douce nécessaire aux groupes. Elles expliquent aussi la préservation exceptionnelle des niveaux préhistoriques : elles formaient de fait un barrage naturel de tuf qui, couplé à un relief topographique adéquat, a contenu le lit du fleuve et évité que la surface d'occupation soit lessivée. Ce contexte géologique original a piégé, puis scellé, les occupations préhistoriques successives.

Les Aziliens réhabilités ?

Le site d'Angoulême, avec ses vestiges dispersés sur plus de 4000 m^2, offre ainsi l'occasion rare d'appréhender de manière concomitante les bouleversements climatiques et les innovations technologiques et artistiques des groupes humains, d'un point de vue tant régional, national qu'européen. Il offre aussi une vision plus nuancée des cultures aziliennes. Groupe culturel de la fin du Paléolithique supérieur, l'Azilien a en effet souvent été décrit par les préhistoriens comme une culture « déclinante », tant technologiquement qu'artistiquement.

En comparaison avec leurs prédécesseurs du Magdalénien, réputés pour leur maîtrise de la technologie lithique et osseuse – produisant des œuvres

Déchets de taille issus de la fabrication des pointes de projectiles et outils en silex.

Pointe de projectile en silex utilisée pour la chasse de gros gibiers. Elle sert à armer l'extrémité des sagaies ou des flèches.

ornées de gravures animalières figuratives – et artistes hors pair de l'art des cavernes, les Aziliens n'ont en effet pas la réputation d'être de bons tailleurs de pierre, et leur art paraît « mineur ». Ils produisent en quantité des éclats allongés, qui vont par la suite être transformés en pointes de projectiles ou en petits grattoirs. Leur outillage en os est peu varié et se distingue notamment par de mini-harpons en bois de cerf. C'est aussi au cours de l'Azilien, on l'a vu, que l'art naturaliste était censé disparaître, au profit d'un art beaucoup plus abstrait dont les principaux représentants sont des galets peints de points rouges ou striés de traits parallèles. La plaquette gravée est là pour nous rappeler que tout est loin d'être aussi simple !

Les 200 000 silex taillés rapportés de la fouille nous fournissent donc des informations précieuses concernant le mode de vie de plusieurs groupes de chasseurs-cueilleurs, qui occupent régulièrement les lieux dans un cadre saisonnier. L'objectif des tailleurs était surtout de façonner de nombreux éclats en forme de lames, obtenus à partir de blocs de silex local. Débités au percuteur de pierre dure, ils étaient destinés à être transformés en outillage.

Un second objectif vise à produire de petites lames, parfois détachées au percuteur de pierre tendre, pour confectionner des armatures, dénommées pointes à dos courbe, ensuite emmanchées dans une hampe de sagaie ou à l'extrémité d'une flèche. L'étude de ces armatures montre qu'elles ont à la fois été fabriquées sur place, comme le soulignent les nombreux déchets de fabrication, mais aussi réparées lorsqu'elles étaient défectueuses, ce dont témoignent de nombreuses traces d'impact provenant de l'utilisation de ces pointes de projectiles. Mais le silex ne servait pas uniquement à chasser. La présence d'une dizaine de foyers et d'un outillage domestique (grattoirs, perçoirs, pièces retouchées, etc.) permet d'envisager d'autres activités sur le site, par exemple le travail des peaux pour la fabrication de vêtements, de contenants ou de couvertures.

Bien conservé, idéalement positionné entre les cultures archéologiques du Paléolithique supérieur récent connues dans le sud et le nord de la France, le site d'Angoulême est donc à inscrire dans la liste des sites majeurs de la période, tant il nous éclaire sur le quotidien des derniers chasseurs-cueilleurs de la région.

MIGUEL BIARD

MARSEILLE AVANT MASSALIA

Non, les origines de Marseille ne se résument pas aux Grecs ! Sous la colline Saint-Charles, près de la gare, les archéologues ont retrouvé les traces de onze millénaires de présence humaine.

Des fouilles d'archéologie préventive menées par l'Inrap et le Pôle archéologique de la Ville sous la gare Saint-Charles, entre la rue Bernard-du-Bois et le boulevard Nédélec, ont fourni la preuve que, bien avant l'arrivée des Grecs et la fondation de Massalia, vers 600 avant notre ère, des populations avaient vécu sur cette colline, aujourd'hui en plein cœur de Marseille.

Les derniers chasseurs-cueilleurs nomades du Mésolithique parcouraient les lieux au IXe millénaire avant notre ère, pour consommer des coquillages. Plus de 3 000 ans plus tard, ils voyaient arriver les premiers agropasteurs, venus du Proche-Orient depuis la mer. Pratiquant l'agriculture et l'élevage, ils apportaient une nouvelle façon d'habiter le monde : c'est ce que nous appelons aujourd'hui le Néolithique. Tout notre mode de vie en sera durablement transformé.

Davantage sédentaires que leurs devanciers, avec leurs champs et leur bétail, les populations néolithiques s'installèrent donc de manière pérenne,

Vue générale du site néolithique du boulevard Nédélec, à Marseille.

Mur en pain de terre crue (bauge) du Néolithique moyen sur le site de Nédélec. Ces vestiges semblent attester que l'habitat pouvait être en bois et en terre.

exploitant les ressources vivrières, se servant de poteries culinaires ou d'apparat. Elles adoptèrent ainsi des manières de cuire et de consommer différentes – bouillies, potages, ragoûts, produits laitiers – et aussi de nouveaux modes de stockage de l'eau, des céréales et des denrées périssables. Les traces diffuses de leur présence subsistent dans les restes d'architecture en terre et de trous de poteau, qui marquaient l'emplacement de structures d'habitats, et des fosses où furent rejetés les déchets de la vie quotidienne.

Un petit caillou dans la chaussure massaliote

Ces vestiges si fragiles sont le terreau dans lequel se sont ancrées les occupations successives de la colline, et ce jusqu'à la ville contemporaine.

Leur découverte fut une surprise : on ne s'attendait pas à trouver des traces si anciennes au cœur d'une métropole, totalement effacées du paysage urbain d'aujourd'hui et de la mémoire humaine. Cette réalité inattendue, enfouie et mystérieuse, nous rappelle que nos ancêtres préhistoriques ayant vécu sur ce lieu ont dû expérimenter des conditions de vie très éloignées des nôtres, dans des paysages et sous des climats qui ont évolué dans le temps. Au Néolithique, en effet, la colline Saint-Charles était distante de plus de 5 kilomètres de la mer. Mais celle-ci n'a depuis cessé de monter, en raison d'un réchauffement climatique commencé vers 10000 avant notre ère. Autrefois à l'intérieur des terres, l'endroit est à présent un site côtier, à moins d'un kilomètre du Vieux-Port.

Partout, dans le sous-sol de la ville, des traces de sites préhistoriques sont maintenant mises au jour. Elles forment un substrat silencieux supportant le tissu urbain actuel, un patrimoine que les habitants de l'ancien terroir marseillais, à la périphérie du centre-ville, s'approprient pour faire corps avec une communauté plus vaste, qui est aujourd'hui la réalité marseillaise.

De fait, si le périmètre de la cité antique est bien ancré dans son territoire d'origine, qui constitue toujours les plus vieux quartiers de la ville, l'expansion de la ville du XXIe siècle correspond mieux à l'occupation préhistorique du bassin de Marseille, enclavé de massifs rocheux ouverts sur la mer. Celle-ci est soulignée par la cinquantaine d'autres sites répertoriés en plein air ou dans les grottes des massifs environnants. Ils témoignent ainsi d'une présence humaine continue, de la préhistoire aux prémices de l'arrivée des Grecs, germe de l'expansion future de la ville.

Malheureusement, un grand nombre de ces découvertes sont anciennes et ont disparu sous l'avancée de l'urbanisation. L'arrivée de l'archéologie préventive, plus seulement dans le centre antique mais sur l'ensemble de son territoire, renouvelle depuis peu nos connaissances sur l'occupation du bassin. La vallée de l'Huveaune, notamment, qui relie Marseille à Aubagne et à l'arrière-pays provençal, a fait l'objet ces dernières années de plusieurs fouilles révélant un riche potentiel. Elles devraient faire progresser ces prochaines années notre vision de la préhistoire et de la protohistoire de Marseille.

Le bassin de Marseille habité en continu, du Néolithique à l'arrivée des Grecs

Au Néolithique ancien, vers 5400 avant notre ère, les sites sont denses et divers : les populations habitent non loin de la mer, comme sur la colline Saint-Charles, ou plus à l'intérieur des terres (site de la station de métro Louis-Armand), certaines préférant s'installer dans les grottes des massifs environnants, ou bien dans des abris sur le littoral, pour des activités spécialisées : bergeries, lieux de pêche, de collecte des produits maritimes, d'artisanat (Font-aux-Pigeons, Cap Ragnon, abri Cortiou, Riou, etc.). Plusieurs grottes sur le pourtour du bassin accueillent également des sépultures (grotte Sicard, abri des Riaux, col Saint-Anne).

Au cours du Chasséen (Néolithique moyen, du Ve millénaire avant notre ère jusque vers la moitié du IVe millénaire), les populations tournent le dos à la mer : l'économie vivrière est, en effet, de plus en plus agropastorale. La côte et les grottes sont moins fréquentées, l'alimentation moins diversifiée, avec une baisse des produits de la chasse, de la pêche et de la cueillette. Exception notable : les habitants de la colline Saint-Charles, qui perpétuent une tradition déjà millénaire de consommation de mollusques marins, à l'exclusion de tout autre produit alimentaire.

De fait, les agropasteurs néolithiques et leurs devanciers mésolithiques ont en commun de n'avoir rapporté puis consommé sur la colline que des coquillages : des patelles, des bigorneaux, des coques, des murex, etc., chaque groupe ayant une préférence pour un type de mollusque marin, alors même que leur environnement ne cesse d'évoluer. La raison de cette consommation exclusive et si longue, maintenue sur un même lieu, reste un mystère. L'occupation chasséenne pourrait avoir été relativement dense, comme le montrent les sites probablement très étendus dans la vallée de l'Huveaune, ainsi que ceux récemment découverts dans les plaines de Rousset ou de Trets, dans l'arrière-pays, qui ont livré un grand nombre de fosses et parfois des sépultures. Ces possibles villages devaient être constitués d'habitations qui, pour le moment, n'ont pas encore révélé de traces tangibles, probablement parce que bâties en terre, comme sur la colline Saint-Charles.

Durant le Néolithique final, à partir de la moitié du IVe millénaire avant notre ère, les habitats semblent peu importants et de moindre ampleur. Toutefois, de nombreuses petites cavités sont utilisées pour accueillir des sépultures individuelles ou collectives, ce qui laisse supposer, vu la densité relative de population qu'elles impliquent, que le nombre de sites en plaine fut certainement plus élevé qu'il n'y paraît aujourd'hui.

Vase cardial du site côtier de l'abri Cortiou dans le massif de Marseilleveyre, près de Marseille. Ce vase exceptionnel, découvert à la fin du XIXe siècle par Eugène Fournier, présente des incrustations d'enduit rouge associées à un décor exécuté à l'aide d'un coquillage : le cardium (coque), d'où le nom de Cardial.

Et puis, au début de l'âge du Bronze, à partir du IIe millénaire avant notre ère, les sites de hauteur se multiplient. Sans doute faut-il y voir la conséquence d'un accroissement de tensions sociales, ou bien d'épisodes climatiques peu cléments. Le camp de Laure et son rempart à Châteauneuf-les-Martigues illustrent bien cette situation. Une enceinte de l'âge du Bronze a été diagnostiquée récemment, dans le même secteur que l'*oppidum* de l'âge du Fer de Saint-Marcel, sur le

Fragments de céramiques des VIe et Ve siècles avant notre ère, de production locale (coupe avec la rosace de boutons de lotus) ou importées de Grèce des régions de Corinthe (tesson avec les pattes de chevaux) ou d'Athènes (pour les autres fragments), découverts sur la fouille du collège Vieux-Port, à Marseille. Les décors, en rouge ou en noir, sont géométriques ou figurent des végétaux, des animaux ou des représentations humaines. La coupe (skyphos) emplie de vin que lève un convive symbolise parfaitement le contexte de la découverte de ce fragment : une salle de banquet du Ve siècle avant notre ère.

site de La Valentine. À cet endroit, la vallée de l'Huveaune s'étrangle entre Marseille et Aubagne, et constitue une voie de passage étroite. De part et d'autre de ce verrou, une série de sites allant du Mésolithique à l'âge du Fer se succèdent de façon quasi constante, ce qui suggère une surveillance continue des accès au bassin de Marseille, entre mer et montagne, durant toute la préhistoire. Ce verrouillage que constateront plus tard les Grecs, avec la création de places fortes à l'âge du Fer, semble donc avoir débuté plus tôt. L'implantation en plaine, masquée aujourd'hui par le bâti urbain contemporain, a cependant perduré, comme semblent l'indiquer des découvertes récentes. Sur les sites Louis-Armand et des Caillols, des vestiges d'habitation et du mobilier de l'âge du Bronze ont été mis au jour. Cette fréquentation concerne aussi le bord de mer : en témoigne un immense dépôt coquillier d'huîtres consommées, associé à du mobilier du Bronze ancien, situé sous la place Jules-Verne près du Vieux-Port actuel, là même où s'installeront les Phocéens, fondateurs de Massalia… L'occupation humaine dans le bassin de Marseille, même si elle a été peu dense, a donc perduré de façon continue jusqu'à cette date.

Les colons grecs renouvellent toutefois, en partie mais durablement, ce substrat humain ancien. En effet, leur patrimoine génétique est encore présent chez 4 % de la population marseillaise d'aujourd'hui, identifiable par la présence, sur le chromosome Y, du « signal phocéen », appelé « marqueur E-V13 », une mutation apparue en Grèce et dans ses colonies d'Asie Mineure, à l'instar de Phocée – ce qui confirme l'importance de l'implantation phocéenne. Mais ici commence une autre histoire…

INGRID SÉNÉPART

LES NOUVELLES FORMES D'HABITAT DU NÉOLITHIQUE

À Pont-sur-Seine, dans l'Aube, les vestiges de deux vastes maisons monumentales, dont la plus grande fait 900 m², sont parmi les plus remarquables témoins d'architecture néolithique jamais découverts sur le territoire.

Construites en matériaux périssables, entourées de puissantes palissades, les exceptionnelles bâtisses fouillées dans l'Aube sont aujourd'hui détruites, à l'exception de leurs parties souterraines. Elles pouvaient accueillir l'ensemble des habitants d'un village, mais il s'agit plus probablement de monuments dévolus à des cérémonies collectives particulières ou de résidences réservées à des élites.

Démesure

Édifiées en bois et en torchis, elles sont datées d'une phase récente du Néolithique, entre 3300 et 2900 avant notre ère. La forme particulière des entrées, matérialisée par un long couloir en entonnoir, témoigne d'une

L'architecture et la monumentalité des bâtiments du site néolithique de Pont-sur-Seine, dans l'Aube, restent sans équivalent connu en France, voire en Europe.

À La Mézière, en Ille-et-Vilaine, les vestiges de fondation d'une maison à ossature de bois ont été mis au jour. Ce bâtiment, d'une surface estimée entre 360 et 600 m², est matérialisé au sol par de puissantes fosses de calage de poteaux de 0,50 m de diamètre, conservées sur 1,50 m de profondeur. Le mobilier recueilli permet de dater cette construction du Néolithique moyen (vers 4200 avant notre ère).

volonté de mise en scène. Il s'agit donc d'une architecture volontairement ostentatoire, qui devait marquer le paysage alentour de façon saisissante.

Ce phénomène des maisons monumentales apparaît vers 4000 avant notre ère et se retrouve sur une large échelle géographique dans le nord et l'ouest de la France. Ces très grandes bâtisses – dont certaines font plus de 1 000 m² – marquent un changement d'échelle par rapport aux maisons, plus modestes, du début du Néolithique. Elles sont le symbole de l'impact toujours croissant des populations sur le territoire et la preuve matérielle de l'augmentation de la taille des groupes humains. Car ce type de construction implique un travail collectif organisé suivant un plan préétabli et, donc, une structure sociale forte. Leur caractère démesuré est un signe ostensible de maîtrise technique et de puissance.

Architecture du quotidien

Si ces grandes constructions sont un témoin exceptionnel de l'architecture d'alors, des habitations de taille plus modeste existent également. Dès le début du Néolithique, vers 6000 avant notre ère, plusieurs traditions architecturales coexistent. Dans le Nord, les maisons, dont les dimensions excèdent rarement les 100 m^2, sont de plan quadrangulaire alors que, dans le Sud, il s'agit de petits bâtiments ovales dont le modèle est probablement hérité de la péninsule italienne. Ces habitations accueillaient vraisemblablement des familles de dix à quinze personnes.

Plusieurs découvertes archéologiques montrent qu'elles contenaient généralement un foyer ou un four en terre, probablement dévolu aux préparations culinaires, et, souvent, de grandes jarres destinées au stockage des aliments. Quant aux villages néolithiques situés autour des lacs et des marais alpins, la fouille de ces sites aujourd'hui inondés et exceptionnellement bien conservés grâce au milieu humide montre qu'ils regroupaient quelques dizaines de maisons en bois, généralement reconstruites tous les dix à quinze ans. On y observe une grande variété d'artisanat pratiqué par les habitants : poterie, vannerie, sparterie (fabrication d'objets en fibres végétales dures), tissage et couture, fabrication d'outils en os ou en pierre et d'instruments en bois.

Les techniques de construction sont étroitement liées aux contraintes et aux disponibilités locales. Ainsi, alors que l'essentiel des bâtiments est élaboré en bois, terre et tiges de végétaux, les villages de la fin du Néolithique découverts dans les garrigues du sud de la France sont en pierre sèche ; là où le bois et la pierre manquent, les maisons sont essentiellement édifiées en terre et en végétaux ; à proximité des grands lacs, on construit sur pilotis.

L'invention de l'habitat sédentaire

La sédentarisation des populations préhistoriques est une conséquence directe du Néolithique : en Europe, il y a environ 8 000 ans, le mode de subsistance des populations humaines change progressivement sous l'influence d'un modèle d'origine proche-orientale. L'homme se met, pour

la première fois, à contrôler la nature afin de produire ce qu'il consomme : il invente l'agriculture et l'élevage.

Ce nouveau mode de vie révolutionne la façon dont les groupes humains occupent le territoire. La mise en culture des champs et la surveillance des récoltes et des troupeaux imposent notamment une présence constante, d'autant que, lorsque la récolte est achevée, les semences doivent être stockées sur place plusieurs mois. Bref, un habitat fixe s'impose. Les maisons sont maintenant conçues pour durer : on bâtit « en dur » pour la première fois, et les campements des populations nomades laissent la place aux premiers villages. De nouvelles problématiques découlent immédiatement de l'« invention » du village : l'accès à l'eau, la protection

À Château-Percin, à Seilh, en Haute-Garonne, le puissant rempart de terre et de bois qui entourait l'habitat s'est effondré, en flammes, dans le fossé d'enceinte, laissant aux archéologues un témoignage exceptionnel (et unique) de l'architecture de cette muraille, qui fut érigée vers 3900 avant notre ère.

des populations, l'hygiène (gestion/élimination des déchets), l'entretien des espaces collectifs, etc.

De la propriété privée aux zoonoses

L'apparition des grands bâtiments, comme celui de Pont-sur-Seine, mais aussi de maisons plus modestes que l'on rencontre tout au long du Néolithique est pour les archéologues la trace matérielle la plus visible de ce bouleversement. Mais les conséquences de ce nouveau mode de vie en sont beaucoup plus nombreuses : la croissance démographique favorisée par de meilleures conditions de vie entraîne un besoin toujours plus important de surfaces cultivables ; les terres fertiles deviennent un enjeu pour les populations d'agriculteurs, et c'est certainement à cette époque qu'apparaît la notion de « propriété privée » des territoires.

À cette territorialité forte s'ajoute la production de stocks difficilement transportables, qu'il convient de protéger contre la convoitise d'autres groupes humains. Et les conflits de se multiplier – on en voit d'ailleurs la trace à travers les habitats ceinturés de remparts dont la fréquence augmente à partir du milieu du Néolithique. Celui de Château-Percin, à Seilh, en Haute-Garonne, détruit par un incendie, était constitué d'une impressionnante muraille de plusieurs mètres de haut destinée à offrir une protection aux populations. Les traces de conflits comme de morts violentes sont également bien attestées à cette époque.

Si le passage au mode de vie sédentaire libère les hommes de certains aléas, puisque les ressources alimentaires sont mieux assurées, le changement d'activité et d'alimentation lié au mode de vie néolithique a pu favoriser l'apparition de maladies, épidémies et parasitoses, amplifiées par la densification de la population. Des zoonoses, maladies transmises aux humains par les animaux, voient le jour du fait de cette nouvelle promiscuité avec le bétail. On sait d'ailleurs que la rougeole et la variole (des virus d'origine bovine) sévissaient déjà à cette époque.

Innover pour conserver

La production de nourriture végétale ou carnée implique de pouvoir la conserver à moyen et long terme, ce qui entraîne la mise au point d'un grand nombre d'innovations dont les archéologues retrouvent la

Sur le site du Néolithique final du Barreau de la Devèze, à Béziers, ont été découvertes plusieurs grandes caves dont la partie inférieure était directement creusée dans le sol. Les parties aériennes, construites en terre et végétaux, ont disparu, mais la fouille de la base des creusements a livré de nombreux ossements de bovins, ce qui laisse penser que de la viande pouvait y être entreposée.

trace matérielle autour et dans les maisons. Ainsi le silo, qui assure la conservation des semences dans un milieu pauvre en oxygène. Il est creusé à même le sol, à proximité ou dans l'habitat. Le grain destiné à la consommation quotidienne de farines et de bouillies est stocké dans de grands paniers ou vases en terre cuite.

Dans le sud de la France, de vastes caves, creusées dans le sol, servent à garder les denrées au frais ; en milieu plus humide, on opte pour des greniers surélevés. Le sel est largement exploité, par exemple pour la salaison des viandes, et fait l'objet d'échanges sur de longues distances. Certains aliments sont aussi conservés dans de la graisse, dans de grands vases en terre cuite, ou encore séchés. Quant aux produits laitiers, ils bénéficient certainement du processus de fermentation : c'est en effet à l'époque qu'apparaissent les premières faisselles destinées à la création de fromages.

Les hameaux ou villages ont pu, suivant les ressources naturelles dont ils disposaient, se spécialiser dans certains types de production et s'échanger des marchandises et des biens. Pour cela, ils devaient être connectés entre eux. Le contrôle des chemins, mais aussi des voies d'eau ou des gués naturels est donc devenu un enjeu. Les réseaux viaires se sont aussi structurés pour relier les villages aux champs ou encore aux sources d'approvisionnement en matériaux comme les forêts, les carrières ou les mines. C'est aussi à cette époque qu'apparaissent de nouveaux moyens de transporter la marchandise : le travois (sorte de traîneau attelé) et, bien sûr, la roue, dont l'usage est facilité par la traction des animaux domestiques – autre invention du Néolithique.

Ce choix de la domestication des espèces végétales et animales par les populations néolithiques européennes, jamais remis en cause depuis, a profondément modifié l'organisation des groupes humains et leur impact sur l'environnement. Il a aussi été le déclencheur d'innombrables innovations techniques dont nous sommes les héritiers. Cette nouvelle relation à la nature a sans nul doute profondément marqué l'imaginaire des sociétés néolithiques, qui semblent placer l'être humain au centre du discours, comme on le remarque sur les nombreuses représentations graphiques ou sculptées de cette époque.

MURIEL GANDELIN

L'ANIMAL AU SEIN DES SOCIÉTÉS NÉOLITHIQUES

Chasse, troupeaux, rites sociaux, funéraires ou religieux : nous avons toujours entretenu avec l'animal des relations étroites, largement perdues de vue aujourd'hui. C'est précisément le rôle de l'archéozoologue que de les révéler, grâce à l'étude des ossements et de leur agencement.

Examinons cette ancienne photographie. Qu'y voit-on ? Un homme dans une posture de prière, un ciel ennuagé, le sable chauffé à blanc où s'accrochent quelques touffes d'herbe brûlées par le soleil. Un calumet dans sa main et un crâne de bison à ses genoux. Pour cet Indien dakota et toute la société à laquelle il appartient, ces deux objets sont porteurs d'une signification immédiatement intelligible. Mais l'archéologue, que pourrait-il en dire, quelques décennies après leur dépôt sur le sol ?

Ce cliché d'Edward S. Curtis, Prayer to the Great Mystery (Slow Bull), *date de 1907. Il montre un Indien dakota en prière, un crâne de bison à ses pieds et un calumet à la main.*

Retrouver gestes et rites

C'est là que l'archéozoologue entre en scène. Lui pourrait les interpréter comme des éléments d'un rituel exécuté par des Indiens des plaines d'Amérique du Nord. L'archéozoologue, c'est un archéologue qui s'emploie à retracer les relations qu'entretiennent les sociétés anciennes avec les espèces animales, à travers les traditions culinaires, la composition des troupeaux, les expéditions de chasse ou encore les rites sociaux ou religieux.

Comment procéderait-il ? Premièrement, il constaterait que les mâchoires de la tête de bison sont absentes, transformant l'os en « bucrane », objet façonné par l'homme et non plus simple reste d'un animal mort naturellement. Deuxièmement, il noterait que le lieu de dépôt se trouve isolé, en dehors du village. Enfin, il rappellerait que le calumet est un objet connu pour être utilisé dans les relations sociales, lors de prises de décision et pour la communication avec l'au-delà.

Il conclurait que le bison, dans cette société qui vivait principalement de la chasse, était certes un animal précieux pour sa chair et sa graisse, ses os servant de matériau pour l'artisanat. Mais, surtout, qu'il occupait un rôle important durant les événements sociaux structurants que sont les chasses collectives et les cérémonies religieuses. Il resterait cependant une inconnue : les mythes qui permettraient de comprendre la raison de l'exposition de ce bucrane. En effet, ces récits, qui mettent en scène des éléments – dieux, animaux, forces naturelles – symbolisant des énergies, des puissances et des aspects de la condition humaine, sont associés à des objets porteurs de messages, que l'on montre à la communauté ou bien que l'on cache.

Tous ces objets « qui n'entrent pas dans les musées, car considérés comme peu artistiques », comme le souligne l'ethnologue Pierre Lemonnier, sont aussi importants par le geste technique les ayant façonnés que par les rites et les mythes qui les définissent. Certains, comme le bucrane, intercèdent avec les non-humains (forces naturelles, ancêtres, dieux, etc.) par le pouvoir imaginaire qu'on leur prête. On leur délègue également un ordre social (représentation de l'identité d'un clan, rapports entre les hommes et les femmes, etc.), puisqu'ils permettent le partage d'une manière de vivre ensemble : la « représentation du tout social ».

Ce que nous dit l'archéologie

Fort heureusement, les ossements d'animaux, grâce à leurs propriétés minérales, sont susceptibles d'être conservés – pour peu qu'ils soient enfouis dans le sol. Voyons si nous pouvons développer, pour le bœuf néolithique, le même raisonnement que pour le bison chez les Amérindiens.

Cet animal était très important dans l'économie des populations néolithiques du nord de la France, entre 5000 et 2500 avant notre ère. Les archéologues ont ainsi découvert un grand nombre d'os de bovins fragmentés, reliefs de repas jetés dans de grandes fosses longeant les maisons villageoises typiques du Néolithique ancien (5000-4700 avant notre ère). Il est vrai que la viande de bœuf est particulièrement prisée à cette époque-là.

Cependant, bien d'autres espèces sont aussi mangées : les animaux domestiques, comme le mouton, la chèvre et le porc ; et les animaux sauvages de grande taille, comme le cerf, le sanglier, l'aurochs et le chevreuil. Toute une cohorte de petits animaux fournissent aussi un complément alimentaire et permettent de se pourvoir en fourrure : castor, lièvre, renard, blaireau, etc. Sans parler de la collecte de grenouilles, de la chasse aux oiseaux ou de la pêche.

Traces de découpe laissées par un couteau de silex sur un fragment de côte de bovin. Enceinte du Néolithique moyen de Villers-Carbonnel, dans la Somme.

Une analyse minutieuse

Revenons à l'os en lui-même, aux stigmates d'usage qu'il porte et qui permettent de répondre à certaines interrogations. Comment l'animal a-t-il été débité ? La graisse et la moelle ont-elles été prélevées ? La percussion à la pierre dure pour sectionner des morceaux de carcasse laisse une fracture caractéristique, en forme de spirale, qui autorise l'identification de ces gestes. Le levage des filets de viande au couteau de silex ? Il provoque de fines rainures parallèles à la surface des os. Les modes de cuisson de la viande ? Ils sont également perceptibles, par la couleur différente que prennent les os en fonction du degré de combustion auquel ils ont été soumis. Selon que le morceau fut mangé bouilli, grillé, rôti ou jeté dans le feu, la teinte ira du marron le plus léger, signe d'un bref moment de chauffe, au blanc le plus crayeux, témoin de la calcination dans un foyer.

L'animal au cœur des rites sociaux et cultuels

Comme pour les sociétés traditionnelles, chez les premiers chasseurs-éleveurs, le bétail participait au maintien de réseaux actifs sous-tendus par des échanges, ceux-là mêmes qui fondent les rapports entre les humains et pérennisent une société. Ces relations établies entre partenaires sont de l'ordre de l'entraide, de la compétition ou de la domination. Les animaux sacrifiés et déposés hors des lieux dévolus aux activités domestiques les transforment en objets sociaux, culturels ou religieux.

Durant tout le Néolithique, les bovins, les moutons, les porcs, les chiens, mais aussi les cerfs, les sangliers et les aurochs participent, sous des formes différenciées mais de manière fondamentale, au domaine du sacré. D'autres espèces beaucoup plus rarement retrouvées dans les sites archéologiques, comme le loup, l'ours et le cheval sauvage, y concourent également.

C'est ainsi que les enceintes, ces ouvrages monumentaux composés de fossés circulaires et de palissades qui se multiplient au Néolithique moyen (4700-3600 avant notre ère), présentent les restes archéologiques de rites incluant toutes ces espèces. Les animaux domestiques y sont sacrifiés, avant qu'on ne partage leur viande lors de rassemblements collectifs. Certaines parties anatomiques sont ensuite choisies – préférentiellement

Bucranes de bovins mis au jour dans l'enceinte du Néolithique moyen de Passel, dans l'Oise. Il s'agit de signes concrets montrant l'importance symbolique du bœuf au Néolithique.

des bucranes, des mâchoires, des vertèbres et des omoplates – pour être exposées à des endroits stratégiques du site. Les espèces sauvages sont chassées collectivement, puis les trophées – cornes d'aurochs et ramures de cerf – sont exhibés à la vue de tous avant d'être enfouis.

L'animal dans le domaine funéraire

L'animal est également mis en scène dans les tombes, comme dans les nécropoles du Néolithique moyen fouillées en Normandie ou dans l'Yonne. Elles abritent des monuments gigantesques faits de terre et de bois, érigés autour de sépultures individuelles. Certains défunts ont été inhumés accompagnés de dizaines de jeunes moutons, ce qui montre la grande valeur accordée au bétail, ainsi qu'au statut d'éleveur, très valorisé

VIGNELY PB 1994
STR - 197

Au Néolithique moyen, des objets précieux sont déposés dans les tombes, comme ces défenses de sanglier au bras de cet homme jeune à Vignely, en Seine-et-Marne.

au Néolithique. Mais celui de chasseur l'est également, bien que les signes qui s'y rapportent soient plus discrets, comme les carquois de flèches qui complétaient ces offrandes. Il est probable, au vu des espaces vacants près des inhumés, que des biens périssables étaient également présents : des paniers, des peaux, des fourrures, des tissus, de la nourriture ou des boissons.

Les attributs des animaux se déclinent aussi en éléments ornementaux. Les parures sont en effet des indicateurs sociaux, qui obéissent à des processus d'identification à la fois individuels et collectifs. Elles sont en lien avec le statut biologique (âge ou genre) et/ou identitaire (appartenance à un lignage ou à un clan) du porteur. Comme cette tombe féminine du Néolithique ancien, comportant un vêtement (aujourd'hui disparu) richement brodé de craches – canines – de cerf, prélevées sur 41 spécimens ! Cette quantité indique que cet ornement est précieux. Et l'analyse des traces d'usure à la surface et à l'endroit de la perforation des dents indique qu'elles avaient déjà été portées : il est donc possible que ces craches se soient transmises sur plusieurs générations.

Datées du Néolithique moyen, des défenses de sanglier retrouvées aux bras de certains défunts masculins sont spectaculaires. Enfin, au Néolithique récent (3600-2900 avant notre ère), ce sont des dents de carnivores (renard, chien, loup et ours) qui ont été percées pour constituer des ornements, souvent des colliers, en particulier pour les enfants.

En définitive, les animaux sont de bons indicateurs du mode de vie des populations anciennes, pour peu que l'on soit attentif aux vestiges découverts et que l'on s'applique à interpréter les restes osseux qu'ils ont laissés, par le biais de la méthode archéozoologique.

LAMYS HACHEM

VILLES ET ÉCHANGES

Niveau de dépotoir du port antique d'Antibes avec, au premier plan, une amphore.

LES SURPRENANTS DÉPÔTS DE L'ÂGE DU BRONZE

Enfouir dans le sol un bric-à-brac d'objets métalliques. Cette pratique curieuse de l'âge du Bronze (2200-800 avant notre ère) intrigue les archéologues. Dépôt de matériel à recycler ? Stratégie économique ? Abandon rituel ? Les hypothèses sont nombreuses.

Cent trente et un objets composent le dépôt de Farébersviller, dans le nord de la Lorraine, en Moselle : 14 haches, 2 ciseaux, 2 couteaux, 1 gouge, 1 marteau, 26 faucilles, 1 pointe de lance, 2 boucles de suspension d'épée, 1 applique ou bouton, 6 anneaux, 1 bracelet ou torque, 34 bracelets, 21 « boucles d'oreille », 1 épingle, 1 fil de bronze, 15 culots de creuset et gouttes de bronze, 2 morceaux de bronze plat et fin. Tous en bronze, ils furent découverts imbriqués les uns dans les autres, déposés dans une petite fosse de moins de 50 centimètres de diamètre et 25 centimètres de profondeur.

Le dépôt intact de Farébersviller photographié in situ *lors de sa découverte en 1991, puis après restauration des objets en bronze. Avec plus d'une centaine de pièces, il s'agit à ce jour du plus riche dépôt connu en Lorraine. Son étude nous éclaire sur la société, il y a 3 000 ans.*

Les trois quarts de ces objets sont entiers et usagés, d'autres brisés et/ou tordus intentionnellement. Certains sont bruts de coulée ou présentent des défauts de fabrication. Daté vers 900-800 avant notre ère, ce lot est proche d'autres dépôts retrouvés fortuitement par des terrassiers en Sarre-Lorraine au XIXe siècle. Il s'agit sur le plan régional d'une très rare découverte, réalisée dans le cadre de l'archéologie préventive. Car les archéologues qui exploraient les 94 hectares du futur projet de la ZAC de Freyming-Merlebach s'attendaient certes à trouver des traces de poteaux en bois, des vestiges d'habitations, voire des fosses-dépotoirs, des fours, des silos à grains ou des sépultures. Mais un dépôt, et d'une telle ampleur ! Malgré des fouilles entreprises par la suite, cette découverte demeura hélas isolée, la présence d'un site d'habitat n'étant confirmée qu'à 1 kilomètre de là.

Qu'est-ce qu'un dépôt de l'âge du Bronze ?

Il s'agit d'un ensemble d'objets métalliques, le plus souvent en bronze, rassemblés dans un vase ou un contenant en matière périssable. Ils sont enfouis dans le sol ou immergés, parfois déposés dans une cavité naturelle, souvent en des points particuliers du paysage. Parmi eux, on dénombre des parures, de l'armement, de l'outillage, de la vaisselle, des masses de matières premières (lingots de cuivre le plus souvent) ainsi que des pièces de harnachement. Leur état s'avère très variable : objets finis ou non, neufs ou usagés, entiers ou brisés. Par ailleurs, les assemblages sont soit homogènes et constitués d'une seule famille d'objets, soit hétéroclites, comme à Farébersviller.

Pourquoi de tels dépôts ? Cette pratique a duré entre 1900 et 800 avant notre ère, avec de nombreuses variations dans la composition des ensembles. Elle reflète certaines préoccupations des sociétés d'alors. C'est pourquoi les chercheurs s'intéressent à l'ensemble de ceux découverts en Europe, en particulier en France et en Allemagne. Ils étudient pour cela différents paramètres : variabilité des formes, modes de fabrication et d'utilisation, composition du métal, répartitions géographiques.

Les analyses révèlent tout d'abord une grande maîtrise de la métallurgie du bronze (alliage de 90 % de cuivre et 10 % d'étain, en général), notamment de la coulée du métal dans des moules (en pierre ou souvent en terre réfractaire), facilitant la fabrication en séries numériquement importantes d'objets largement diffusés. Le progrès des techniques d'analyse et les comparaisons statistiques permettent de mieux identifier les aires de production des objets en bronze. Il est alors possible de découvrir d'où proviennent les minerais utilisés, à partir des lingots de cuivre, mais aussi des objets finis eux-mêmes (par l'analyse isotopique des plombs). Les modèles sont-ils de provenance lointaine ou s'agit-il de copies locales ? Les artisans bronziers sont-ils itinérants ? De nombreux transferts de technologies et d'échanges d'idées expliquent en effet la réussite de cette production à l'échelle de l'Europe.

Archéologie expérimentale d'un atelier de bronzier menée sur le parc Samara, dans la Somme.

D'importants réseaux commerciaux sont également nécessaires pour l'approvisionnement du cuivre (en provenance des îles Britanniques, d'Ibérie, des Alpes orientales et des Carpates) et surtout de l'étain, beaucoup plus rare (de Bretagne, de Loire-Atlantique, du Limousin, principalement). Aucun grand complexe qui centraliserait la réduction de minerai n'est pour l'heure connu en France. On suppose ainsi que la matière brute devait circuler, sous le contrôle des puissants, au même titre que les objets manufacturés.

Des indicateurs de hiérarchies sociales ?

Les habitats de l'âge du Bronze, des fermes fort modestes en général, ne donnent guère d'indications sur la composition de la société agropastorale de cette époque. Les nécropoles délivrent, quant à elles, quelques informations, notamment grâce au mobilier accompagnant le défunt. Mais ce sont les dépôts qui mettent remarquablement en lumière la panoplie du guerrier, les parures féminines ou les outils d'un artisan bronzier. Ils témoignent de la richesse et de la variété des productions contrôlées par des élites, réalisées parfois avec des matériaux précieux (or, ambre, verre), souvent de provenance lointaine, et destinées à montrer leur prestige.

Les archéologues identifient parfois au sein de ces dépôts, à côté de séries d'objets manufacturés (en particulier des haches) ou de fonderie (lingots, fragments, etc.), un nombre restreint de pièces qui pourraient correspondre à un lot personnalisé, soit masculin (épée, éléments de char), soit féminin (parures). Dans cette optique, le dépôt de Farébersviller demeure cependant difficile à classer et à interpréter : il contient potentiellement plusieurs équipements personnels masculins et/ou féminins, symbolisant peut-être une communauté plus qu'un seul puissant.

Dans quelques cas, il est même possible d'identifier la présence d'articles de panoplies masculines et féminines ou de vaisselles typiques du nord de l'Europe ou d'Europe centrale, associés à des équipements et produits plus régionaux. Ces pièces rares témoignent de liens à longue distance ; elles semblent se faire l'écho de déplacements de personnes « étrangères » au groupe et d'une « personnalisation » du dépôt. Certaines cachettes de bronzes évoqueraient aussi des activités spécifiques, comme le travail d'un artisan dinandier (outillage), ou seraient les témoins d'un exceptionnel banquet rituel (vaisselle).

Pourquoi ces dépôts ?

Comment y voir autre chose qu'un simple bric-à-brac d'objets hétéroclites et énigmatiques ? Sous un angle économique, certains pourraient correspondre à un simple stock provisoire d'objets en métal majoritairement neufs, destinés à être vendus ; d'autres seraient composés d'objets usagés, fragmentés ou ratés, voués à être recyclés. Mais, dans de nombreux cas, pourquoi observe-t-on des assemblages homogènes, tant au niveau des types d'objets que de leur composition métallique, et, enfin, pourquoi renferment-ils presque systématiquement des biens de prestige ?

*À Port-en-Bessin, dans le Calvados, un dépôt d'armes en bronze (haches, fragments d'épée et de lance, etc.) placé dans une poterie a été mis au jour en 2018 sur le plateau rocheux dominant la mer, le mont Castel. C'est sur ce lieu emblématique que fut également découvert, au XIX*e *siècle, l'un des plus importants dépôts à l'échelle nationale, contenant plus de 200 pièces.*

Pour obtenir ce fragment d'épée, présent dans le dépôt du mont Castel, dans le Calvados, l'artisan dinandier devait faire preuve d'un savoir-faire certain. Car, contrairement à la pierre, le métal ne se brise pas facilement. Mais dans quel but ce fragment a-t-il été sélectionné, alors que toutes les autres parties de l'épée sont absentes?

Par ailleurs, lorsqu'un objet est brisé intentionnellement – ce qui nécessite une certaine technicité de la part de l'artisan bronzier –, pourquoi ne retrouve-t-on qu'un fragment et non la totalité des éléments pour la refonte ? Ne s'agirait-il pas là d'une démarche ritualisée et codifiée, à l'exemple des armes sacrifiées dans les sanctuaires gaulois ? Aurait-on affaire, le métal circulant activement, à une pré-monnaie, chaque fragment représentant une quantité normée de matière ? Quoi qu'il en soit, ces dépôts isolés ne paraissent guère destinés à être retrouvés et utilisés ; sinon, comment expliquer l'abandon de ces importantes quantités de métal ? Mais alors, pourquoi soustraire de la circulation tant de métal précieux ?

Thésaurisation

Ces dépôts sont souvent enfouis à des points de passage obligés ou privilégiés (gués, confluences), ainsi que sur des sites de hauteur fortifiés, permettant le contrôle des voies de communication ; ils semblent ainsi servir de marqueurs au sein du territoire. Dans un autre registre, est-il fortuit que plusieurs dépôts lorrains – dont celui de Farébersviller – soient localisés à proximité des mines de cuivre du Warndt sarro-lorrain ? Certes, leur exploitation n'est clairement attestée qu'à partir de l'Antiquité, mais un faisceau d'indices tend justement à reculer cette date à l'âge du Bronze.

Ainsi, au travers de l'étude de ces dépôts, toute une société fortement hiérarchisée se dévoile à nous. Bien que leur signification suscite encore beaucoup de débats, notamment lorsque l'on touche au domaine de la spiritualité et de la symbolique, les interprétations sociales prendraient peu à peu le pas sur les motivations économiques. À une période où la métallurgie constitue une innovation majeure, les élites qui contrôlent les circuits d'approvisionnement et d'échanges maîtriseraient également tout le processus de thésaurisation volontaire des richesses, depuis la sélection intentionnelle et codifiée des objets jusqu'aux cérémonies et rituels d'enfouissement. Cette pratique, largement attestée en Europe, fluctue néanmoins dans l'espace et dans le temps, à l'image de la pérennité du pouvoir dans ces régions.

MARIE-PIERRE KOENIG

DE LAVAU À VIX : LES ÉLITES CELTIQUES ET LA MÉDITERRANÉE

Soixante ans après la dame de Vix, voici le prince de Lavau ! Ces tombes monumentales et richement dotées fascinent, par les liens qu'elles dévoilent entre les sociétés celtiques de l'est de la France et les grandes civilisations méditerranéennes.

Une trouvaille inattendue : c'est ainsi que restera dans les mémoires la tombe princière celtique de Lavau, dans l'Aube, mise au jour durant l'hiver 2014-2015. Datée du milieu du Ve siècle avant notre ère, elle fait écho à celle exhumée en 1953 à Vix, en Côte-d'Or. Mais, alors que la découverte de Vix par des amateurs avertis fut le fruit du hasard, celle de Lavau est le résultat du travail d'archéologues professionnels, qui surveillaient avec attention l'aménagement alors entrepris dans la plaine de Troyes.

Comme un air de Méditerranée en Champagne

Dominant la vallée de la Seine, protégé sous un tumulus de 40 mètres de diamètre entouré de fossés, les restes du « prince » gisaient là, allongés sur la caisse d'un char à deux roues. Paré d'un torque et de bracelets en

L'œnochoé grecque de Lavau, décorée d'une scène de banquet, fut embellie chez les Celtes par l'ajout de décors en or et en argent.

Le prince de Lavau, allongé sur son char, était accompagné d'un riche dépôt de vaisselle méditerranéenne.

or, d'une fibule en fer, or et corail, d'un brassard en roche, d'une ceinture brodée de fils d'argent, le défunt était également accompagné d'un couvre-chef en vannerie décoré d'or et de corail. Des perles d'ambre étaient disposées sous sa nuque. À ses pieds, un riche dépôt de vaisselle rassemblait des pièces relativement précieuses, quoique de production standardisée – une ciste à cordons, deux bassins et une petite œnochoé (un pichet de vin), tous en bronze et importés, ainsi qu'une bouteille cannelée en céramique locale. On y dénombrait aussi des objets exceptionnels tels qu'un grand chaudron en bronze, une œnochoé attique décorée d'or et d'argent, une passoire, une cuillère perforée et un gobelet en argent et or, enfin un grand couteau de cérémonie au fourreau brodé de fils d'étain.

C'est un vaste réseau de relations à longue distance que révèle l'origine du mobilier funéraire : vaisselle de bronze produite chez les Étrusques ou en Italie du Nord, corail de Méditerranée, ambre de la Baltique, céramique grecque, argent vraisemblablement extrait de Méditerranée orientale, étain d'Armorique ou de Grande-Bretagne, vin de Marseille ou de la péninsule italique, techniques décoratives et décors méditerranéens. À la fin du VIe siècle et dans la première moitié du Ve, l'aristocratie celtique est ainsi reliée au reste du monde alors connu.

Le temps des petits États

Une dizaine de petits États éphémères ont de fait émergé à la fin du premier âge du Fer. Ils se répartissaient le long des principales voies de communication naturelles, dans un vaste espace nord-alpin s'étendant de l'Autriche au centre de la France, là où naissent les principaux cours d'eau européens. Leur richesse et leur puissance sont visibles dans les sépultures princières. En France, les plus emblématiques sont celles de Vix. Il en reste de grands tumulus abritant des tombes (trois sont connues à ce jour), associées à un habitat fortifié, installé au mont Lassois. Ses imposants remparts protégeaient de vastes greniers et de grands bâtiments d'habitation, le tout connecté à la Seine, véritable artère économique, dont le cours semble avoir été détourné pour l'en rapprocher.

Les découvertes de Lavau et de Vix témoignent en effet de l'importance du bassin de la Seine et de ses affluents, au tournant du premier et du second âge du Fer, vers 450 avant notre ère. C'est sur la Seine que l'étain circule, étape majeure dans une route commerciale qui reliait les peuples septentrionaux aux rives de la Méditerranée. Qui contrôle l'accès au fleuve devient un interlocuteur obligé, synonyme de pouvoir et de profit. Ces petites entités celtiques ont aussi profité de leur situation géographique, en périphérie d'un monde méditerranéen en pleine ébullition, qui voit se recomposer au gré de différentes batailles la carte des puissances (au détriment des cités-États étrusques). Elles ont pu tirer parti d'un contrôle de la circulation des denrées, ainsi que, peut-être, des besoins en main-d'œuvre, voire en force militaire.

De vin et d'étain

Le nom de Troyes vient des Tricasses, « les passeurs d'étain » littéralement, un peuple celte. C'est quasiment le seul indice qui nous reste des échanges de la Celtique vers le sud. En revanche, l'importation des produits méditerranéens est riche de données archéologiques. C'est bien sûr le cas du vin. Produit exotique et luxueux, il est régulièrement acheminé dans la région, en particulier à Vix, comme en témoignent de nombreux tessons d'amphores massaliotes. Les coupes attiques, présentes aussi bien dans l'habitat que dans la tombe de la « dame » de Vix, ont d'ailleurs dû servir à sa consommation.

À Lavau, des analyses chimiques et l'étude des pollens ont indiqué que le magnifique chaudron était rempli d'un vin rouge miellé et aromatisé à la mode méditerranéenne, avec force sarriette, myrrhe, gentiane, au point qu'il fallait le filtrer à l'aide de la passoire retrouvée dans la tombe, un accessoire d'habitude peu employé chez les Celtes. D'autres éléments nous indiquent que les élites locales aimaient consommer le vin à la manière méditerranéenne, en banquet et *symposium* (conversations de fin de repas) : la vaisselle d'importation, comme l'œnochoé, décorée d'une scène de banquet figurant Dionysos et son agencement dans la tombe, évoquant les scènes de banquet peintes dans les tombeaux étrusques. L'acculturation est ici flagrante.

Mais que penser de la démesure du cratère de Vix (1,64 m de haut) et du chaudron de Lavau (1 mètre de diamètre) ? Est-ce une réponse aux besoins spécifiques de Celtes réputés grands buveurs ? Le producteur a-t-il répondu à un cahier des charges adapté ? Ou bien la démesure de ces récipients cache-t-elle une flatterie envers des clients qu'on suppose peu raffinés ? Il pourrait bien s'agir d'un système de don et de contre-don, comme décrit par les ethnologues : celui qui a reçu un don précieux se sent redevable à son donateur et cherche à s'en affranchir par un contre-don encore plus fastueux.

Vue aérienne du tumulus princier de Vix en cours de fouille en 2019 ; à l'arrière-plan, le mont Lassois domine la vallée de la Seine, qui coule à sa droite.

Autre hypothèse : des cadeaux diplomatiques de la part de cités-États grecques et étrusques, pour entretenir des contacts à longue distance et conserver l'accès à certaines ressources, comme l'étain. Car le cratère de Vix est un cadeau digne d'un roi, ou en l'occurrence d'une reine. Par leur taille, ces récipients permettaient donc à l'élite d'exprimer leur pouvoir à travers la distribution de grandes quantités de boisson, lors de banquets rassemblant une communauté nombreuse : un luxe d'autant plus flagrant qu'il s'agissait de vin, nécessairement importé et donc coûteux.

Une aristocratie tournée vers le Sud

Intermédiaire obligé sur les itinéraires connectant la Méditerranée avec les zones-ressources, une partie de l'aristocratie nord-alpine va bientôt profiter de cette situation géopolitique pour s'affirmer. À l'exemple de Vix, ces « princes » feront construire, à la fin du VIe siècle, les premiers centres urbains fortifiés par des remparts d'une ampleur inédite, abritant leur palais, mais aussi de vastes infrastructures de stockage, et des centres de productions artisanales. Leurs riches tombeaux sont installés en périphérie, marquant le paysage de l'empreinte de ce pouvoir fort. Captant en retour des productions de luxe, ils utiliseront le banquet et les vaisselles qui lui sont liées comme un instrument d'affirmation de leur position sociale.

Ainsi, avec Vix et Lavau, nous assistons à un court mais intense moment d'ébullition sociale et culturelle, fort de l'avènement d'une élite de très haut rang ouverte au monde méditerranéen. Cela marque aussi l'apparition d'États émergents organisés autour de centres fortifiés en voie d'urbanisation, contrôlant le trafic des biens, la vaisselle et le vin par exemple, au sein d'un réseau étendu à l'échelle continentale.

Ces échanges économiques ne sont pourtant pas nouveaux dans la région. À partir de la fin du VIIe siècle et surtout dans la première moitié du VIe, après la fondation de Marseille par les Phocéens, se développe un intense trafic d'objets en bronze produits dans le quart nord-est de la France en direction du sud, via la vallée du Rhône. Convoyé ensuite par les commerçants grecs et étrusques établis sur le littoral, ce métal associant cuivre et étain se diffuse en Italie, en Sicile et en Grèce, régions grandes consommatrices de bronze, mais dénuées de ressources en étain.

Une courte existence

Qu'est-il advenu de ces États ? Ils disparurent, en même temps que la toute-puissance étrusque, dans le second quart du Ve siècle avant notre ère. Voilà qui démontre leur fragilité, conditionnée par des liens économiques mais aussi sans doute politiques et diplomatiques lointains, rompus sans lendemain. Le tropisme méditerranéen, l'élan donné à l'urbanisme et plus largement le redécoupage de l'espace en territoires centralisés atteignant

Sans doute produit en Étrurie, l'imposant chaudron de Lavau est orné de quatre têtes du dieu-fleuve grec Achéloos.

le statut d'États émergents : tous ces emprunts au monde « civilisé » s'effacent en quelques décennies. Ils cèdent la place à une société plus « traditionnelle », au paysage maillé de chefferies contrôlées par des guerriers – bref, un retour en arrière de plusieurs générations.

Pour autant, ce petit siècle d'intenses contacts avec la Méditerranée aura nourri l'univers artistique et le savoir-faire des artisans celtes. Ces derniers vont s'approprier, puis transformer à leur façon certains motifs décoratifs ou formels empruntés aux Grecs et aux Étrusques, pour forger un nouvel art, celui du premier style celtique, porteur d'une nouvelle culture, celle du deuxième âge du Fer. Quelques décennies plus tard, ces Celtes partiront explorer, au-delà des Alpes, ces territoires que leurs aïeux avaient juste entrevus à travers la dégustation de leur bon vin…

BASTIEN DUBUIS et ÉMILIE MILLET

UNE NOUVELLE TOMBE ÉTRUSQUE EN CORSE

Un escalier qui descend sous la terre, un couloir qui mène à une chambre funéraire. En Toscane, ce serait une histoire banale. Mais nous sommes en Corse, face à une découverte inattendue.

La nécropole d'époque romaine de la ville d'Aléria, en Haute-Corse, faisait l'objet de fouilles préventives. C'est là que, en 2019, sur le site de Lamajone, cette fabuleuse tombe est apparue, profondément enfouie sous une succession de sépultures plus récentes.

Les archéologues ont repéré une volée d'escalier creusée dans le terrain naturel argileux de couleur rouge. Entièrement dégagée, elle les a conduits dans un couloir d'environ 7 mètres de long sur 1,30 m de large, qui les mena vers une chambre funéraire. Il s'agissait d'une tombe souterraine : un hypogée, d'une surface de 1,60 m^2. Son accès avait été scellé, après les funérailles, par un épais mur constitué d'un assemblage soigné de mottes de terre grise, incluant des tessons de céramique usés et de petits fragments de charbon de bois. La chambre elle-même est composée de parois en sédiment rouge. Au centre reposait une femme, étendue sur le dos.

L'escalier et le couloir permettant l'accès à la chambre funéraire de la tombe de Lamajone, ici au premier plan.

La parure de la défunte.

Une sorte d'agrafe retrouvée au niveau de la poitrine suggère que son corps était enveloppé dans un tissu, vêtement ou linceul. La défunte portait des bagues et des boucles d'oreilles en or. Elle était entourée d'une quarantaine de récipients en céramique. Les plus remarquables ? Deux grands vases (*skyphos*) et une petite cruche (lécythe aryballisque) déposés près de sa tête ; et, le long de sa jambe droite, un autre *skyphos* et quatre cruches décorées.

Étrusque, qui es-tu ?

Les Étrusques furent les premiers à occuper l'Italie centrale, entre l'Arno et le Tibre. Soit la Toscane, la partie occidentale de l'Ombrie et le Latium jusqu'à la frange littorale de la Campanie. Leurs premières cités apparaissent au milieu du VIIIe siècle avant notre ère, à partir du Villanovien – une culture de l'âge du Fer identifiée pour la première fois sur le site de Villanova, près de la ville actuelle de Bologne. Les cités-États étrusques ont dominé l'histoire de la péninsule italique durant une grande partie du Ier millénaire, jusqu'en 265 avant notre ère, date à laquelle Véies, la dernière d'entre elles, fut conquise par les Romains.

La civilisation étrusque, moins bien connue que celle des Grecs et des Romains, laisse aujourd'hui l'image d'une société d'aristocrates, de guerriers, de commerçants et de marins. Les sources historiques et littéraires gréco-romaines conservées sur le sujet sont rares. L'empereur Claude avait bien écrit un traité sur les Étrusques, mais il est hélas perdu. Les premiers livres de l'*Histoire romaine* de Tite-Live font référence à une littérature sacrée, historique et politique. Une partie des cérémonies et des rites romains, dont la divination à partir des entrailles d'animaux et la lecture du vol des oiseaux, leur serait imputable.

L'apogée des Étrusques se situe entre la fin du VIIe siècle et le début du Ve siècle avant notre ère. Leur alliance avec Carthage leur assurait la maîtrise des mers. Mais le déclin de cette dernière, devant l'expansion des Grecs et des Romains, brise leur hégémonie. D'un point de vue archéologique, si des villes ont fait l'objet de fouilles, l'essentiel de nos connaissances a longtemps reposé sur les nécropoles, et particulièrement sur les tombes aristocratiques aux riches chambres funéraires, souvent souterraines, couvertes de peintures murales.

Une implantation limitée en France

En dehors de l'Étrurie, des traces matérielles de la civilisation étrusque sont attestées de l'Atlantique au Danube et de la Méditerranée à la Manche, dès l'extrême fin du VIIe siècle. Cela grâce au commerce et aux échanges de biens de prestige et de vin. Les marchands étrusques sont en position dominante sur les rivages de la Gaule méridionale durant la première moitié du VIe siècle. Ils fournissent les populations indigènes en amphores à vin étrusques, en vases à verser et en coupes à boire en céramique dite *bucchero nero*.

Ces échanges commerciaux paraissent importants, vu la masse d'objets retrouvés sur les sites. Pourtant, les Étrusques semblent s'être peu implantés : nous ne connaissons que deux installations avérées en

Le mobilier d'accompagnement retrouvé dans la tombe après nettoyage, consolidation et remise en état pour étude.

France : un quartier urbain à Lattes, en Languedoc, et une nécropole à tombes en hypogée sur le site de Casabianda, à Aléria, en Corse. D'environ 7 000 m², cette dernière est installée sur deux collines situées aux extrémités d'un tronçon d'une voie d'axe nord-sud. Lors de fouilles menées entre 1960 et 1983, 179 sépultures ont été mises au jour, dont une grande partie appartenait à une phase étrusque (Vᵉ-IIᵉ siècle avant notre ère) et était dotée d'un mobilier archéologique prestigieux (cratère, épées, casque, bijoux). D'où l'importance de la nouvelle tombe d'époque étrusque découverte à 700 mètres de là.

Un mobilier funéraire d'une très grande richesse

Les vases peints recueillis dans la tombe ont été fabriqués en Étrurie au IVᵉ siècle avant notre ère. Ils appartiennent au cortège de la vaisselle utilisée pour le service du vin lors du banquet aristocratique ou funéraire.

Deux cruches sont décorées de profils féminins portant des coiffes en tissu enserrant la chevelure. Une autre représente un personnage ailé qui semble mener deux quadrupèdes (loup ou lion) : probablement un démon des Enfers qui conduit l'âme du mort dans l'autre monde.

Deux flacons à parfum (alabastres) reposaient sur les pieds de la défunte. À leur gauche se trouvait un amas de récipients en verre et de petits vases à vernis noir, flanqué par deux miroirs en bronze. L'un d'eux est décoré d'une scène à trois personnages : une femme dévêtue est encadrée par deux femmes habillées portant un diadème et tenant chacune un alabastre. Elles semblent en verser le contenu sur le personnage central. Nous sommes peut-être là en présence d'une scène de toilette de la déesse étrusque Turan parfumée par deux suivantes, dont les vases dessinés font écho à ceux retrouvés sur les pieds de la défunte. Cet ensemble constituait sans aucun doute un nécessaire de toilette qui devait être rassemblé dans un contenant en matière périssable aujourd'hui disparu (panier, paquet en tissu…). À l'entrée de la chambre, une série de coupes contenaient des ossements d'animaux. Il s'agit vraisemblablement de vaisselle cultuelle liée au rituel de la cérémonie funéraire, déposée là avant la fermeture définitive de la chambre.

Des moyens exceptionnels

Le contexte de la découverte et la très bonne conservation du mobilier ont engendré un ensemble de mesures et d'études hors normes, accompagnées d'une équipe de l'Inrap conduite par un archéologue, une archéo-anthropologue, une restauratrice-conservatrice et une étruscologue.

En plus de l'archivage photographique et photogrammétrique des données archéologiques et archéo-thanatologiques (les restes de la défunte), la fouille était filmée quotidiennement. Chaque objet exhumé faisait l'objet de mesures conservatoires immédiates. L'imagerie médicale (tomodensitométrie) a été utilisée en laboratoire, afin de ne pas passer à côté d'éléments restés invisibles lors du prélèvement effectué au cours de la fouille du contenu des récipients en céramique, et qui nécessiterait une prise en charge urgente par la cellule de conservation préventive.

Cette technique consiste en effet à mesurer l'absorption d'un faisceau de rayons X par la matière de l'objet balayé. Les premiers résultats des analyses ont alors réservé quelques surprises, comme la coupe contenue dans un grand *skyphos* : quel était son rôle dans le rituel funéraire ?

Afin de tenter d'identifier les produits contenus dans les vases et les flacons, des analyses physico-chimiques ont également été entreprises, à la recherche des traces de parfum, onguent, mixture, huile ou vin encore conservées dans les parois. Une étude archéozoologique précisera quant à elle si les ossements d'animaux retrouvés dans certaines coupes sont les reliefs d'un repas funéraire ou les offrandes issues d'un des animaux sacrifiés durant la cérémonie. L'examen anthropologique de la défunte, amorcé sur le terrain, sera complété par une analyse plus poussée en laboratoire, une fois les ossements du squelette lavés et recollés. Une étude paléopathologique sera également réalisée et éventuellement enrichie d'analyses microbiologiques pour rechercher l'impact de certaines maladies (paludisme, tuberculose, scorbut…).

Cette découverte inattendue permettra d'aborder des questions à peine effleurées lors des recherches anciennes, tant sur la nécropole de Casabianda que sur celles situées en Étrurie, limitées par les moyens de l'époque et les pillages anciens. L'ambition est de renouveler l'étude des pratiques funéraires étrusques, en dépassant la simple énumération fonctionnelle du mobilier recueilli lors de la fouille. Bien souvent, en effet, celle-ci exclut totalement les données concernant le sujet principal de la chambre funéraire, l'organisation des dépôts de mobilier et leur contenu. L'approche pluridisciplinaire et le croisement des données permettront de préciser la fonction de chaque objet et d'approcher ainsi au plus près les gestes funéraires déployés.

LAURENT VIDAL et CATHERINE RIGEADE

LA VILLE GAULOISE FORTIFIÉE

La découverte d'un nouvel oppidum *est un événement. Celui de Moulay, dans les Pays de la Loire, nous rappelle que la société celtique était urbanisée, loin de l'image d'Épinal du village de toits de chaume perdu dans la forêt…*

On ne soupçonnait pas la présence d'un *oppidum* à Moulay. Pourtant, c'en était bien un, et de grandes dimensions. Moulay est une petite commune rurale de 900 âmes, située au sud de la ville de Mayenne. Le bourg est installé à l'extrémité d'un promontoire rocheux, au centre d'un espace fortifié de 12 hectares, partiellement délimité par un rempart de terre massif dont l'origine gauloise n'a été mise en évidence que dans les années 1970. Une déviation routière entraîna ensuite la réalisation de travaux archéologiques préventifs, au début des années 2000. Surprise : une vaste ville fortifiée de 135 hectares apparut ! Elle jouait vraisemblablement le rôle de chef-lieu de territoire, entre la fin du IIe et la première moitié du Ier siècle avant notre ère.

Vue aérienne de l'oppidum de Moulay avec son imposante zone de fouille en 2010.

Villes invisibles, villes oubliées

Babylone, Athènes, Alexandrie, Rome… Dans notre imaginaire, la ville ancienne se rapporte aux grandes civilisations qui se sont succédé sur le pourtour de la Méditerranée. Pour l'Hexagone, l'esprit vagabonde autour de villes au passé médiéval et parfois antique, dont les vestiges apparaissent au détour d'une rue. Ainsi, la ville se perçoit à partir des éléments visibles qui ont su traverser le temps et qui sont parfois intégrés dans le tissu urbain contemporain. Ce n'est hélas pas le cas des villes gauloises.

Leurs traces, en effet, ne surgissent pas d'emblée. Dans ses *Commentaires sur la guerre des Gaules*, Jules César évoque pourtant bien des centres urbains et mentionne certaines places fortes (sièges économiques et de rassemblement politique), qu'il nomme *oppida* et qu'il soumet entre 58 et 51 avant notre ère. Dès le XIXe siècle, les érudits se sont attachés à les retrouver. Sous l'impulsion de Napoléon III, les premières fouilles d'ampleur commencèrent sur des sites comme Alésia et Bibracte, en Bourgogne, et Gergovie, en Auvergne.

Vue d'îlots d'habitation du quartier résidentiel méridional rassemblant une maison principale, quelques bâtiments annexes et parfois un puits. Ce modèle d'organisation de l'habitat, qui reprend en miniature celui des établissements ruraux, souligne l'idée d'îlots privatifs, assez standardisés, qui pourraient accueillir des populations sociologiquement homogènes.

L'existence effective des *oppida* fut ensuite validée par les archéologues du XXe siècle. On les retrouve à l'échelle européenne au nord des Alpes, entre la façade atlantique et la rive occidentale de la mer Noire. Sommet dans la hiérarchie des habitats de la société celtique, leur essor illustre le développement du phénomène d'urbanisation de l'Europe protohistorique, à la fin du IIe et durant la première moitié du Ier siècle avant notre ère.

Dans certains *oppida* étudiés, on décèle des activités probables d'orfèvrerie, de frappe monétaire, de boucherie, de salaisons, de production de parures en verre, de céramique, de travail du bois, etc. Le commerce et les échanges s'incarnent dans l'usage de la monnaie, ainsi que dans les importations de vin, acheminé dans des amphores depuis le monde romain. Des places témoignent d'espaces de rassemblement pour les foires et les marchés. Les *oppida* s'illustrent souvent par la présence d'édifices publics – des temples notamment. Il s'agit de monuments importants de la ville, en général associés à des places où peuvent se dérouler des manifestations religieuses commémoratives, à la façon de l'*oppidum* du Titelberg, au Luxembourg, ou de Corent, dans le Puy-de-Dôme.

Identifier la ville celtique

Et pourtant, le nombre de sites étudiés reste encore assez limité. La faute en incombe d'abord à leur invisibilité actuelle, en dehors des fortifications parfois conservées dans le paysage. Car, en Europe tempérée, les matériaux de construction employés sont généralement la terre et le bois, disponibles en abondance, au contraire de la pierre traditionnellement privilégiée dans les régions méditerranéennes. Il s'agit d'éléments périssables, qui n'engendrent pas de vestiges spectaculaires (des trous de poteau), tout comme les autres aménagements (des fossés, des fosses, des puits). Ils ne sont décelables que dans le sous-sol et sont en outre facilement détruits par les constructions des périodes postérieures, aux fondations plus massives. De plus, l'étude et la compréhension de ces sites se heurtent à leur vaste superficie, si bien qu'il faut souvent attendre plusieurs décennies de recherches pour en dresser des plans suffisamment étendus, révélant l'organisation et la morphologie des occupations. Tout cela explique pourquoi la réalité de la ville celtique a mis près d'un siècle à s'imposer dans les esprits.

Des bâtiments du quartier artisanal central sont matérialisés par des trous de poteau quadrangulaire, dont les orientations s'inscrivent dans le schéma d'organisation rationnel de l'espace urbain.

Moulay, un *oppidum* redécouvert

Revenons à Moulay : il se classe parmi les dix plus grands *oppida* aujourd'hui reconnus en Gaule. La ville jouait très vraisemblablement le rôle de capitale du territoire des Aulerques Diablintes, peuple gaulois mentionné par Jules César et qui occupait en grande partie l'actuel département de la Mayenne et le sud de l'Orne.

Alors qu'on le pensait étendu sur 12 hectares seulement, les archéologues ont pris la mesure de son ampleur lorsqu'ils ont identifié un second rempart, situé à 1 000 mètres de distance du rempart du bourg, délimitant ainsi une occupation très large, intégrée dans une vaste enceinte. Voilà ce qui fait de cette fouille un cas exceptionnel, à l'échelle européenne. L'emprise de l'intervention offrait en effet la possibilité rare d'étudier un tronçon de l'espace *intra-muros* entre les deux enceintes, sur environ 1 400 mètres de longueur, soit une surface de plus de 9 hectares, ce qui permettait d'appréhender la densité de l'occupation à l'intérieur des remparts, l'organisation et la structuration des aménagements de l'immense site fortifié et son degré d'urbanisation.

Le rempart gaulois se donnait également à voir aux archéologues sur près de 140 mètres, donnant accès en détail à l'architecture de l'ouvrage défensif, en relation avec les vestiges de l'*oppidum*. Les fouilles menées durant près d'un an et demi, entre 2004 et 2005, ont révélé une occupation structurée et étendue dont le plan des aménagements n'a quasiment pas été perturbé par des occupations postérieures. Celui-ci intègre différents paramètres : militaire, économique, sociologique, spirituel et religieux.

L'espace urbain est organisé en quartiers à fonctions bien spécifiques. Deux quartiers résidentiels de plusieurs hectares, bâtis sur le modèle du lotissement, ont ainsi été mis au jour. Des parcelles de 1 100 à 1 900 m^2 constituent des espaces d'habitat privé intégrant le plus souvent une maison principale de 31 à 41 m^2, quelques bâtiments annexes ou greniers et parfois un puits. Les maisons se rapportent la plupart du temps à un modèle de bâtiment plutôt standardisé, ce qui semble indiquer que la population était sensiblement homogène, d'un point de vue sociologique. De rares maisons un peu plus grandes seraient toutefois le signe de quelques différences de statut social. Au centre de l'enceinte extérieure se développe un vaste quartier artisanal et commercial, dont les entités sont délimitées par de petits fossés formant des enclos. Les activités reconnues concernent principalement le travail du fer et des métaux d'alliage cuivreux (forgerons, métallurgistes, dinandiers, etc.), ainsi que la production textile (tissage).

De la ville au territoire

Le développement des *oppida* répond à un acte politique délibéré où le pouvoir, aux mains des grandes familles de l'aristocratie, réaffirme son autorité en créant de nouvelles agglomérations dans des espaces fortifiés

Restitution du rempart septentrional de l'oppidum, rempart mixte alliant les techniques du murus gallicus *et celles des remparts à poteaux frontaux.*

sous contrôle, indissociables de son renforcement politique et économique sur les territoires. La puissance et la richesse de ce pouvoir sont telles que ces élites en arrivent à les bâtir sur un temps court (mobilisation de la main-d'œuvre, acheminement des matériaux de construction, financement des travaux, attraction des populations résidentes). Le rempart, long parfois de plusieurs kilomètres, devient l'élément emblématique de cette autorité. Ces villes fortifiées ne sont cependant pas isolées : elles s'intègrent dans un système relationnel établi entre différentes places fortes d'un même territoire, reliées par un dense réseau de voies, tout en restant connectées avec les centres urbains des cités voisines avec lesquelles elles commercent.

Il existe aussi d'autres types d'agglomérations, à vocation artisanale et commerciale, qui jouent également un rôle économique, mais ne sont pas fortifiées. Souvent de dimensions plus réduites, elles ne relèvent assurément pas du même statut. Un certain nombre d'entre elles apparaissent déjà un siècle avant l'émergence des *oppida* et constituent les premiers pôles économiques de production et d'échange. D'autres disparaissent, perdurent et coexistent avec les *oppida*, voire évoluent en ville fortifiée.

Par le degré de développement de sa société, la période gauloise correspond donc à une étape fondamentale dans la structuration politique des territoires anciens. Son héritage dans l'organisation de nos territoires historiques est vraisemblablement largement sous-estimé. C'est ainsi que l'origine gauloise d'un certain nombre de villes a pu être démontrée. La mémoire du nom des peuples occupant les différents territoires de la Gaule préromaine dans les noms de nos principales villes (les Vénètes/Vannes, les Namnètes/Nantes, les Santons/Saintes, les Pictons/Poitiers, les Parisii/Paris, les Rèmes/Reims, etc.) est un élément révélateur de cet ancrage culturel, ethnique et territorial.

L'identification de multiples sites inédits au cours du XXIe siècle montre que le phénomène d'urbanisation est une véritable composante de la société gauloise et celtique. Et, qu'elles soient places fortes ou simples agglomérations artisanales et commerciales, de nombreuses villes restent à découvrir ou à redécouvrir.

ELVEN LE GOFF

DES VESTIGES ANTIQUES SOUS LES JARDINS PARISIENS

Sous les pieds, les Gallo-Romains. Ces vestiges, enfouis juste sous quelques centimètres, sont tout ce qu'il reste d'un quartier résidentiel de Lutèce, aujourd'hui caché sous le Jardin du Luxembourg. La proximité du Sénat l'a préservé de la convoitise des promoteurs. Mais pas de celle des archéologues !

La petite cité des Parisii était prospère, au début du Ier siècle de notre ère. En témoigne ce quartier, équipé de toutes les commodités de l'époque. Les maisons étaient bâties à la mode romaine. Réparties autour d'une cour à colonnades, les pièces étaient décorées de fresques polychromes, parfois de mosaïques. Les habitations les plus luxueuses disposaient du chauffage par le sol et de thermes privés. Mais comment une telle découverte est-elle possible, dans une ville aussi construite ? Grâce aux jardins. Celui du Luxembourg, propriété du Sénat, est resté quasiment vierge de construction depuis la période antique. À l'époque de l'édification du palais (l'actuel Sénat) de Marie de Médicis, au début du XVIIe siècle, il accueillait principalement des champs et des vignes.

Surveillance archéologique dans le Jardin du Luxembourg, à Paris, lors de travaux de plantation.

Céramiques découvertes dans le Jardin du Luxembourg. Il s'agit de vases culinaires et de services de table datés des Ier-IIIe siècles.

À dire vrai, ce jardin n'est pas le seul lieu épargné à Paris. Rive gauche, sur la montagne Sainte-Geneviève où s'est développée Lutèce, se concentre un grand nombre d'établissements religieux, d'universités, de grandes écoles, d'instituts de recherche et d'administrations édifiés entre le XVIIe et le XXe siècle. Tous possédaient, il y a encore quelques années, de grands jardins dissimulés au regard des passants par de hauts portails. Et c'est à la faveur de réaménagements, voire de simples replantations d'arbres, qu'ont pu être réalisées, au cours des dernières décennies, de nombreuses fouilles archéologiques.

L'attention des érudits du XIXe et du début du XXe siècle s'est d'abord focalisée sur les bâtiments publics, tels que thermes, théâtre et forum, en raison de leur aspect monumental. Désormais, les archéologues se penchent sur les traces discrètes qu'ont laissées les habitations, les activités domestiques, artisanales ou commerciales.

Raconter la vie quotidienne

C'est ainsi que, lors de ces fouilles parisiennes, des milliers de fragments de poteries ont été mis au jour. La céramique, très largement utilisée, facilement cassable et peu recyclée, se conserve très bien dans la terre. Elle renseigne sur les pratiques culinaires et les manières de table à Lutèce, où apparaissent mêlées traditions celtiques et nouvelle culture romaine. Comme la céramique évolue au gré des modes, elle constitue un excellent indice de datation. Les récipients destinés à la cuisine sont majoritairement fabriqués à Lutèce ou dans ses environs, contrairement à la vaisselle de table colorée et raffinée, toujours importée. Les aliments solides ou les sauces sont servis dans des bols, des coupes ou des plats rouges. Le service à boire, lui, est composé de gobelets, parfois décorés, noirs, orange ou argentés, tandis que les cruches sont de couleur claire.

Grâce à la récolte minutieuse du moindre ossement et au tamisage fin des terres, on connaît de plus les habitudes alimentaires de l'époque. La nourriture était variée et de qualité, produite sur place ou importée – parfois de très loin. Ainsi, les habitants de Lutèce consommaient de la viande d'animaux élevés *in situ* ou à proximité immédiate (porc, mouton, bœuf, coq, oie, canard, pigeon, sarcelle), ou d'animaux sauvages (lièvre, cerf). Ils se nourrissaient aussi de poissons d'eau douce (brochet, perche) et se régalaient d'huîtres et de moules importées des côtes normandes. Figuraient également au menu des légumineuses (pois, lentille, féverole), des légumes (concombre, gourde calebasse), des fruits cultivés (figue, mûre, raisin, prune, pomme, cerise) ou sauvages (noisette, baie d'épine-vinette et de sureau noir). Les mets étaient agrémentés de plantes aromatiques (aneth, coriandre, sarriette), mais aussi de miel et d'huile d'olive importée d'Espagne, accompagnés de vin d'Italie ou du sud de la Gaule.

Les plus anciennes traces matérielles

Quand fut construite la ville de Lutèce ? La tradition situe ses origines à l'époque gauloise, dans l'île de la Cité. Mais les preuves archéologiques manquent encore. Il faut dire aussi que les fouilles n'ont que rarement atteint les niveaux les plus anciens, ou seulement sur des surfaces très réduites et non significatives. Pour le moment, le vestige le plus ancien que l'on connaisse est daté du milieu du Ier siècle avant notre ère. Il s'agit des restes d'un cavalier auxiliaire de l'armée romaine, muni de pièces d'équipement militaire gauloises et romaines, découvert au fond d'un puits, au Sénat.

C'est au tout début de notre ère que les premières traces d'urbanisation apparaissent. La ville était déjà assez étendue, puisque des indices ont été identifiés en de nombreux endroits : sur la montagne Sainte-Geneviève (par exemple à l'École nationale supérieure des Arts décoratifs, à l'École normale supérieure, à l'Institut Curie ou dans le jardin de l'ancien couvent des Feuillantines), en bordure de Seine sur les rives gauche et droite, mais aussi sur l'île de la Cité. Les habitations sont encore de tradition gauloise, les murs montés à partir de poteaux de bois puis recouverts de terre prélevée sur place. Des fossés délimitent des parcelles. Ces vestiges n'ont laissé au sol que des taches colorées si fragiles qu'un seul coup de pelleteuse suffit à les faire disparaître.

Une ville en pleine expansion

À partir de 30 de notre ère, la ville est reconstruite à la romaine, avec des rues qui se croisent à angle droit, délimitant des îlots réguliers. Mais les urbanistes romains ont dû s'adapter à sa topographie. Les fouilles révèlent en effet que certaines rues reprennent un tracé plus ancien. C'est le cas du *cardo*, l'axe central nord-sud qui traverse la cité, correspondant aux actuelles rues Saint-Martin, sur la rive droite, et Saint-Jacques, sur la rive gauche.

Au sommet de la montagne Sainte-Geneviève s'élève le forum, centre névralgique. Sur son versant nord, les monuments publics (temples, thermes, arènes, etc.) s'étagent de façon harmonieuse et spectaculaire, à la manière des villes romaines. Les habitations couvrent quant à elles tous les flancs de la colline et même au-delà. Elles comptent une ou deux pièces principales et sont ouvertes directement sur la rue, tout en étant parfois desservies par une galerie. Elles sont en matériaux périssables : bois et torchis pour les murs, couverture végétale pour le toit et terre battue pour le sol. Les seuls vestiges repérables pour les archéologues sont les solins – les alignements de pierres sur lesquels sont installées les poutres formant la base des murs – ou, lorsque les maisons ont brûlé, le bois des poutres ou des poteaux carbonisés, ainsi que le torchis et les sols noircis par le feu.

À partir du IIe siècle, la base au moins des maisons sera construite en pierre, l'élévation étant sans doute dans la plupart des cas encore en matériaux périssables. Les habitations peuvent posséder un étage et une cave. Le toit est désormais recouvert de tuiles, et les sols sont en béton ou en terre. Quant aux murs, ils sont ornés de peintures plus ou moins

Galerie à colonnades du IIIe siècle, coupée par un mur mérovingien, mise au jour sur le site de la Préfecture de police de Paris.

Vue générale du site archéologique de l'Institut catholique de Paris, où l'on distingue un puits et les vestiges de fondation de bâtiments gallo-romains.

sophistiquées en fonction des pièces. Elles représentent des imitations de marbre, des éléments architecturaux, des décors végétaux, rarement des figurations humaines. Leur étude a permis aux spécialistes d'identifier un style local, à la fois plus libre, mais de moins bonne qualité que ses modèles italiens. Selon les quartiers, les maisons sont modestes ou au contraire spacieuses, comme celles du Jardin du Luxembourg. Au sein des habitations, des pièces peuvent être réservées pour pratiquer un artisanat, par exemple le façonnage de petits objets en bronze, en os ou en verre. On a même identifié récemment des indices de travail de la fourrure sur le site du théâtre de l'Odéon ! Ces activités domestiques n'ont besoin que d'installations légères et ne sont détectables que par les déchets qu'elles produisent.

La plupart du temps, après leur abandon, les maisons ont été démontées jusqu'aux fondations pour récupérer la pierre, et il ne reste bien souvent que les tranchées remplies de gravats, ainsi que des lambeaux de sol et les caves, pour reconstituer le plan des édifices.

Naissance de Paris

Dès le milieu du IIIe siècle, la ville commence à décliner. Au IVe siècle, les institutions et le centre du pouvoir se déplacent sur l'île de la Cité, désormais protégée par un rempart. L'empereur Julien y établit sa résidence en 360. Récemment, et pour la première fois, des traces d'un habitat léger ont été révélées lors des fouilles de la Préfecture de police. Cette découverte confirme l'urbanisation rapide de l'île à cette époque, avec entre autres l'édification de thermes publics et d'une vaste basilique. La rive gauche n'est pas pour autant totalement désertée : certaines maisons sont désaffectées, d'autres sont remaniées. Des installations sporadiques et précaires en matériaux périssables sont bâties sur les ruines des bâtiments en partie démantelés. Au Collège de France, de telles traces ténues ont été mises au jour sur les vestiges des thermes publics du Ier siècle. Les nouvelles manières de bâtir et les activités renouvelées qui s'y déroulent provoquent la végétalisation des sols, formant une épaisseur de terre noire : elle signe la fin de Lutèce et la naissance de Paris.

EMMANUELLE DU BOUËTIEZ DE KERORGUEN

REIMS, CARREFOUR ÉCONOMIQUE SOUS L'EMPIRE ROMAIN

Lorsque Reims s'appelait Durocortorum, *son port fluvial devait fonctionner à plein régime. Des fouilles archéologiques récentes attestent la vitalité de son commerce.*

C'est la fouille dite du « vieux port » qui a exhumé ce tonneau, dans l'ancien lit de la rivière Vesle, borne naturelle de la ville romaine, sur laquelle l'enceinte du Haut-Empire prenait appui. Il est de taille respectable : de presque 2 mètres de haut et plus de 2,50 m de circonférence, d'une capacité de 1 100 litres. Pour le fabriquer, le tonnelier a rassemblé 22 pièces en bois de sapin (les douelles), cerclées par du bois de noisetier. L'artisan a laissé sa griffe à l'intérieur, tout comme le merrandier, celui qui lui a fourni le bois. Sur la surface extérieure du tonneau, les archéologues ont repéré d'autres marques pyrogravées : les scellés du négociant qui a expédié le fût plein. Ceux-ci devaient ensuite être certifiés par les agents du contrôle commercial. Car les enjeux financiers étaient importants : comme l'ont montré les études, ce tonneau contenait du vin, qui à l'époque antique parvenait à Reims en grandes quantités.

Tonneau à vin en bois de sapin, d'un diamètre de 80 cm, probablement fabriqué à la fin du Ier siècle de notre ère. Il a été restauré par la maison de Champagne Taittinger.

Au Ier siècle avant notre ère, les vins transportés en amphores étaient en effet quasi exclusivement importés d'Italie. À leur côté arrivèrent ensuite des vins d'origines plus variées et plus ou moins lointaines : nord-est de la péninsule Ibérique (Tarraconaise), sud de la Gaule (Narbonnaise), avec en particulier Marseille au tout début du Ier siècle, ainsi que de Méditerranée orientale ; les vins des provinces africaines, quant à eux, firent leur apparition au IIIe siècle de notre ère. Mais les archéologues ne retrouvent guère d'amphores à Reims. Sans doute le vin était-il acheminé,

Objets en buis trouvés dans l'ancien lit de la rivière Vesle : peignes, pyxides, boîte à jetons (qui permettait de conserver près d'une quarantaine de jetons en os) datés de la fin du IIe et du IIIe siècle.

depuis Lyon, par « chariots outres » – fabriqués en bois et en peaux cousues –, dont le rôle a certainement été sous-évalué, en raison de leur biodégradabilité. Et aussi, bien sûr, en tonneaux. À l'origine destinés à la bière, ceux-ci offraient de multiples avantages par rapport aux amphores : à contenance égale, ils pèsent quatre fois moins lourd ; plus solides, ils sont facilement transportables, aisés à stocker et peuvent être vidangés.

Une moisson de vestiges en bois

Il reste que notre tonneau a connu une seconde vie. Comme c'était l'usage dans les camps militaires, sur les *limes* rhénan, danubien ou écossais, il fut réemployé en cuvelage de puits, après avoir été défoncé par l'enlèvement du fond. Avant d'être intégré dans une série de plusieurs puits, alignés parallèlement à la rivière dans laquelle aboutissaient les caniveaux drainant les eaux pluviales et autres déchets de la vie quotidienne.

Cette découverte a été rendue possible grâce à la proximité de la nappe phréatique et au contexte anaérobie (milieu privé d'oxygène) dans ce secteur du port fluvial. La fouille a ainsi pu livrer des résultats inédits, avec la mise au jour de matériaux organiques : objets fabriqués en bois, végétaux et cuir, ainsi que graines et pollens. Leur exceptionnel état de conservation a de fait renouvelé nos connaissances sur le commerce, l'artisanat et sur l'histoire de la capitale de la Gaule Belgique.

Plus de 300 bois gorgés d'eau – et donc particulièrement bien conservés – ont ainsi été prélevés. Des études minutieuses ont permis d'identifier les objets, la manière dont ils ont été fabriqués et avec quels outils, à partir de quelle espèce d'arbres, voire quand ceux-ci ont été abattus, etc. Des éléments de meubles ou de coffrets, des ustensiles pour la conservation, la préparation et la consommation des aliments (bouchons, écuelles, couteaux, baquet), des accessoires de toilette ou de pharmacopée (peignes, pyxides, boîtes), des instruments liés au travail du textile – dont une des plus belles collections d'Europe de brosses à affiner les draps – sont les témoins d'activités artisanales qui offrent une vision très réaliste de la vie quotidienne des Rémois des premiers siècles de notre ère. En effet, dans les autres quartiers de la ville, éloignés de la rivière, ces artefacts ont totalement disparu.

Une construction d'envergure

Autre découverte majeure : une série de 1 000 pieux en chêne, fichés dans les limons de la Vesle, qui servaient de fondation à un imposant bâtiment auquel on accédait depuis la rivière et l'intérieur de la ville. Leur étude a montré que les arbres utilisés, dont le nombre est estimé à 200, avaient commencé à pousser au milieu du IIIe siècle (entre 230 et 277), qu'ils ont été abattus en moyenne lors de leur cinquantième année, entre l'hiver 306 et le printemps 307, et qu'ils ont été mis en œuvre rapidement (le bois était encore vert).

Les caractéristiques de ce bâtiment, ses dimensions et le type de construction, donnent un aspect monumental à cet édifice. À l'intérieur, la présence d'une batterie de fours suggère qu'il s'agit d'une boulangerie industrielle, localisée à proximité de la rivière. Son accès direct au cours d'eau lui permettait en effet de bénéficier de facilités de transport pour l'approvisionnement en matières premières – céréales ou farine – en provenance des campagnes environnantes, et aussi en bois pour le fonctionnement des fours. La construction de ce bâtiment monumental a dû nécessiter des moyens financiers importants. La date de son édification, en 307, correspond à celle de la restauration des thermes publics – situés sous la cathédrale actuelle –, financée par l'empereur Constantin. Aurait-il également commandité les travaux de cet édifice ? Quoi qu'il en soit, sa présence et la date de sa mise en œuvre témoignent d'un puissant dynamisme urbain, qui se concrétise aussi durant ce même siècle par la construction d'un rempart monumental.

Des produits exotiques

La fouille a en outre livré des vestiges de fruits, de graines et d'épices d'une diversité remarquable. Plusieurs espèces, originaires de Méditerranée ou d'Orient, indiquent qu'il s'agit de produits d'importation ou de plantes introduites et acclimatées. Parmi les épices, citons la coriandre, la sarriette, le fenouil et surtout le cumin, tant sa présence est unique en Gaule du Nord. Pline l'Ancien considère le cumin comme la meilleure des épices ;

Vestiges d'un mur fondé sur des pieux en chêne (abattus entre l'hiver 306 et le printemps 307) enfoncés à travers les alluvions d'un ancien bras de la Vesle. Il appartenait à un bâtiment monumental du IVe siècle, contemporain des thermes monumentaux de Constantin où sera baptisé Clovis.

elle figure d'ailleurs dans presque toutes les recettes d'Apicius. Grenades, amandes, olives, cônes de pin, pignons sont des espèces qui sont incapables de fructifier dans le nord de la Gaule : les fruits retrouvés sur le site ont alors certainement été eux aussi importés. Citons pour finir la présence de restes de melons, de figues, de mûriers noirs, de pêches et de nèfles, encore plus rares dans la région. Reims occupait donc une place de relais importante dans le réseau commercial antique. La cité a ainsi pleinement bénéficié de ces apports exogènes et encouragé la diversification et l'expansion de nouvelles espèces végétales.

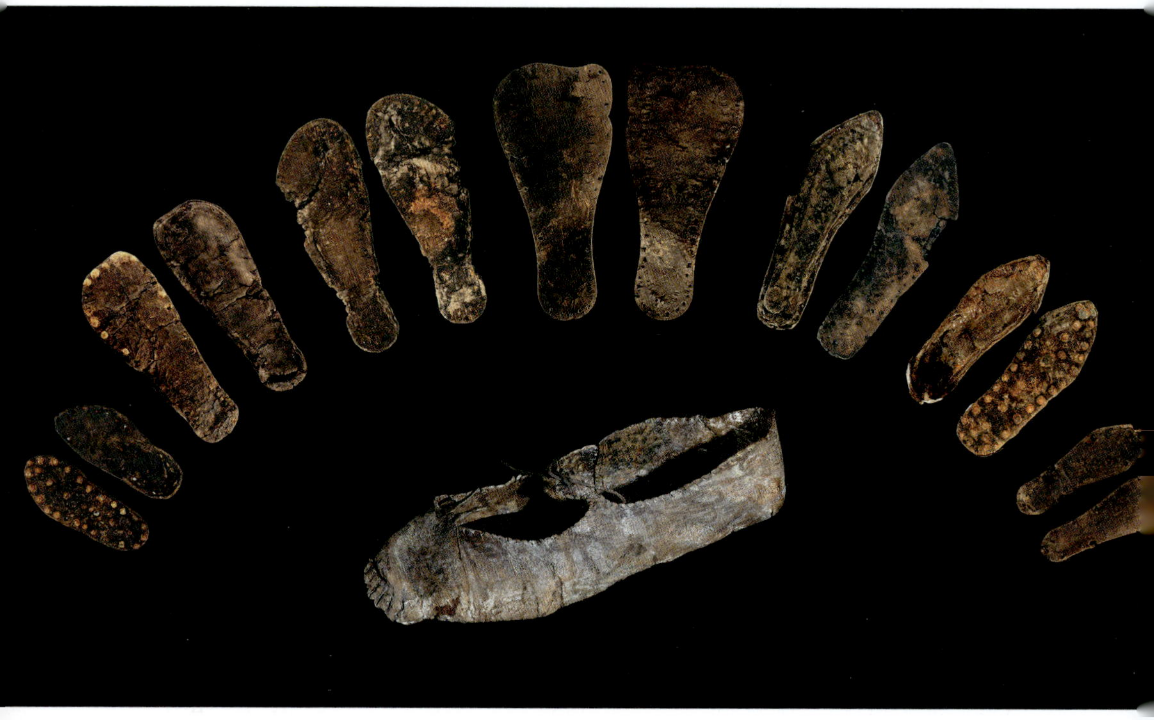

Semelles et chaussure en cuir trouvées dans l'ancien lit de la Veste. Cette dernière est un modèle à empeigne basse, du IIIe siècle, en excellent état de conservation, réalisé dans des pièces de cuir de dimensions suffisantes pour contenir le pied entièrement.

Plaque tournante des échanges commerciaux

Une boutique spécialisée dans l'importation de vaisselle de luxe : c'est ce qui est apparu avec tout un quartier de commerces et d'artisanats du Ier siècle de notre ère, lors des fouilles menées rue de l'Équerre. À proximité, en effet, les archéologues ont retrouvé une importante couche de rejets, dont 8 000 tessons de céramique sigillée du sud de la Gaule – la plupart décorés –, de céramique plombifère lyonnaise, de lampes à huile, de figurines en terre cuite de l'Allier.

Les céramologues pensent à un transport conjoint de productions de plusieurs ateliers de potiers du centre de la Gaule, de La Graufesenque et de Lyon, et émettent l'hypothèse de leur regroupement en entrepôt à Lyon, avant leur rediffusion pour commercialisation vers tout le nord de la Gaule. Il y avait aussi de nombreux tessons de verre brut et de couleur. Ce verre brut, produit en Égypte le long du Nil, dans la région du Wadi el Natrun, était ensuite acheminé par bateau dans tout l'Empire romain. Arrivé à Marseille, il était transporté par voie fluviale jusqu'à Lyon, puis par voie terrestre jusqu'à Reims.

Mais le commerce, c'est aussi la circulation d'argent, matérialisée par les monnaies retrouvées. Leur étude confirme la proximité de Reims, dès l'époque augustéenne, avec les provinces méridionales de la Gaule romaine et l'Italie septentrionale et centrale. Le monnayage d'Auguste est particulièrement bien représenté à Reims, tout comme les échanges, sans doute indirects et de toute façon plus tardifs, avec des contrées lointaines telles que Nicomédie, ville d'Asie Mineure, ou la Syrie des rois séleucides, par exemple.

De révélation en découverte, l'archéologie fournit ainsi une vision de plus en plus fidèle de la ville antique de Reims. La fouille dite du « vieux port », grâce à ses vestiges organiques, comble brillamment certaines lacunes sur la vie quotidienne, l'alimentation, l'économie – et sur la chronologie des événements.

AGNÈS BALMELLE

L'ART DÉCORATIF DES MAISONS ANTIQUES DU SUD DE LA FRANCE

Cette harpiste au regard étrange a surpris tout le monde lorsque le pinceau de l'archéologue l'a dégagée, dans les vestiges d'une maison antique d'un quartier d'Arles, en 2015. Avec la mosaïque de Penthée, mise au jour à Nîmes en 2007, elle symbolise les incroyables découvertes réalisées dans les anciennes villes romaines du sud de la France ces vingt dernières années.

Une femme debout, jouant d'une harpe portée sur l'épaule : c'est ce que montre ce superbe décor fragmentaire. D'autres figures plus lacunaires (satyres, dieu Pan et ménades ?) suggèrent qu'elle accompagne le cortège de Bacchus. L'ensemble se rattache au deuxième style pompéien, dit à mégalographie (représentation de très grands personnages), qui se diffuse vers 80 avant notre ère, et dont l'exemple le plus célèbre est la Villa des Mystères, à Pompéi.

Des artistes venus d'Italie ?

Ici, la fresque appartient à un petit salon (*œcus*) de 17 m^2, dont le sol en béton – fait rare – conserve un décor peint, qui dessine la bordure d'un tapis faite d'une ligne crénelée et de motifs aux teintes orangées

Maison de la Harpiste, à Arles. Fragments de fresque en cours de remontage figurant une rare représentation de joueuse de harpe.

et violacées. Ce salon s'ouvre sur un atrium, rythmé par des colonnes soutenant une galerie d'étage. Ces deux pièces font partie d'un état, daté de la première moitié du Iᵉʳ siècle avant notre ère, d'une maison désormais baptisée « de la Harpiste ». Elle a été mise au jour à Arles lors des fouilles dans le quartier de la Verrerie, conduites par le Musée départemental Arles antique avec la collaboration de l'Inrap.

L'étude de son architecture et de ses fresques atteste un large et précoce recours aux savoir-faire italiques. *Arelate* (Arles), devenue colonie de droit romain à l'époque de Jules César, devait accueillir de nombreux artisans et artistes venus de la péninsule à l'instigation des colons.

La maison de *Loukios Kornilos* à *Ucetia*

Mise au jour à Uzès en 2017, elle comportait une cour à portiques, des pavements en béton ou en mosaïques polychromes. Celle qui pavait le portique nord incluait un médaillon orné d'un fleuron géométrisé et flanqué d'un cartouche, en grec, portant le nom du propriétaire, un notable gaulois sans doute « naturalisé » dans le courant du Iᵉʳ siècle avant notre ère.

De là, on accédait à une salle de réception où l'emplacement des lits de banquet semble matérialisé au sol par deux bandes latérales en béton, ornées de méandres qui encadrent la mosaïque. Dans un tapis à bordures géométriques figure le panneau central, occupé par un fleuron stylisé entouré de quatre animaux qui représentent peut-être des divinités gréco-romaines : aigle/Zeus ; palmipède/Aphrodite, Dionysos ou Poséidon ; hibou ou chouette/Athéna ; faon ou biche/Artémis.

Nîmes à la mode romaine

À *Nemausus*, chef-lieu de la cité de Nîmes, l'inspiration italique se fait sentir dès le Iᵉʳ siècle avant notre ère, où elle se confond avec la tradition hellénistique. Le corpus des inscriptions indique que la population est essentiellement d'origine indigène, malgré l'intégration de familles venues d'Italie sans doute dans la seconde moitié du Iᵉʳ siècle avant notre ère. L'adoption d'un mode de vie à la romaine ressort clairement de l'étude archéologique des maisons. Les fouilles récentes montrent de quelle manière

Fouille de la rue Pelloutier, à Nîmes. Tapis en plaques de marbre (opus sectile polychrome) présentant une trame en damier et dont la bordure de tesselles blanches et noires trahit un rajustement au reste du pavement en béton. Ces marbres sont des importations d'origines diverses et lointaines.

elles s'adaptent à la densité du tissu urbain, variable selon les quartiers. L'une des constantes des plans est l'importance accordée à la cour. Recevant parfois une ornementation végétale, elle est dotée d'un bassin et entourée de galeries à portiques qui desservent salles de réception, chambres et pièces secondaires. Les pavements et les peintures murales sont donc un bon marqueur social et contribuent fortement à la reconstitution du cadre de vie antique.

Deux fouilles menées en 2021 révèlent que la mutation du cadre de vie domestique est effective aussi bien dans un quartier de pente (rue Rouget-de-l'Isle), dans l'emprise de la ville gauloise, que dans le quartier du forum (rue Pelloutier). Dans les deux cas, des pièces de réception de type *triclinium* comportaient des revêtements de sol agrémentés de marbres de diverses provenances.

La statue de Neptune après restauration.

En 2006-2007, la fouille du parking Jean-Jaurès a permis d'observer l'évolution d'un quartier antique situé aux portes de la ville gauloise. Les archéologues ont découvert huit îlots occupés en majorité par des maisons construites sur le modèle de la *domus* romaine. L'une des plus remarquables s'étendait sur près de 1 000 m^2. Les chambres de l'aile nord sont couvertes d'enduits peints relevant du troisième style pompéien, avec un décor à rinceaux ou à candélabres se détachant sur un panneau noir intercalé entre des panneaux rouges. Plusieurs personnes y ont laissé leurs marques, sous forme de dessins et de graffitis : patronymes, exercices d'écriture, exploits d'amphithéâtre, évocations littéraires ou grivoises, sentences philosophiques détournées et fragments de compte. Au prestige de la demeure s'ajoute la découverte de verre à vitre et de revêtements en marbre, dont le prix de revient était plus élevé que la mosaïque. La cour de cet édifice était entourée d'une galerie à portiques et dotée d'un bassin à abside, pourvu d'une niche dans laquelle, au cours du IIe siècle de notre ère, une statue-fontaine a été installée. Elle représente Neptune debout dans une posture majestueuse, tenant un trident dans la main gauche, le pied droit (aujourd'hui manquant) posé sur une base en forme de proue de navire par laquelle l'eau jaillissait. À l'instar des dieux et des empereurs héroïsés, il porte un manteau en cape noué à l'épaule, sur lequel subsistent des traces de peinture.

La *domus* dite d'Achille et Penthée

Dans un îlot plus au sud, une maison adopte un plan à peu près semblable. Entourée de trois galeries à portiques, la cour de près de 100 m^2 est dotée d'un bassin-fontaine construit en grand appareil. Dans l'une des chambres, le décor mural, daté entre 50 et 80 de notre ère, présente une organisation en compartiments ornés de motifs identifiables surtout dans la zone inférieure, mieux conservée : fleurons à longs pétales en forme de cœur ; vase avec rameau de victoire (en référence aux jeux et combats d'athlètes victorieux) ; deux échassiers affrontés ; deux panthères et une cymbale, ce qui correspond à une thématique dionysiaque.

Au début du IIe siècle, la *domus* s'étend sur toute la partie sud de l'îlot pour former une parcelle de plus de 700 m^2. Dans un angle de la cour,

Œuvre phare des collections du musée de la Romanité, la mosaïque de Penthée, datée du IIe siècle de notre ère, a été découverte en 2007 par l'Inrap lors de la fouille du parking Jean-Jaurès, à Nîmes. Son état de conservation remarquable, son sujet mythologique original inspiré de la tragédie grecque, sa composition complexe d'influence africaine, sa finesse décorative avec une gamme chromatique étendue et la qualité de sa mise en œuvre employant des matériaux variés lui confèrent un caractère exceptionnel.

un édicule dédié au culte des Lares arbore un décor peint de feuillage luxuriant. Ce laraire implique clairement un emprunt à la religion romaine. La cour agrandie côté sud est alors bordée par un quatrième portique qui donne accès à deux salles de réception revêtues de mosaïques polychromes à scènes mythologiques. La mieux conservée est la célèbre mosaïque de Penthée, exposée au musée de la Romanité de Nîmes.

Sur une surface de 35 m^2, de l'extérieur vers l'intérieur, nous pouvons d'abord admirer la figuration d'un rinceau naissant d'un cratère, suivi d'une élégante composition mêlant des représentations d'oiseaux (deux couples de canards, quatre perdrix, quatre perruches à collier et quatre huppes d'Afrique), et des masques de théâtre (Pan et Silène, deux masques tragiques), des allégories des Saisons ainsi que des Ménades.

La scène centrale figure le châtiment de Penthée. Ce roi de Thèbes avait refusé d'honorer Bacchus. Pour le punir, le dieu frappe de folie les femmes de la cité, dont la mère de Penthée, Agavé, qui tue son propre fils. C'est le sujet des *Bacchantes* d'Euripide, composées en 405 avant notre ère. Cette tragédie a connu dans l'Antiquité un succès durable et a inspiré des auteurs latins. Le mosaïste a sans doute adapté un poème de Stace qui composa, au Ier siècle de notre ère, un livret intitulé *Agavé*, pour le pantomime Pâris. Au contraire d'Euripide, qui faisait décrire le meurtre par un messager, Stace choisit de le mettre en scène. La pantomime était en effet un spectacle accessible même à ceux qui ne maîtrisaient pas la langue des poètes. Elle avait pour objectif de divertir toute la société et de glorifier l'empereur par des parallèles avec des dieux et des héros. Sur les murs qui entouraient cette mosaïque, le visiteur contemplait un Apollon joueur de cithare, sans doute entouré des neuf muses, évoluant parmi une architecture scandée de colonnes. Mosaïque et peinture murale témoignent d'une grande

recherche et de l'investissement du commanditaire. La richesse des motifs, la finesse d'exécution et l'emploi d'une palette chromatique large incluant des stucs et des pigments coûteux (bleu égyptien, rouge vermillon et vert céladon) vont de pair avec la qualité du pavement.

Au centre de la pièce voisine (51 m²) figure une autre scène mythologique empruntée là aussi à un poème de Stace. Pour échapper à la guerre de Troie, Achille est caché par sa mère, la nymphe Thétis, au milieu des femmes de la cour du roi Lycomède, sur l'île de Skyros. Mais il est démasqué par une ruse d'Ulysse, qui lui présente des armes et des cuirasses pour réveiller ses pulsions guerrières. C'est ce moment précis où le héros abandonne sa « zone de confort » pour un destin glorieux mais funeste qui est reproduit sur la mosaïque. Il s'agit de nouveau d'un témoignage de la sensibilité à l'imaginaire littéraire et théâtral, point de départ de conversations lors des banquets. La vigueur de la mise en scène est enrichie par la polychromie et l'emploi de tesselles de verre translucide, peut-être initialement couvertes à la feuille d'argent ou d'or.

BERTRAND HOUIX et JEAN-YVES BREUIL

QUAND LES GRIFFONS DEVINRENT CHRÉTIENS

Un matériel inestimable : imaginez 839 tombes à disposition des archéologues sur les pentes de la colline de Fourvière, à Lyon. La fouille de cette vaste nécropole, utilisée depuis les débuts de l'Empire romain jusqu'au VIe siècle, a notamment révélé la christianisation progressive de la société.

La construction de trois immeubles, aux abords de la place Eugène-Wernert, a déclenché une fouille préventive entre juin 2015 et avril 2016, sur une surface de 2 700 m². L'endroit est au cœur d'une des plus vastes nécropoles de la ville de *Lugdunum*, et l'opération s'est focalisée sur l'aspect funéraire du site, sa vocation première.

Approcher les mutations de la société

Le nombre considérable des sépultures exhumées, qui s'entrecoupent et qu'il faut mettre au jour une à une, exige une logistique et un soin particuliers. Mais c'est aussi une formidable occasion d'obtenir des données statistiques fiables sur le pourcentage d'hommes, de femmes et d'enfants

Sépulture, datée entre la fin du Ve et le début du VIe siècle, dont le réceptacle est calé par un fragment de sarcophage antique réemployé, décoré d'un Éros.

SEP 4033

inhumés, les différentes carences alimentaires, les pathologies suivant le sexe, voire la fréquence de certains gestes, par exemple les dépôts d'objets auprès du défunt et leur évolution dans le temps, au fil des profondes mutations de la société.

Au-delà des chiffres, la masse de ces données laisse également entrevoir la place de chacun dans la société. Les riches côtoient-ils les pauvres ? Les familles sont-elles regroupées ? Où sont enterrés les hommes, où se trouvent les femmes ? Les enfants sont-ils inhumés avec leurs parents et disposent-ils du même type de sépulture ? L'évolution même de cet espace funéraire est aussi un indice pour tenter de comprendre l'évolution des mentalités, si ce n'est celle des croyances. Tenter seulement, car, en voulant « sonder les âmes », on touche aux limites de l'exercice archéologique.

L'évolution d'une nécropole

C'est près d'une des portes principales de la capitale des Gaules, vers laquelle convergent plusieurs grandes routes, que la nécropole fut installée au début de notre ère, sous le règne de l'empereur Auguste. Suivant l'usage, dans le monde romain encore païen, les tombes sont placées au bord des voies. L'aspiration à l'éternité s'exprime alors à travers la mémoire des vivants. L'esprit du défunt demeure tant que son souvenir est présent, non seulement dans les pensées de ses proches, mais aussi dans celles du simple passant. C'est pourquoi les stèles plantées dans ces zones de forte circulation évoquent fréquemment la vie passée de la personne inhumée, son métier, les traits de son visage. Dans certains cas, elles portent une inscription qui n'hésite pas à interpeller le chaland pour qu'il se figure l'être disparu, quand bien même il ne l'aurait pas connu.

Sont alors rassemblés tous les individus, quelle que soit leur religion. Les plus nantis disposent probablement des meilleurs emplacements, aux abords immédiats de la ville – les plus en vue, en quelque sorte. Ils se font construire des mausolées dont le caractère ostentatoire n'échappera à personne. Au fur et à mesure, une nouvelle catégorie de défunts, de plus en plus nombreux, est également inhumée au bord de ces voies : les chrétiens.

Parmi eux, certains connaissent de leur vivant une certaine aura due à leur engagement spirituel. C'est le cas, entre autres, de plusieurs hauts

Tombes de la nécropole en cours de fouille.

dignitaires ecclésiastiques. Irénée, qui fut le deuxième évêque de la cité, est ainsi inhumé non loin d'un axe majeur vers l'ouest, la « voie de l'Océan ». Le tombeau de Just, le treizième évêque, sera également bâti en bordure d'une route, qui longe cette fois l'extérieur des remparts de la cité. La tradition est donc maintenue…

Au plus près du saint

Mais les mœurs changent. Désormais, ces hommes dont la vie est montrée en exemple font l'objet d'un véritable culte. Les chrétiens ne viennent pas seulement en pèlerinage sur leur tombe, comme le raconte dans une lettre Sidoine Apollinaire, le grand poète et évêque de Clermont. Ils souhaitent aussi être enterrés au plus près de ces personnages sacralisés.

Les sépultures des évêques font dès lors place à des basiliques funéraires, plus à même de mettre en valeur leurs augustes reliques.

La zone d'étude de la fouille de la place Wernert, à équidistance de ces deux lieux de culte, est le parfait témoignage de cette évolution des esprits. Bien qu'elle soit éloignée des axes principaux, sa fonction funéraire se poursuit du IVe au VIe siècle. Les tombes se multiplient ainsi alors qu'on s'approche des lieux saints. Plus question de se faire remarquer par une sépulture majestueuse visible de tous : il s'agit d'être au plus près d'un lieu sacré, de se mettre littéralement sous la protection d'un saint. Toutefois, le degré de richesse des défunts s'évalue encore en partie à l'aune des moyens consacrés à la sépulture (la taille d'un caveau en pierre est forcément plus coûteuse que la construction d'un cercueil de bois ou d'une simple fosse recouverte d'une planche).

On remarque d'ailleurs que les sarcophages se font de plus en plus nombreux près des basiliques funéraires. Manifestement, ces places de choix sont convoitées et réservées à ceux qui ont les moyens de se les offrir. Et ce sont surtout des hommes, ce qui reflète la prépondérance de ce sexe dans la société, une constante qui semble avoir du mal à évoluer. En revanche, presque étonnamment, les tombeaux de pierre sont répartis en nombre égal entre les hommes et les femmes. L'étude anthropologique montre qu'il s'agit alors de personnes mieux nourries et décédées plus âgées.

Deux sarcophages suscitent des questions : tandis que pratiquement tous les autres sont regroupés autour des églises, ceux-ci s'en détachent. Pourquoi ces individus, suffisamment riches pour s'offrir une sépulture plus imposante que la moyenne, ne reposent-ils pas dans la zone la plus recherchée ? N'y ont-ils pas eu accès ou ne le souhaitaient-ils pas ? L'agrégation d'un petit nombre de tombes plus modestes autour d'un de ces tombeaux suggère que le personnage inhumé a lui aussi, tout comme Irénée, Just et quelques autres personnages illustres présents sur cette colline, connu une certaine gloire qui se sera révélée cependant plus éphémère.

Des monuments antiques recyclés

Si les personnes aisées s'offrent encore des sépultures coûteuses, les sarcophages mis au jour place Wernert sont taillés dans des pierres de grand appareil, extraites de monuments anciens laissés à l'abandon. Il n'est plus question de magnifiques sépulcres richement décorés, comme aux siècles précédents. Ces modifications répondent probablement à de nouveaux impératifs correspondant à l'air du temps. À l'époque mérovingienne, des bijoux ou des vases romains, parfois même de la fin de l'époque gauloise, accompagnent quelquefois dans leur dernière demeure des personnes décédées plusieurs siècles après la production de ces objets. L'usage du remploi dans le domaine lapidaire n'est donc qu'une variante de cette pratique.

Détail d'un sarcophage décoré d'un griffon. Cette pierre sculptée appartenait initialement à un mausolée d'époque augustéenne.

Il est permis de se demander si cette simplicité affichée, au lieu d'être la conséquence d'une adaptation à des moyens financiers limités, ne serait pas plutôt le reflet d'un changement important de la pensée religieuse. En effet, dans une société de plus en plus empreinte de christianisme, dans un monde où il est dit que « les derniers seront les premiers », il peut s'avérer judicieux de se présenter humblement devant son Créateur…

Plusieurs monuments funéraires romains furent donc détruits pour être réutilisés dans des sépultures. Des blocs de mouluration comparables

Fragment de statue de Méléagre – héros grec qui tue le sanglier de Calydon – servant au calage d'un coffrage de sépulture daté des Ve-VIe siècles. Si la peau de l'animal permet d'identifier le personnage représenté, le modèle ne semble pas avoir été jusqu'ici recensé. Originellement, la statue devait orner un des monuments publics de la ville.

à ceux de tombeaux antiques découverts dans le voisinage font ainsi office de couverture pour des coffres de pierre. Le fragment d'un bas-relief représentant un Éros, qui a probablement servi à encadrer le nom d'un défunt, sert à présent de calage à un cercueil fabriqué dans un tronc évidé.

Plus étonnant, un bloc issu d'un mausolée fut taillé pour constituer la demi-cuve d'un sarcophage, dont la paroi latérale a conservé le motif d'un griffon, ornement courant des sépultures romaines. Celui-ci, qui recouvre toute la surface de la paroi, n'a été que très partiellement détruit, ce qui laisserait supposer que sa conservation a été intentionnelle. Peut-être parce que, à l'époque paléochrétienne – celle de la fabrication de la cuve –, le griffon a continué à jouer un rôle protecteur ? C'est ainsi qu'on observe des griffons, encadrant le Christ en train d'enseigner, sur les faces latérales du sarcophage de Concordius, évêque d'Arles mort autour de 385 et inhumé dans la nécropole des Alyscamps. Cette pierre est à ce titre symptomatique de ce syncrétisme entre les mentalités païenne et chrétienne. La symbolique de protection perdure jusqu'à l'époque mérovingienne, où elle est essentiellement figurée sur des plaques-boucles, mais aussi sur un sarcophage à Charenton-du-Cher réalisé entre le VIe et le VIIe siècle.

En somme, le site lyonnais témoigne de l'évolution lente des esprits qui s'opère durant près de trois siècles. Bien sûr, l'image reste floue : les pratiques changent, mais ces modifications sont probablement dues à différents facteurs. Il est probable que le développement du christianisme jusqu'à son hégémonie y soit pour beaucoup, mais cette religion s'implante aussi parce qu'elle s'imprègne des aspirations du moment et qu'elle conserve certaines valeurs du passé. Et bien malin celui qui saura distinguer les bons chrétiens parmi les 839 cas étudiés…

EMMANUEL FERBER

PAYSAGES VISIBLES ET INVISIBLES DU PREMIER MOYEN ÂGE

Au premier Moyen Âge, entre le Ve et le XIe siècle, plus de 90 % de la population vit dans les campagnes. La majorité sont des paysans. Une grande partie des traces qu'ils ont laissées de leurs activités quotidiennes sont invisibles à l'œil nu ou consistent en des empreintes discrètes de fossés, de chemins, de constructions en matériaux périssables.

Un hameau médiéval. Voilà ce que dégage la pelle mécanique, couche par couche, dans ce champ de 20 hectares. Nous sommes en 2008, à Châteaugiron, près de Rennes. La ville se prépare à fêter son millénaire. Chaque jour, plusieurs siècles viennent s'ajouter au compteur de l'histoire de ce territoire.

Après le décapage, les fossés médiévaux de Châteaugiron se distinguent du terrain naturel par la couleur de leur remplissage.

Ce sont d'abord de longs tracés rectilignes de couleur beige clair qui apparaissent sous la terre végétale, telles des hachures ou des formes géométriques. Il s'agit de fossés anciens, creusés il y a de nombreux siècles, puis comblés par des sédiments dont la couleur diffère de celle – gris sombre – du sol naturel. Ils dessinent des parcelles rectangulaires, des espaces au sein desquels sont rapidement mis au jour d'autres vestiges : empreintes de poteaux appartenant à des constructions en bois et en terre, soles de fours rougies par le feu, foyers de forge noircis de charbons et de scories, fosses circulaires…

Les dizaines de milliers de traces laissent également apparaître en surface des fragments de céramique appartenant à plusieurs périodes chronologiques. Il va falloir démêler cet enchevêtrement temporel. Au fil de la fouille, une fois les vestiges reportés sur un plan, les archéologues identifient un important hameau occupé entre le VIe et le Xe siècle, et composé d'au moins trois fermes.

Des exploitations agricoles sous les labours

Ces exploitations agricoles sont quadrillées de fossés qui délimitent une trentaine de parcelles de 500 à 3 600 m^2. À l'intérieur de ces espaces s'organisent les activités domestiques et agropastorales. Chaque ferme est composée d'un bâtiment principal construit en terre et en bois, entouré d'étables, de granges, de greniers, de silos enterrés pour le stockage des récoltes et le fourrage, de fours culinaires, parfois d'une forge et d'un puits, ou encore de petites constructions semi-enterrées aux fonctions d'atelier de tissage ou de réserve. De ces vestiges ne subsiste que la partie creusée (fondations, trous de poteau, fosses en tout genre parfois réutilisées en poubelles).

Mais ces vestiges sont-ils tous contemporains ? Leur recoupement et le matériel archéologique recueilli (tessons, monnaies…) nous apportent la réponse. La ferme la plus précoce se met en place vers la fin du VIe siècle, dans la partie sud du site. Aux VIIIe et IXe siècles, l'habitat se densifie. Trois exploitations agricoles coexistent alors : une au sud, une au centre et une troisième plus au nord. De larges aires dévolues au stockage et au traitement des céréales (vannage, séchage, grillage) indiquent une mise en commun de certaines activités. Au début du Xᵉ siècle, l'occupation se concentre au sein de la seule ferme septentrionale, qui est agrandie. Plusieurs chemins facilitent la circulation. L'un d'eux conduit à un second hameau, que nous fouillerons, 200 mètres plus à l'est.

Des habitats diversifiés

Le premier Moyen Âge est souvent considéré comme une période sombre. Il n'en est rien. Ce cliché, l'archéologie préventive l'a combattu, avec les milliers de sites qu'elle a mis au jour, comme celui de Châteaugiron. Fouille après fouille, notre connaissance du monde paysan de cette époque ne cesse en effet de s'enrichir et de nous étonner par sa diversité, son dynamisme, mais aussi sa complexité. Ferme isolée, hameau, habitat groupé, village, site spécialisé dans une activité artisanale, habitat perché, ils revêtent tous différentes formes selon les régions, leur fonction et le statut social de leurs habitants. Leur organisation évolue également tout au long de la période.

À la fin de l'Antiquité et au début du premier Moyen Âge, l'économie agraire se réorganise, et les territoires se restructurent. Des exploitations familiales pratiquant la polyculture remplacent peu à peu la grande propriété foncière (la *villa* gallo-romaine), tournée davantage vers la monoculture céréalière. Dans le sud de la France, toutefois, certains domaines antiques restent actifs aux Vᵉ-VIᵉ siècles, parfois jusqu'au VIIᵉ. D'autres changent d'orientation économique ou sont abandonnés, mais le territoire continue d'être exploité. Entre les Vᵉ et VIIIᵉ siècles, un nouveau type d'habitat se développe sur les hauteurs. Dans le Languedoc, en Provence, mais aussi dans le Jura, le Massif central ou la vallée du Rhône, ces sites perchés, qui n'apparaissent pas dans les sources écrites, se révèlent des lieux économiques majeurs, avec un bâti en pierre pour les élites, une église, une enceinte, un artisanat de verrier ou de forge.

Dans la moitié nord de la France, à partir du VIᵉ siècle, les petites exploitations agricoles se multiplient, parfois en périphérie d'anciennes *villae*. Vers la fin du VIIᵉ, puis aux VIIIᵉ et IXᵉ siècles, ces fermes augmentent en nombre et en taille. En leur sein, des aires spécialisées dans le traitement des récoltes témoignent d'une gestion collective du travail et des ressources, et donc d'une organisation sociale à plusieurs niveaux. Dans l'ouest du pays, certaines fermes se regroupent en hameaux agencés en parcelles régulières. Sur tout le territoire de la France actuelle, des habitats se développent dès les VIIe-VIIIe siècles – et donc bien avant l'an mille – autour d'une église et d'un cimetière.

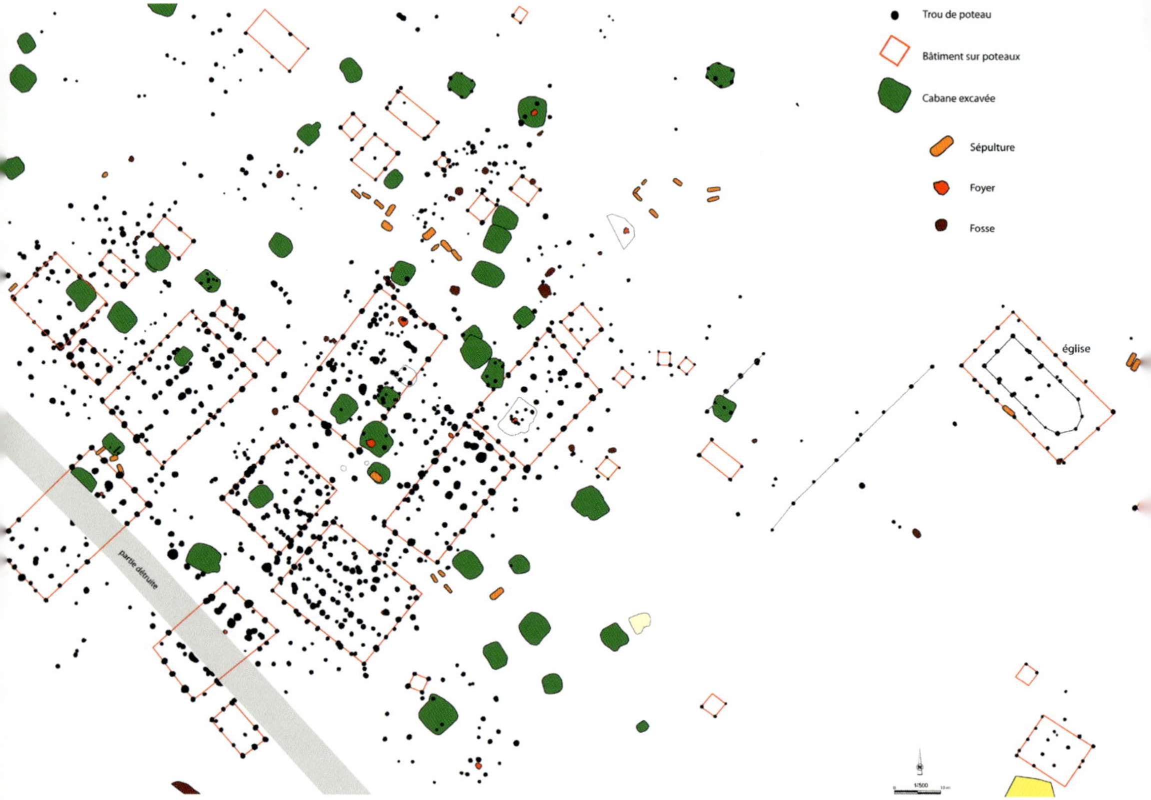

Plan partiel des vestiges mis au jour à Pontarlier avec, à droite, le plan bien visible de l'église à abside et évocation du village mérovingien.

L'archéologie rend visible l'invisible

Non, au premier Moyen Âge, les territoires ne retournent pas à l'état sauvage ! Cet autre cliché, les archéosciences l'ont fait tomber, grâce à l'étude des pollens, graines, charbons de bois, pépins, ossements, coquilles, escargots, insectes, déjections, etc., témoins privilégiés de l'agriculture, de l'élevage et de l'environnement naturel.

Dans un contexte climatique plutôt favorable et en dépit de disettes dont nous parlent les sources écrites, différentes orientations économiques apparaissent selon les régions et témoignent d'une croissance agricole précoce. Ainsi, le froment et le seigle sont cultivés largement dans le Bassin parisien, tandis qu'en Bretagne et en Normandie sont privilégiées l'avoine et l'orge vêtue, suivies de la vesce et du pois. À Châteaugiron,

Soc d'araire en fer du IXe siècle provenant du site du Bressilien, à Paule, dans les Côtes-d'Armor.

l'avoine, une céréale adaptée à des sols pauvres, connaît deux saisons de semailles et existe en deux variétés : une avoine commune et, vers les VIIe-IXe siècles, une avoine sableuse d'origine scandinave, signe de contacts avec les populations nordiques. Dans le Sud, on sème le froment et l'orge vêtue, mais aussi la féverole, le pois chiche et la vesce. Plusieurs saisons de semailles et des mélanges de cultures annuelles permettent de diversifier et de réduire les risques d'échec de récolte. L'essor des plantes textiles (lin, laine, chanvre) et tinctoriales est attesté partout dès les VIIIe-IXe siècles.

Le travail de la terre laisse des traces, telles ces fosses de plantations de vignes découvertes à Châteaugiron. Les techniques agricoles (rotation triennale, amendement, irrigation) profitent du perfectionnement et de la mécanisation des outils (collier d'épaule, charrue à soc verseur) pour accroître la productivité des terres. Des haies, des talus et des fossés dessinent de petites parcelles plus ou moins régulières. Ce système écologique équilibré permet un meilleur stockage du carbone et une bonne fertilisation des sols, dont témoignent aussi l'association de certaines espèces végétales sauvages, mélangées aux céréales et aux légumineuses, et la présence de plantes qui poussent sur des sols riches en nitrates.

Le paysan du premier Moyen Âge exploite également les zones humides qui se prêtent aux activités pastorales (prairies humides), à l'aménagement de viviers, de moulins, de pêcheries. L'élevage des bœufs, des porcs et des moutons, en plein essor dès les VIIe-VIIIe siècles, domine l'économie rurale. Autre espace de ressources, la forêt est un lieu de diversité végétale, de taillis, de landes et de marais. Elle fait l'objet d'un usage raisonné. Les premiers signes de la pratique de l'émondage sont visibles dans la moitié nord de la France dès le début du IXe siècle.

Des paysages chargés de mémoire

Les populations du premier Moyen Âge héritent, transforment et transmettent des formes paysagères, parcellaires et viaires plus anciennes. Ainsi, à Châteaugiron, les fossés médiévaux reprennent précisément les tracés des fossés ou chemins antiques et protohistoriques. Ces mêmes tracés délimitent aujourd'hui encore les parcelles de nos champs.

Lire les territoires, faire parler les sédiments, décoder des traces souvent cachées et fugaces, en croisant les regards de différentes disciplines, c'est aussi entrevoir des atouts et des potentialités, observer les crises et les choix des sociétés passées. C'est étudier leur résilience. En mettant en évidence des territoires en constante transformation, l'archéologie agit également comme un révélateur des ancrages historiques des territoires. Elle aide à mieux les comprendre et à mieux les aménager.

ISABELLE CATTEDDU

HISTOIRES CONNECTÉES

Bas-reliefs du sculpteur russe Joseph Tchaïkov, datés de 1937, découverts dans une glacière du château de Baillet-en-France.

DES MUSULMANS EN PROVENCE AU MOYEN ÂGE

La présence musulmane en Provence est aujourd'hui réévaluée, grâce à l'étude critique des sources textuelles et à l'analyse minutieuse des données de terrain. C'est une image différente, plus complexe, qui apparaît, transformant notre vision de ces occupants, de leurs activités et de la nature de leur présence en Gaule.

En 2006, une équipe d'archéologues fouille une petite aire funéraire du début du Moyen Âge, en lisière de la ville de Nîmes. Trois tombes regroupées sortent du lot. Elles présentent en effet des caractéristiques qui les distinguent des autres. Lesquelles ? Leur exiguïté et leur orientation nord-est/sud-ouest d'abord, qui contrastent quelque peu avec l'organisation spatiale du cimetière. La position des corps, ensuite : les défunts ont été précautionneusement déposés dans une fosse étroite, sur le côté droit, face tournée vers le sud-est. Pour deux tombes sur trois, la disposition des restes

Une des trois tombes musulmanes mises au jour à Nîmes. La position du corps, en décubitus latéral droit, la tête orientée vers le sud-est, en direction de La Mecque, de même que le dépôt direct dans une fosse sont des caractéristiques évoquant les pratiques funéraires musulmanes. Ces inhumations sont, pour l'heure, les plus anciennes trouvées dans l'Hexagone.

7076
1m
50 cm

osseux indique que les corps ont été enveloppés dans un linceul. Enfin, chaque fosse est recouverte de dalles de pierre juxtaposées.

Voilà qui signale un rite funéraire différent des inhumations alentour. Analogue à celui observé à la même période dans la péninsule Ibérique, en Sicile et au Maghreb, il est reconnu comme une pratique musulmane. La direction sud-est n'est-elle pas, depuis Nîmes, celle de l'Orient et de La

Comme son nom l'indique, cet aquamanile levantin, provenant de l'épave du Batéguier, est un petit récipient destiné au lavage des mains, le museau de l'animal permettant l'écoulement de l'eau. Ces récipients zoomorphes occupaient une place de choix dans le répertoire des objets médiévaux, notamment dans l'art islamique. Ils étaient réalisés tantôt en terre cuite, tantôt en métal.

Mecque ? Très codifiés, les usages funéraires respectant les prescriptions coraniques constituent de fait, pour les anthropologues, d'excellents marqueurs cultuels.

Il importait de préciser la chronologie de ces tombes et de tenter de retrouver l'identité biologique des défunts. Pour ce faire, une approche multidisciplinaire fut adoptée, associant archéologie, anthropologie, paléogénomique et histoire. L'étude conduite en premier lieu par les archéo-anthropologues a établi qu'il s'agissait de trois adultes de sexe masculin, âgés lors du décès d'entre 20 et 29 ans pour les deux premiers, de plus de 50 ans pour le troisième. Leurs squelettes ne portent aucune marque de traumatismes violents susceptibles d'entraîner la mort. Des analyses radiocarbones menées sur ces squelettes les ont datés du VIIIe siècle.

Dans une seconde étape, des études paléogénomiques menées sur l'ADN ont mis en évidence leur origine nord-africaine, vraisemblablement berbère. Il est vrai que les modes d'inhumation observés sont conformes aux rites funéraires musulmans médiévaux fréquemment attestés en terres d'islam et en Al-Andalus, royaume de la péninsule Ibérique.

Un cimetière mixte ?

Les observations réalisées lors de la fouille indiquent que ces tombes ne sont pas isolées, mais au contraire placées au sein de l'espace funéraire périurbain, lui-même enserré à l'intérieur de la muraille romaine. Il n'y a donc vraisemblablement pas eu volonté de les séparer des autres. Elles attestent non seulement l'existence d'un groupe social – communauté civile ou garnison militaire – étranger à la cité de Nîmes, mais également celle d'officiants en charge d'accomplir ces rites.

Faut-il rapprocher cette découverte des incursions musulmanes dans les régions méridionales de l'Hexagone durant ce début du Moyen Âge ? Celles-ci nous sont connues par les textes, comme les chroniques de Moissac et d'Uzès, qui offrent des témoignages significatifs du contexte politique complexe et instable. Elles révèlent, en effet, une présence musulmane à Narbonne (en arabe, *Arbûnah*), ainsi qu'à Nîmes (*Niwmshû*) entre 719 et 752. Les mouvements des premiers groupes de musulmans arrivés en Septimanie (la province de Narbonne), connus par les archives, ont ainsi été confirmés par les données inédites livrées par l'analyse scientifique des tombes nîmoises.

Sceau-empreinte omeyyade daté du début du VIIIe siècle. Frappé à Narbonne, il a été mis au jour sur le site de Ruscino.

L'exégèse des sources matérielles

Découverts en 2005, à la faveur de prospections archéologiques, sur le site de hauteur de Ruscino, près de l'actuel Perpignan, quarante-deux sceaux de plomb, de forme quasi circulaire et portant une légende en caractères arabes coufiques, ont attiré l'attention des experts.

Datés de la première moitié du VIIIe siècle, ces éléments matériels originaux auraient été utilisés pour sceller des sacs contenant un butin. En effet, les termes que l'on est parvenu à déchiffrer sur les sceaux, *maghnûm tayyib*, « butin licite » et *qusima bi-Arbûnah*, « partagé à Narbonne », sont des expressions faisant référence à un territoire conquis par la force. Autrement dit, ils sont liés à l'imposition d'une nouvelle fiscalité et à la collecte d'un tribut.

Irrémédiablement associés à la présence et à la conquête arabo-musulmane en Narbonnaise, ces objets représenteraient l'expression de l'affirmation du pouvoir de la structure émirale qui les a émis, sur le nouveau territoire qu'elle administre.

Ces sceaux, associés à quelques frappes monétaires de cuivre, les *fulûs*, interrogent sur la nature des activités menées par ces occupants étrangers et sur le statut de Ruscino : relais administratif et militaire, lieu de rassemblement, place commerciale ? Du passage d'un contingent musulman, il ne subsiste que cette trace extrêmement ténue, mais aucun indice d'un campement ou d'un habitat, et nul signe de violence ou d'un tumultueux abandon du lieu. Évanescente, cette présence incite à réévaluer la perception de l'expansion musulmane, qui non seulement se dérobe à nos observations, mais contraste avec l'interprétation, particulièrement offensive, transmise par l'historiographie chrétienne.

Ainsi, les traces matérielles suppléent à l'indigence des documents écrits. Ceux-ci se résument à des manuscrits latins (chartes, chroniques, etc.), souvent postérieurs et rédigés par un clergé séculier prosélyte, à la vision forcément déformée. Dans le roman national de l'histoire de France, en effet, les populations musulmanes ont été diabolisées. Les épisodes de confrontation et de contact forment l'un des ressorts idéologiques de la construction de l'Église, alléguant comme argument de légitimité des conflits ultérieurs une opposition toujours brutale avec les Arabes.

Ces récits évoquent en effet les Orientaux (d'Arabie ou du Levant) venant d'Espagne, désignés comme appartenant à la *gens Saracenorum* – de l'arabe *sharkîyîn*, par opposition aux Maures, musulmans venus d'Afrique. Les textes qui nous sont parvenus appuient leur chronologie sur des exactions, pillages et mises à sac de villes – Marseille, Arles, Avignon, Fréjus, Antibes ou Nice –, avec des listes épiscopales qui s'interrompent, des monastères dépouillés et des relations commerciales entravées. Les faits d'autres natures ne sont que rarement consignés. Ce qui ne veut pas dire qu'ils n'existaient pas, comme on l'a vu.

Un État-frontière islamique en Provence

Avec le déclin de la domination carolingienne à la fin du IXe siècle, la Provence est en proie aux rivalités aristocratiques et aux dévastations, prétendument amplifiées par les déprédations des « pirates sarrasins ». Dans l'*Antapodosis* (958-962), traité d'histoire politique de l'Italie et de la Provence, Liutprand, évêque de Crémone, rapporte qu'une vingtaine de marins andalous, relayés par l'arrivée de plusieurs centaines d'autres *mujahidin* (guerriers religieux), se seraient retranchés vers 887 au Fraxinetum (*Farakhshinît* en arabe), dans le golfe de Saint-Tropez, au sein du massif des Maures. Le chroniqueur condamne les agissements de ces pirates qui « répandent le sang de très nombreux chrétiens ».

Les recherches archéologiques menées dans le massif n'ont pu confirmer le récit de Liutprand. Après reconsidération des documents latins et arabes, des historiens ont récemment souligné que cette « piraterie » correspondrait plutôt à une forme de maîtrise de l'espace méditerranéen. L'installation de musulmans au Fraxinetum devrait ainsi être envisagée comme un relais en mer de l'émirat de Cordoue – une entité autonome entre Islam ibérique et Chrétienté

L'originale gourde annulaire provenant du navire d'« Agay A » présente un corps globulaire légèrement aplati, surmonté d'un goulot évasé et de deux anses latérales. Soigneusement guillochée, sa surface a été entièrement recouverte d'une glaçure de couleur miel. Cet objet unique correspond sans nul doute à une pièce d'apparat.

franque. Ces marins exilés auraient constitué un émirat éphémère frontalier, comparable à la fois à une communauté villageoise, à une base avancée militaire (*ribât*) et à un comptoir marchand.

Fascinantes épaves islamiques

De fait, les recherches subaquatiques plaident formellement en faveur d'une logique commerciale. Quatre épaves islamiques du littoral provençal, « Plane 3/Rocher de l'Estéou » (archipel de Riou, à Marseille), « Roche Fouras » (près de Saint-Tropez), « Agay A » (sur la commune de Saint-Raphaël) et « Batéguier » (près de l'île Sainte-Marguerite, au large de Cannes), correspondent à des navires ayant sombré chargés de chaudrons de cuivre, de lingots de laiton, d'objets de luxe et de denrées agricoles révélées par l'archéométrie, parmi lesquelles le vin de Bétique figure en bonne place. Datés de la fin du IXe siècle, ce sont des bateaux de commerce plutôt que des vaisseaux offensifs.

Ces découvertes ont été malencontreusement associées à l'épisode belliqueux de 972, opposant Arabes, Francs et Byzantins, et donc fautivement datées de la fin du Xe siècle. Cela a constitué un contresens chronologique, mais également historique. Aujourd'hui, ces bateaux peuvent assurément être reliés au Fraxinetum, qui s'apparente sans doute plus à un *emporium* (comptoir commercial) qu'à un avant-poste militaire. Ces navires sillonnaient un espace maritime commercial, empruntant un circuit régulier, établissant des connexions entre Levant ibérique, rives de l'Afrique du Nord, Sicile et probablement très au-delà, vers l'est.

La complexité de ces recherches illustre aussi la difficulté d'identifier des sociétés à travers leur seule culture matérielle, car, comme le souligne l'archéologue Sonia Gutiérrez Lloret, « sans la reconnaissance de certains indicateurs dont celui relatif à la religion, mais également à la langue arabe et à l'épigraphie », ces formes d'occupation seraient demeurées invisibles…

CATHERINE RICHARTÉ

L'ARCHÉOLOGIE DU JUDAÏSME EN FRANCE

Depuis plus de quarante ans, les archéologues mettent en évidence les traces d'une vie commune entre juifs et chrétiens au Moyen Âge. Ces nombreux échanges ont été malheureusement occultés dans les mémoires par les épisodes dramatiques qui conduisirent aux expulsions des XIIe-XVIe siècles.

À Rouen, le public pourra bientôt découvrir un édifice médiéval original, récemment restauré. Attribué aux années 1100, il fut révélé, avec d'autres, au cours de travaux d'aménagement de l'actuel Palais de justice, en 1976, et sauvé grâce à l'intervention de Dominique Halbout-Bertin, alors archéologue au service des Antiquités historiques de Haute-Normandie. Très bien conservé, il affiche une architecture de haute qualité, ainsi que le démontrent ses matériaux et ses décors (blocs calcaires réguliers, pilastres extérieurs, bases de colonnes sculptées).

Ce qui le rend si particulier, ce sont les très nombreuses inscriptions hébraïques visibles sur les parois intérieures du rez-de-chaussée. Signe qu'il faisait partie des équipements architecturaux de la communauté

Vue de l'élévation extérieure du monument juif de Rouen, daté du début du XIIe siècle.

Autre vue du monument de Rouen.

juive rouennaise, historiquement attestée par ailleurs. Cette remarquable découverte marqua la naissance d'un nouveau champ d'études, appliqué aux témoins d'une culture disparue : l'archéologie contemporaine du judaïsme en France.

Des découvertes spectaculaires

Certes, de très nombreux vestiges matériels de la présence juive sur le territoire national étaient déjà connus (pierres tombales et cimetières, synagogues et bains rituels, objets isolés, etc.). Mais ce sont les nouveaux travaux historiques, ainsi que les inventaires archéologiques et topographiques, qui fondèrent les bases des recherches ultérieures consacrées au judaïsme médiéval. La grande qualité des études régionales (en Provence, Languedoc, Catalogne, Alsace, Lorraine, Normandie) établit désormais une continuité avec les travaux plus anciens. Et la relecture érudite de ces sources documentaires assure le lien entre les travaux de la fin du XIXe siècle et ceux de la seconde moitié du XXe siècle.

Après Rouen, c'est à Montpellier que la qualité des vestiges architecturaux associés aux communautés juives médiévales fut de nouveau mise en lumière, avec la découverte, dans les années 1980, d'un exceptionnel *mikvé* – ce bain rituel juif visant aux purifications corporelles et spirituelles des membres d'une communauté ou d'une famille – attribuable au début du XIIIe siècle. Le bain dans l'eau du *mikvé*, directement issue du sous-sol, était lié à la mise en pratique des catégories du pur et de l'impur. Pour quiconque avait eu un contact avec la mort, suite à un décès par exemple ; pour les femmes qui venaient d'avoir leurs règles : réputées interdites, elles sont souillées par des effluves néfastes signifiant l'échec d'une vie à venir ; mais aussi dans d'autres circonstances : avant le mariage, avant l'accès à une fonction sacerdotale, pour une conversion au judaïsme… Ces obligations rendaient ce dispositif plus essentiel à la vie communautaire et bien plus compliqué à mettre en place qu'une synagogue, qui ne requiert aucun caractère sacré, la Torah et sa lecture en constituant le pivot liturgique.

Mikvé de Montpellier. Ce bain rituel, sans doute édifié au début du XIIIe siècle, est le plus complet exemplaire parvenu jusqu'à nous. Il comprend une piscine quadrangulaire précédée d'un déshabilloir, un escalier étroit permettant d'y accéder.

Témoins d'une présence ancienne

La présence juive en France fut très tôt identifiée par des stèles en pierre provenant de cimetières médiévaux. Elles constituaient la plupart des vestiges archéologiques, à l'exemple de Paris.

Comme les nécropoles antiques, ces lieux d'inhumation étaient situés à l'extérieur des enceintes urbaines. Le monde des morts est en effet, selon la loi hébraïque, séparé de celui des vivants, à l'opposé des pratiques chrétiennes à la même époque. Les expulsions des communautés juives, qui s'échelonnèrent de 1182 au début du XVIe siècle, entraînèrent la destruction ou l'abandon de la plupart de ces cimetières, dont les stèles furent pour certaines récupérées et remployées en tant que matériaux de construction.

L'archéologie a révélé des pratiques funéraires diverses, qui toutefois respectent certaines règles. Contrairement aux tombes chrétiennes, souvent entrecoupées, les sépultures juives marquées par des stèles assurent aux corps une parfaite intégrité nécessaire dans la perspective de la résurrection. La position dorsale, les bras le long du corps, semble être aussi la norme majoritairement suivie. Enfin, la rareté du mobilier d'accompagnement constitue un autre versant des pratiques funéraires juives médiévales, comme le démontrent les fouilles archéologiques programmées menées à Châteauroux. Les campagnes ont ici permis de mettre au jour 56 sépultures attribuables aux XIIe-XIVe siècles, se rapportant à des enfants, des adultes et des adolescents inhumés en cercueil. Les fosses sépulcrales déterminaient des rangées parallèles impliquant la présence de marquages et/ou de stèles conservant la mémoire de leurs emplacements, des cheminements permettant par ailleurs une circulation entre les tombes.

Grands ou petits, ces cimetières sont donc les témoins de la présence de communautés environnantes qui, souvent, les avaient en partage, à l'instar des synagogues. La dispersion des juifs au sein des campagnes, des villes et de leurs périphéries, loin des regroupements forcés de la fin

Cimetière de Châteauroux. Creusées dans un substrat calcaire, ces tombes datent des XIIe-XIVe siècles.

du Moyen Âge ou du début de la période moderne, plaide en faveur de contacts étroits établis avec la population chrétienne majoritaire – autant d'indices d'un enracinement ancien.

Les synagogues au cœur des villes

Les juifs s'étaient établis dans la ville parce qu'ils en faisaient intimement partie et parce qu'ils intégraient architecturalement parlant l'espace urbain, comme ils habitaient et animaient différentes sphères sociales selon leur culture. C'est ce qu'a mis au jour l'archéologie préventive, comme en 1999 à Lagny-sur-Marne, où des vestiges correspondraient à une possible synagogue.

Ces édifices sont les lieux de l'expression collective des rites juifs par la prière et la lecture quotidienne de la Torah – première partie de la Bible hébraïque. Ils sont en général situés au centre des villes ou des bourgs médiévaux, et adoptent la plupart du temps un plan rectangulaire. Ils sont de plus orientés vers Jérusalem où se trouvait le Temple, dont la synagogue est une résonance, accueillant une niche en pierre ou un meuble en bois dans lequel sont déposés les rouleaux de la Torah. Au centre de l'édifice, une chaire surélevée, symboliquement séparée de l'assemblée, permet la lecture des textes sacrés qui rythme l'ensemble de l'année liturgique.

La synagogue est elle-même entourée de plusieurs maisons accueillant ses desservants. Ces habitations étaient souvent dotées d'annexes multiples, tels que puits, maison de l'aumône, *mikvé*, four à azyme (pain sans levain). On parle de groupe synagogal lorsque ces éléments se regroupaient autour d'une cour, comme le suggèrent les récentes recherches menées à Orléans par Manon Banoun.

À Provins, la mise en évidence d'un tel ensemble largement préservé, comprenant une vaste salle voûtée accueillant un dispositif assimilable à un bain rituel, prouve l'implantation pérenne de communautés juives au sein des villes du comté de Champagne, avant sa réunion à la couronne capétienne en 1284. L'adossement contre ces constructions d'une maison médiévale datée du XIIIe siècle, pourvue à son entrée d'ancrages verticaux témoins de la mise en place d'une *mezouzah* – ce petit contenant fixé au montant de la porte d'entrée, dans lequel on insère un parchemin recevant un vers écrit à la main, rappelant l'appartenance des habitants au judaïsme –, prouve ici l'agrégation de l'habitat des juifs autour du centre religieux communautaire.

Aux racines de nos origines communes

L'attention est souvent focalisée sur les épisodes violents et généralement dramatiques qui ponctuent la vie partagée entre juifs et chrétiens, avant les expulsions des XIIe-XVIe siècles, quand des édits royaux signèrent la fin des communautés juives – à l'instar de celui de Charles VI, concernant le royaume de France, en septembre 1394. Pourtant, les indices d'une vie commune, comme les très nombreux témoignages d'échanges intellectuels, dominent largement. Les sources hébraïques fournissent même parfois la trame de l'iconographie religieuse chrétienne, telle celle de la façade de la cathédrale de Bourges, au XIIIe siècle, où les récits sculptés de l'Ancien Testament appellent à la conversion les juifs contemporains du chantier.

Les vestiges archéologiques témoignent ainsi d'épisodes de paix, qui renvoient aux racines communes des juifs et des chrétiens. Le Jésus historique était d'abord, avec les Apôtres, un juif d'extraction sacerdotale qui désirait restaurer la pureté du temple de Jérusalem, afin de rétablir le lien unissant les Hébreux à leur dieu. Mais la construction du christianisme, en tant qu'institution et comme modèle du pouvoir terrestre, a conduit à une ségrégation progressive des juifs, devenus au Moyen Âge des témoins d'autant plus gênants que leur héritage culturel avait été définitivement intégré par la nouvelle religion dès les XIe-XIIe siècles. La logique des pouvoirs royaux et religieux, désormais centralisés, s'exerça alors contre eux.

Cette évolution nous prive aujourd'hui d'un pan d'histoire judéo-chrétienne, faisant du judaïsme une religion à part, pourtant intimement constitutive du christianisme. Car tel est l'enjeu de la redécouverte et de l'étude de ces vestiges archéologiques antiques et médiévaux : mettre en perspective la complexité de nos origines culturelles communes, dont le judaïsme forme le socle.

CLAUDE DE MECQUENEM

ENTRAIDE, SOIN ET COMPENSATION DU HANDICAP

L'archéologie funéraire explore le plus intime de chacun de nous, la matière osseuse devenant en quelque sorte notre carte d'identité. Elle peut témoigner de l'empathie et des soins prodigués à des personnes très vulnérables et lourdement handicapées.

Une femme âgée fut inhumée au IIIe siècle avant notre ère dans la nécropole gauloise de Bobigny, en Seine-Saint-Denis. Celle-ci est d'une ampleur impressionnante, puisque plus de 500 tombes furent identifiées lors des fouilles menées en 2002-2003 dans l'enceinte de l'hôpital Avicenne.

Au niveau de la tête et des membres inférieurs, les archéologues ont retrouvé trois fragments métalliques informes, rouillés et tordus. Ce ne sont ni des bijoux ni des outils, encore moins des armes. Quelques clous

Petit chasseur maure amputé figurant sur une mosaïque du XIIe siècle de la cathédrale Notre-Dame de l'Assomption, à Lescar, dans les Pyrénées-Atlantiques.

Sépulture gauloise de Bobigny, avec les éléments métalliques encore en place.

attestent que cette curieuse barre métallique a été agrafée… dans du bois. L'examen microscopique a révélé des traces d'éléments organiques minéralisés dans la corrosion du fer. Des empreintes végétales, rectilignes et superposées, suggèrent la présence dans la tombe d'une couche herbeuse, sorte de litière protectrice. Des restes de fibres textiles, dégradées, appartenaient aux vêtements de la défunte.

Des prothésistes ingénieux

Si cette sépulture se distingue des autres, c'est aussi par la position du corps et par les nombreuses pathologies recensées. L'étude anthropologique révèle en effet des lésions au niveau des membres inférieurs et des excroissances osseuses, développées au niveau des adducteurs. Le diagnostic est sans appel : cette femme souffrait d'une maladie musculaire rare, la myosite ossifiante, qui dégrade le collagène et entraîne la prolifération de tissu osseux, à l'intérieur et autour du muscle. Les mouvements de flexion et d'extension sont entravés. Le sujet malade a des difficultés à se lever, à marcher et à effectuer les gestes élémentaires de la vie.

Que disent alors ces trois fragments ? Ils racontent l'histoire d'une vie amoindrie, celle d'une femme handicapée dont les proches ont tenté de soulager, pour partie, l'inconfort du quotidien. Elle devait être installée sur cet « appareillage » improvisé, composé d'une barre courbe métallique et d'une structure en bois, recroquevillée

Fragments métalliques de la sépulture gauloise de Bobigny.

dans cette sorte d'orthèse. Des brassées de paille atténuaient le contact froid avec le métal et les douleurs physiques. Ces trois fragments appartenaient à un corset protecteur adapté à ce seul handicap, conçu pour épouser la position atypique du corps. En forme de coque ou de corset, ce dispositif est un cas unique de gestion d'une pathologie invalidante à l'époque gauloise.

Une solidarité originelle ?

Les populations ont toujours mis en commun leurs forces et leurs connaissances, tant pour creuser de modestes puits à eau que pour ériger des pyramides et des cathédrales. L'existence de l'entraide, pour protéger le groupe humain mais aussi, ici, pour concevoir et fabriquer des compensations, ne fait plus débat. L'archéologie en livre les témoignages tangibles chaque jour.

Pourrait-on, dès lors, suggérer l'idée d'une solidarité originelle ? Qu'entre eux, les humains ont toujours manifesté de l'attention et prodigué des soins, *a fortiori* envers un sujet diminué, amoindri par une maladie ou un accident de vie ? Sans doute l'altruisme a-t-il surgi au plus loin de l'humanité. Par exemple à Dmanissi, en Géorgie, autour de 1,8 million d'années, lorsqu'un *Homo georgicus* exprime son empathie pour l'un de ses proches, complètement édenté, en lui prodiguant une aide à la mastication des aliments. La lecture archéologique de ces liens ténus qui fédèrent une communauté est donc possible.

La préhistoire de la chirurgie

Au Néolithique, les hommes se sédentarisent, cultivent, élèvent et se montrent parfois solidaires dans la souffrance. En témoignent de nombreux cas de trépanation, attestés dès 5000 avant notre ère, une prouesse neurochirurgicale effectuée par raclage ou burinage de l'os crânien à l'aide d'un silex taillé. S'agissait-il d'expulser des êtres malfaisants d'un cerveau malade ? L'intervention, qui requiert une grande habileté et une réelle connaissance anatomique, renforce le récit collectif : la caractérisation du mal, la programmation de l'opération, l'acte chirurgical *stricto sensu*, sans oublier des pratiques rituelles et le recours à une pharmacopée performante. Parfois, le geste technique a été précédé d'une expérimentation animale, comme l'a récemment démontré le crâne trépané d'une vache datant du Néolithique, mise au jour en Vendée. Même si près de 70 % des malades survivaient à cette intervention très invasive, il fallait ensuite assister le patient pendant une convalescence alitée et peut-être l'accompagner pour le reste d'une vie amoindrie et dépendante.

L'étude des interventions humaines sur la matière osseuse confirme l'existence de ces « sachants » qui, instruits et expérimentés – hommes ou femmes –, prennent depuis longtemps en charge le destin contrarié et douloureux d'un semblable. Ainsi la plus ancienne trace d'amputation à ce jour retrouvée en France, datant d'environ 4700 avant notre ère, a-t-elle été identifiée dans une tombe à Buthiers-Boulancourt, en Seine-et-Marne. Elle a concerné le bras gauche d'un homme âgé qui présentait de nombreuses lésions osseuses arthrosiques.

L'opération proprement dite fut effectuée avec un silex tranchant, à hauteur du tiers distal de l'humérus. Un traumatisme avait probablement entraîné l'arrachement partiel de l'avant-bras, contraignant le chirurgien à sectionner les lambeaux (nerfs, tendons et os) restés attachés. Un bourrelet osseux de cicatrisation atteste la survie durable du patient. Plusieurs offrandes exceptionnelles, sans doute des biens personnels cohérents avec son statut social élevé, ont été déposées dans la tombe – os d'un agneau ou d'un chevreau, meule en grès, hache en schiste de 20 centimètres de long et pic de 30 centimètres de long –, assurant ainsi une plus-value funéraire. Elles confirment une situation inédite de soins adaptés, d'assistance et de respect pour un vivant estimé devenu un défunt honoré.

Ainsi, cet homme, que les aléas de la vie avaient considérablement amoindri d'une partie de ses aptitudes nécessaires à la survie de son groupe (comme la chasse), a-t-il conservé, malgré ce handicap sévère, un éminent statut, valorisé par un viatique prestigieux. Certains vont jusqu'à suggérer que l'inhabituel objet en silex retrouvé sur l'humérus gauche aurait pu servir de prothèse symbolique, garantissant une vie complète dans un au-delà espéré.

Une pierre pour chasser le diable

La nécropole de Serris, en Seine-et-Marne, accueille des centaines de paysans carolingiens des VIIIe et IXe siècles, enterrés dans le respect des préconisations chrétiennes en vigueur (défunt allongé sur le dos, membres supérieurs et inférieurs en extension, tête à l'ouest avec la face dirigée vers l'est). Dans ce vaste cimetière, une tombe attire l'attention : celle d'un homme atteint de nanisme achondroplase. Son menton a été maintenu en place par une pierre plate, coincée entre la mandibule et la poitrine. Curieux dépôt ! Était-il destiné à stigmatiser, davantage encore, une particularité physique ?

Ex-voto en tôle de bronze martelée représentant des yeux. Daté des Ier-IIe siècles, il a été mis au jour dans le sanctuaire du site du Clos de la Fontaine de l'Étuvée, à Orléans. Les ex-voto sont des objets représentant une partie atteinte du corps humain, déposés dans un sanctuaire par des malades en attente ou en remerciement de leur guérison.

Ce geste se révèle, avant tout, très précautionneux. Il a pour objectif que ce crâne, même différent des autres, ne soit pas affecté, en attendant le Jugement dernier, du si redouté rire sardonique à la mandibule pendante que la face du défunt semble adopter une fois les chairs décomposées. On pensait alors que c'était l'œuvre du diable, qui prenait possession des corps grâce à la sardoine, cette « fleur maléfique » qui hante les cimetières et plonge, affirmait-on, ses racines putrides au cœur même des cadavres.

Les proches de cet homme singulier – sans doute les fossoyeurs et sa famille – maîtrisaient suffisamment les prémices de la décomposition et des désarticulations osseuses *post-mortem* pour anticiper l'apparition de ce sourire démoniaque. En règle générale, des étoffes, des jonchées d'herbe, les mains coincées sous le menton lors de l'ensevelissement ou une simple pierre pouvaient en juguler l'éventualité. Ici, cette modeste pierre plate, qu'un geste malencontreux lors de la fouille aurait pu déplacer, confirme à elle seule le respect avec lequel ce « petit homme » a été inhumé par les siens et protégé des indignités sataniques.

Force est de constater que les sociétés, quand elles ne sont pas dévastées et déstabilisées par des épidémies, des guerres et des ravages climatiques, ont su s'intéresser à la vulnérabilité de l'autre. Sans nécessairement le rejeter, le marginaliser ou même le sacrifier au seul prétexte d'une différence ou d'une fragilité jugée inutile pour le groupe. L'histoire des hommes et des femmes, en partie révélée par l'archéologie, est un long récit de comportements, parfois individualistes mais le plus souvent organisés, en solidarité, au plus près les uns des autres.

VALÉRIE DELATTRE

LES ARTS DE LA TABLE À LA RENAISSANCE

La Renaissance est une période particulièrement intéressante pour l'étude des arts de la table du passé : ces derniers commencent à évoluer vers ce qui sera la table moderne, tant dans les manières de consommer que dans l'alimentation elle-même. En témoignent les vaisselles de terre et la verrerie, ainsi que les reliefs de repas (viandes, poissons, coquillages, graines de fruits et de légumes).

Le réchaud de table est l'un des nombreux objets retrouvés par les archéologues sur les sites de fouille de la Renaissance. Pour la majorité, le repas se prenait sur le lieu de travail, au champ ou à l'atelier, et chez soi, près de l'âtre, sur n'importe quel support faisant office de table. La soupe était gardée au chaud dans l'unique pièce à vivre : la chambre, ou *camera*. Chez les élites, à l'inverse, on mangeait froid. La faute à la grande distance entre les cuisines et les bâtiments résidentiels, destinée à éviter les incendies. De plus, la table était dressée à chaque fois dans la pièce choisie par le seigneur, qui pouvait en changer à sa guise. Si bien que les plats arrivaient souvent froids sur la table des maîtres de maison, installée sur des tréteaux. La nécessité de manger chaud n'était imposée que dans les milieux monastiques régis par la règle de Saint-Benoît.

Réchaud de table glaçuré retrouvé entier à Étampes. Ce modèle n'est pas classique : les trois tenons habituellement disposés sur le bord, à égale distance, de façon à maintenir une assiette au-dessus du bassin dans lequel se trouve de l'eau chaude ou des braises, ont été obtenus par évidement de la paroi. Ce récipient est révélateur de subtils changements dans les modes de consommation, qui s'introduisent dans l'espace domestique des populations non élitaires à partir du XVIe siècle.

Au XVIe siècle, les risques d'incendie étant mieux maîtrisés dans la construction civile, les cuisines sont installées sous la grande salle, de manière à ce que les plats parviennent chauds sur la table, montés par des serviteurs ou via des monte-plats, qui apparaissent à cette époque. Dans les demeures urbaines ou rurales aisées, qui ne disposent qu'exceptionnellement

Céramiques de table glaçurées et pots de culinaires en grès du Beauvaisis mis au jour sur le site du Mémorial juif de la Shoah, à Paris, le long de l'ancienne voie du Grenier-sur-l'eau. Datés de la seconde moitié du XVIe siècle, ils illustrent le goût des Parisiens pour une vaisselle de table décorative et fonctionnelle – ici, un grand plat de service et une écuelle. Les pots de conservation des denrées sont en grès, une poterie produite un peu partout en Europe depuis le XIVe siècle, très appréciée pour ses qualités de conservation.

de cuisines, le recours nouveau au réchaud vise précisément à satisfaire la même exigence, en conservant la chaleur des plats.

Une vaisselle renouvelée

De forme creuse, pourvue de tenons ou d'anses pour en faciliter la préhension, en terre, en bois ou en métal, l'écuelle est le récipient le plus répandu depuis la fin de l'Antiquité. On y consomme la soupe, épaisse, à base de légumes et de légumineuses, parfois agrémentée de viande. Puis, à la Renaissance, apparaît l'assiette : un récipient à bassin creux surmonté d'un rebord plat. On y présente des mets, c'est-à-dire des plats préparés. Son usage se généralisera au siècle suivant.

Écuelles et assiettes en terre étaient alors pourvues d'un revêtement vitrifié interne, jaune ou vert, plus agréable pour la dégustation et qui facilitait l'entretien. Parfois, la pose sur la pâte d'un engobe rouge ou blanc assurait un décor plus subtil de gravure. Pour autant, il n'est pas encore question de service de table. Tout le monde n'a pas son écuelle ou son assiette : la majorité doit se contenter, comme au Moyen Âge, d'un tranchoir (une plaque en métal ou en bois, de forme rectangulaire ou circulaire), voire d'une simple tranche de pain.

Faïence et verre

Une révolution s'opère avec la faïence : une terre couverte d'une glaçure à base d'étain, qui lui confère lumière et douceur, et permet des décors raffinés. Cette technique de l'émaillage, venue du Moyen-Orient et diffusée dans le bassin méditerranéen au Moyen Âge, est portée à un haut degré technique par des artisans italiens, qui diffusent leur production dans les cours princières européennes de l'époque. La vaisselle en faïence est avant tout décorative et orne les dressoirs aristocratiques, au côté des pièces d'orfèvrerie. Au cours du XVIe siècle, elle s'introduit dans les demeures plus ordinaires, pour des usages limités à la représentation ou parfois au conditionnement d'épices ou d'onguents précieux. Au siècle suivant, la faïence devient une vaisselle d'usage pour l'aristocratie puis progressivement, au cours du XVIIIe siècle, pour le reste de la population.

Plat de Delft de la seconde moitié du XVIe siècle, provenant des fossés du château de la Phalecque, à Lille. Il témoigne des pièces produites durant ce siècle par les faïenciers, souvent d'origine italienne, à l'usage des élites européennes. Il s'agit ici d'une faïence néerlandaise typique des pièces qui connaîtront au siècle suivant un rayonnement exceptionnel, en Europe et jusqu'aux colonies d'Amérique.

Verres à boire, coupes et carafes en verre contribuent à l'enrichissement de la vaisselle de table. On les trouve régulièrement en fouille dans les niveaux datés du XVIe siècle, parce que les ateliers de fabrication sont alors plus nombreux qu'au Moyen Âge. C'est d'abord le gobelet, qui peut être aussi en métal ou en bois, dans lequel on boit. Dans la seconde partie du XVIe siècle apparaissent des verres pourvus d'un pied haut, plus ou moins travaillé. Ils sont inventés par les verriers vénitiens, dont les réalisations sont d'abord réservées à l'élite sociale. Leur usage sur la table est cependant restreint. Fragiles et coûteux, ils sont posés sur des dessertes, et chaque convive ne dispose pas de son verre en propre.

Des couverts à usage personnel

Nobles ou paysans mangeaient avec leurs doigts, leur cuillère et leur couteau. Mais seuls les premiers avaient la possibilité de se laver les mains et surtout de les essuyer dans de larges nappes pour épargner leurs précieux vêtements. Les couteaux, parfois pliables, étaient constitués d'une lame en métal à extrémité pointue pour piquer les mets et aussi le sel, ainsi que d'un manche d'os, de corne, de bois ou de métal. Les cuillères étaient en métal (parfois en bois), composées d'un grand cuilleron pourvu d'une longue tige. Souvent attachés à la ceinture ou transportés dans des étuis en cuir, ces ustensiles étaient personnels, ce qui explique le soin apporté à leur fabrication et à leur décor, qui pouvait être en métal rehaussé de matières précieuses. Ils sont fréquemment retrouvés par les archéologues. Des louches permettaient le service de la soupe à l'écuelle, tandis que de grands couteaux facilitaient la découpe des viandes.

Quid de la fourchette ? Elle existe en France depuis le XIVe siècle… mais ce n'est pas la reine Catherine de Médicis qui l'a introduite ! Elle

n'est employée alors que pour piquer la viande lors de la découpe ou pour manger les confiseries, très à la mode à cette période. Les fourchettes du XVIe siècle sont constituées d'un manche doté en son extrémité de deux ou trois pointes. Leur découverte lors des fouilles est exceptionnelle.

Pendant et après le repas, le curage des dents se pratiquait au moyen d'une lame de couteau. Toutefois, dans l'aristocratie, de véritables petits « couteaux suisses » avant l'heure, des furgeoirs, instruments finement ouvragés à la manière de bijoux, pouvaient être suspendus autour du cou. Ils servaient également à se curer les oreilles ! Ces objets précieux restent rares. C'est également le cas des salières, de petites coupes plus ou moins ouvragées, en métal ou en faïence, qui figurent sur la plupart des scènes représentant des tables, parce qu'elles font partie du rituel du repas. Mais, pour le plus grand nombre, le sel est une denrée chère, soumise à l'impôt (la gabelle), que l'on tenait à l'abri de l'humidité dans un pot ou une boîte en bois.

Quand les goûts et les techniques évoluent

Le XVIe siècle voit aussi des changements dans les manières de préparer les repas, chez le prince ou le bourgeois. Certes, le goût pour les épices dans les préparations culinaires n'a pas disparu, mais d'autres saveurs sont introduites. C'est le cas du beurre, qui s'exporte depuis les régions productrices que sont la Normandie et la Bretagne. Arrivé dans la capitale ainsi que dans une grande partie du Centre-Ouest, il supplante les graisses

Verrerie vénitienne de la seconde moitié du XVIe siècle, provenant des fossés du château de la Phalecque, à Lille. Très raffinée, elle illustre merveilleusement la maîtrise technique des verriers vénitiens. Destinée aux élites, cette verrerie précieuse était d'un usage limité aux présentations de prestige.

de porc dans la composition des sauces, tandis que l'huile d'olive est utilisée dans le Sud. De nouveaux produits parviennent sur les tables des plus riches, les artichauts et certains fruits comme le melon. Les légumes, autrefois décriés, sont peu à peu consommés. Le sucre issu de la transformation de la canne arrive depuis le Brésil, où il entre dans la confection des mets salés et sucrés. Les poules d'Inde (dindes et dindons) rapportées d'Amérique figurent à la table des seules élites et restent peu fréquentes sur les sites archéologiques.

Les modes de cuisson évoluent aussi à la fin du siècle. Confectionner des sauces et des potages nécessite une cuisson plus douce que celle des flammes de la cheminée. Aussi les cuisiniers ont-ils adopté une structure de cuisson, le « potager » ou « pot-au-feu », qui permet de cuire au-dessus des braises plusieurs pots en même temps.

De nouvelles manières de consommer

Progressivement, les récipients de table en terre et en verre prennent plus de place dans le quotidien des populations urbaines et rurales, ainsi que le révèle l'archéologie. Une certaine sociabilité autour du repas est ainsi mise en lumière. Elle n'a cependant rien à voir avec celle des princes telle que figurant dans les sources iconographiques ou relatée dans les comptabilités seigneuriales. Pour autant, espaces de table et de cuisine restent, durant tout l'Ancien Régime, confondus en une seule et même pièce. Seules certaines demeures des élites ont pu évoluer vers une rationalisation des lieux, telle qu'elle était prônée en 1495 par l'architecte italien Leon Battista Alberti dans son traité *De re aedificatoria*, publié en français en 1553 sous le titre de *L'Architecture et art de bien bastir*.

L'évolution de ces pratiques de consommation trouvera son aboutissement beaucoup plus tard, au XIXe siècle, avec la mise en œuvre de véritables services très complets. Assiettes, verres et ustensiles sont individuels, servis sur une table, dans une pièce dédiée à cette fonction, tout comme l'espace de la cuisine autour de la cuisinière, version moderne du potager.

FABIENNE RAVOIRE

L'ARCHÉOLOGIE DES ESPACES PAYSAGERS

Lors de fouilles effectuées en 2016, le tracé des parterres du château de Chambord, dans le Loir-et-Cher, est soudain réapparu. Les archéologues sont parvenus à révéler toutes les étapes de la transformation de ce lieu, qui est passé en quelques décennies de l'état de marécage nauséabond à celui de grand jardin régulier de 6,5 hectares.

C'est un projet de réintroduction des parterres qui a déclenché l'opération d'archéologie préventive. Leur existence était connue au XVIIIe siècle par la documentation historique : c'est à cette époque que fut implanté un jardin formel (ou régulier). Leur structure initiale a pu être reconstituée grâce au croisement de différentes disciplines scientifiques.

Un objet archéologique en soi

L'opération est particulièrement emblématique de ce nouveau champ de la recherche archéologique que sont les espaces paysagers. Ces

La plateforme des jardins formels du XVIIIe siècle est un carré de 280 mètres de côté dont le quart sud-ouest est occupé par le château et les trois autres quarts par les parterres. Le cliché montre les deux grands sondages qui ont permis d'étudier la stratigraphie dans les axes principaux nord-sud et est-ouest de la composition.

constructions – parcs, jardins, paysages ruraux – varient dans le temps et dans l'espace en fonction des cultures humaines. À la fois miroirs symboliques et vitrines des savoir-faire techniques d'une époque, ils témoignent des sociétés qui les produisent, au même titre qu'un édifice ou une poterie. Ils nous renseignent également sur les rapports qu'une société entretient avec la nature. C'est pourquoi ils sont aujourd'hui considérés comme des objets d'étude pour l'archéologie – une mémoire du sol, en somme.

Le caractère éphémère et périssable de la végétation semble induire que rien ne subsiste des aménagements paysagers du passé. Cependant, le sol d'un jardin conserve l'empreinte des interventions techniques qui ont jalonné son histoire. Travaux de terrassement, de maçonnerie, de plantation, apports minéraux à vocation esthétique laissent au sein des sédiments des traces que seule l'archéologie parvient à révéler. La charte de Florence de 1981 considère les jardins historiques comme des « monuments vivants » (situés à la frontière du culturel et du naturel). C'est pourquoi leur étude archéologique s'appuie aussi bien sur des disciplines environnementales que sur de solides connaissances en histoire des jardins et des techniques.

Avant la construction du château

Revenons à Chambord : quel était le paysage « naturel » de la vallée du Cosson ? Par chance, les séquences sédimentaires antérieures au XVIIIe siècle ont été scellées par des remblais lors de la création du jardin formel. Une réserve de données, essentielles pour la connaissance de l'évolution de la rivière et de son environnement, s'est ainsi constituée. Des carottages effectués en 2013 avaient en outre établi la présence d'anciens niveaux de tourbe propices à la conservation de restes végétaux et de pollens. Lors de la fouille, des prélèvements ciblés ont fait l'objet de datations radiocarbones et d'analyses palynologiques (étude des pollens) qui ont permis de suivre l'évolution de l'environnement de la fin de la dernière glaciation (12 000 ans avant notre ère) jusqu'au début de l'époque moderne.

À la fin de la période gallo-romaine (IIe au Ve siècle de notre ère), l'endroit est marécageux, bordé d'aulnes et de saules, avec une chênaie mixte sur les coteaux. Les premiers défrichements, entre le début du Ve

et le milieu du VIe siècle, sont révélés par la baisse brutale du nombre d'arbres. On cultive alors des céréales (dont du seigle), du chanvre et du lin. Le recul important de l'aulne suggère la création de prairies de fauche ou de pâtures. Le déboisement continue au cours des VIIe et VIIIe siècles. La formation de tourbe signale un engorgement du Cosson, souligné par l'augmentation des aulnes et le déclin du chanvre.

La couverture forestière augmente légèrement jusqu'au milieu du XIe siècle. La présence quasi exclusive du chêne indique alors la mise en place d'une politique de gestion forestière. La diminution progressive des espèces des milieux humides laisse enfin supposer des travaux de mise en valeur du territoire. Cette situation reste stable jusqu'au milieu du XVIIe siècle, où la culture du sarrasin apparaît.

Les premiers jardins de la Renaissance

Une forteresse médiévale existait à Chambord dès la fin du Xe siècle. En 1516, François Ier entreprend de construire le nouveau château, destiné à lui servir de pavillon de chasse. Le chantier commence en 1519. La présence de jardiniers est attestée dès 1522, ce qui suggère qu'un jardin existait déjà à cette époque. Mais il ne répond en rien à la magnificence du bâtiment et gagnerait à être agrandi, selon le témoignage de l'architecte du Cerceau en 1576. Un nouveau jardin pourrait avoir été aménagé entre cette date et le début du XVIIe siècle.

Que révèle l'archéologie ? En premier lieu, que les aménageurs du XVIe siècle n'ont pas hésité à effectuer de gros travaux de terrassement pour bénéficier d'espaces jardinés tout près du château. Chose étonnante, ils ne sont pas alignés sur ce dernier, mais respectent les axes de circulation existants, probablement hérités du Moyen Âge, dont il était trop coûteux de s'affranchir. La fouille atteste en effet l'existence de deux jardins hors d'eau, implantés sur des plateformes de remblais. Un petit jardin de 160 mètres de côté, longé du côté ouest par le chemin de Saint-Dyé, était situé devant la tour de la Chapelle. D'après les alignements de fosses de plantation mis au jour, deux rideaux d'arbres disposés en quinconce le séparaient visuellement du chemin. Introduits au cours de la seconde moitié du XVIe siècle, ils furent rapidement supprimés. Quant aux fosses,

La clôture en bois séparant le petit jardin situé devant la tour de la Chapelle du chemin de Saint-Dyé est visible sur ce détail d'une gravure d'Israël Sylvestre datée du XVIIe siècle.

leur remplissage, riche en matière organique, restes de faune et mobilier céramique, atteste la pratique du fumage à l'aide de compost issu des déchets de table.

Autre révélation, au début du XVIIe siècle, Gaston d'Orléans, frère de Louis XIII, remanie ce jardin qui apparaît divisé en quatre carrés sur des plans de 1680 et 1682. Une balustrade en bois ancrée dans un muret le séparait de la chaussée pavée aménagée à la place de l'ancien chemin sablé. À l'est du château, la fouille a en outre confirmé la présence d'une grande plateforme quadrangulaire surhaussée de 80 centimètres et recouverte de bonne terre, destinée à l'implantation d'un second jardin dont les traces ont malheureusement été effacées par les remaniements postérieurs. Talutée sur trois de ses côtés et contenue par un mur côté château, elle était entourée d'eau, comme l'indiquent des roseaux retrouvés intacts au fond du large fossé à fond plat qui bordait son côté nord.

Les tâtonnements de la seconde moitié du XVIIe siècle

Au début des années 1680, Louis XIV veut un grand jardin d'agrément et s'adresse à Mansart, l'architecte de Versailles. Le projet retenu respecte encore les axes de circulation existants. Cerné par le cours canalisé du Cosson, le jardin s'étend au nord et à l'est du château, englobant les deux anciens jardins ainsi que les marécages environnants. L'archéologie et les prospections géophysiques font revivre l'amorce du chantier : canalisation du Cosson, apports massifs de remblais, apports de terre végétale et de sable pour les parterres de pelouse et les allées, mais seulement quelques fosses pour les plantations. En effet, ce chantier fut abandonné vers 1685, un an après son commencement, pour un projet beaucoup plus ambitieux : une plateforme en « L » de 6,5 ha, cernée par le cours rectifié du Cosson et séparée du château par des douves. Cette structure osait enfin remettre en cause les axes de circulation hérités du Moyen Âge. Commencé puis arrêté vers 1686, ce projet ne sera repris et achevé que dans les années 1730.

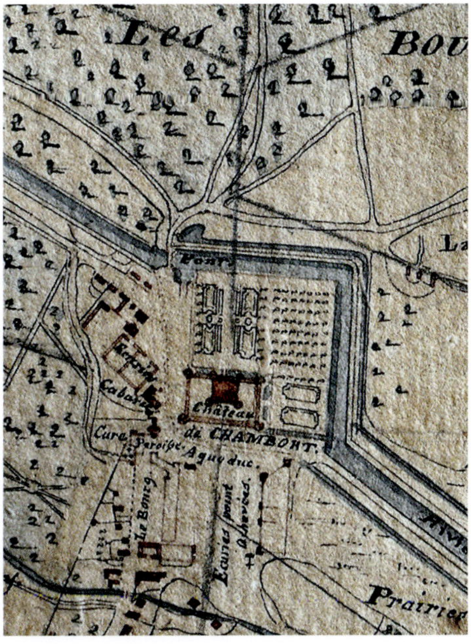

Le plan de Chambord au XVIIIe siècle, d'après une copie de 1802 d'un plan réalisé pour le maréchal de Saxe en 1745. On peut voir la plateforme en « L » entourant le château, cernée par le cours canalisé du Cosson et occupée par les parterres à deux feuilles et le quinconce créés en 1734.

Et vint le grand jardin régulier

C'est à partir de cette nouvelle plateforme inachevée qu'un projet inédit va voir le jour, initié par Stanislas Leszczynski, l'ancien roi de Pologne en exil, présent à Chambord de 1725 à 1733. Un marché signé en 1736 avec le jardinier Pattard ainsi qu'une chalcographie (gravure sur métal) nous renseignent sur l'organisation de ce jardin en trois parties : au nord du château, un parterre à deux « feuilles » ; dans l'angle nord-est, un quinconce

Vue aérienne de la zone de fouille, au centre du parterre oriental, où sont apparus les vestiges des plates-bandes des quatre carrés potagers créés par le maréchal de Saxe en 1749 (a), les fosses de plantation des coquilles de buis ou de gazon qui agrémentaient les angles intérieurs de chaque carré (b) – une découverte inédite puisque celles-ci n'étaient mentionnées nulle part dans la documentation – et le puits central, avec sa fosse de construction carrée (c).

de marronniers ; à l'est, un autre parterre à deux « feuilles », converti en potager à quatre carrés en 1749.

La fouille a permis de révéler toutes les étapes de sa création, de la préparation du terrain à l'apport de terre végétale pour les plantations. Elle a mis au jour, malgré les perturbations récentes des niveaux superficiels, les structures de plantation des alignements de marronniers originels et des plates-bandes fleuries, ponctuées de topiaires (végétaux taillés dans un but décoratif), qui entouraient les feuilles des parterres, ainsi que les allées sablées qui les environnaient. L'identification de phases de réorganisation ultérieures des espaces et des végétaux rappelle aussi que les jardins ne sont en rien des créations fixes, mais bien des entités complexes et évolutives.

Les caprices de la nature face à l'autorité royale

L'archéologie d'un tracé de jardin raconte toute l'histoire de la conquête progressive, mais jamais totalement acquise, d'un environnement *a priori* hostile. La volonté d'agrémenter les abords d'un château traduit la valeur symbolique d'une nature maîtrisée et ordonnée, soumise au pouvoir souverain. Avec ses deux jardins de la Renaissance qui ne changent guère la topographie générale héritée du Moyen Âge, Chambord peut être considéré comme le pendant un peu « sauvage » du château de Blois, dont le caractère urbain et « civilisé » est souligné par les jardins finement ordonnés sur des terrasses surplombant la ville.

Si Gaston d'Orléans s'est plutôt impliqué dans le développement des jardins botaniques de Blois, hérités de Marie de Médicis, la démonstration du pouvoir royal sur la maîtrise de l'espace s'illustre dans les projets successifs de Louis XIV. Quoique… La nature est restée rétive à l'autorité royale, dont les projets portaient déjà sur la mise au pas d'un autre paysage marécageux, celui de Versailles. Toujours est-il que le travail amorcé prend fin presque quarante ans plus tard. Et il n'a fallu qu'une quarantaine d'années en plus pour voir les jardins formels de 1734 abandonnés et transformés en potagers pour le personnel, en prés à foin pour les chevaux du marquis de Polignac.

SIMON BRYANT et CÉCILE TRAVERS

LES FORTIFICATIONS DU MANS ET LEURS PIÈGES MORTELS

Protectrices de la cité, les enceintes antiques et médiévales du Mans ont contribué au massacre de l'armée royaliste lors des guerres de Vendée, la ville close transformant les quartiers anciens en souricière freinant la fuite des Vendéens.

Les enceintes des villes constituent un élément fondamental de l'histoire urbaine métropolitaine. Autrefois fossés, talus de terre, enceintes (murs et tours, de taille et de forme diverses) souvent maçonnées, elles sont aujourd'hui de simples vestiges patrimoniaux, parfois ignorés, partiels, détruits ou transformés au cours des siècles, ce qui rend ces éléments militaires défensifs d'autant plus complexes à décrypter. L'archéologie offre un éclairage indispensable sur leur genèse et la place qu'elles occupent au fil de cette longue histoire urbaine. L'une des enceintes les mieux conservées, qui se trouve au Mans, a ainsi pu faire l'objet de fouilles conséquentes.

Tour de l'enceinte antique datée des IIIe-IVe siècles et, en arrière-plan, chevet gothique de la cathédrale.

Jean Sorieul, La Bataille du Mans, *1852, musée de Tessé, Le Mans. Soldats des deux camps, déroute et encombrement des rues apparaissent dans cette représentation picturale.*

C'est vers la fin du IIIe ou au début du IVe siècle de notre ère que *Vindunum* – nom antique du Mans – fut entourée d'une enceinte monumentale, qui fera office d'unique défense urbaine jusqu'au XIVe siècle. Son décor polychrome en pierre ajoutait au prestige de la cité, tandis qu'elle servait de mur de soutènement à l'ensemble du pourtour de l'éperon du vieux Mans. Ce rôle ostentatoire et cette monumentalité ont évité sa complète destruction, puisqu'il en subsiste des murs imposants de 4 mètres d'épaisseur, préservés jusqu'à 8 mètres de hauteur, avec une douzaine de tours toujours en élévation.

L'enceinte antique perdure et subit des aménagements ultérieurs. Les bouleversements et tensions du Moyen Âge vont nécessiter plusieurs ajouts, réalisés dans l'urgence et à l'économie de moyens, afin de protéger des points névralgiques (château, chevet gothique de la cathédrale). Dans les années 1350, au début de la guerre de Cent Ans, un grand fossé de près de 22 mètres de large et pouvant atteindre 5 mètres de profondeur compléta le système défensif en avant des murs. Sa structure montre qu'il fut réalisé à peu de frais et sans compétences techniques particulières. Avec la terre extraite du fossé, les habitants façonnèrent un talus surélevé qui vint se greffer à la première fortification. D'autres adaptations ont ensuite été effectuées, au gré des conflits successifs et des progrès de l'artillerie à poudre. De manière paradoxale, ce sont peut-être les états les plus récents des fortifications, à savoir ceux en lien avec les guerres de Religion au XVIe siècle, qui sont les plus méconnus.

Témoin des violences passées

Les fouilles archéologiques dans le centre-ville ont permis de retracer l'évolution de l'aménagement défensif du Mans. Les vestiges sont souvent fragiles, ou inattendus. La guerre reste en général difficile à aborder, et les risques de surinterprétation des indices sont nombreux. Par exemple, la prise de la ville en 1425 par les Anglais n'a laissé aucune trace archéologique, alors même que les archives sont relativement copieuses. Elles sont moins bavardes concernant un quartier mis au jour pendant les fouilles. Celui-ci fut détruit par le creusement du grand fossé et la mise en place du glacis défensif, un vaste espace dégagé en avant des murs et du fossé, rendus nécessaires par les incursions anglaises dans les premiers temps du conflit. Les autorités n'avaient alors pas hésité à amputer la ville d'un large espace urbain, pourtant occupé par de riches notables.

En 2010, dans le parc des Quinconces des Jacobins, neuf charniers furent mis au jour. Les corps enfouis à la va-vite étaient ceux des victimes de l'assaut du Vieux Mans par les troupes républicaines, en 1793. Un épisode terrible des guerres de Vendée qui ensanglantèrent l'ouest de la France, entre 1793 et 1800. À cette époque, même si les fossés étaient en grande partie comblés et les murs en décrépitude, les différentes enceintes étaient encore bien présentes dans le paysage urbain. Elles contribuèrent au massacre d'une partie des combattants et civils de l'armée catholique et royale.

Le vent mauvais de Galerne

Ces enceintes, qui jouèrent un rôle protecteur pour les Manceaux au cours des siècles, vont en effet se refermer sur eux en un piège mortel. Après sa défaite devant Cholet, le 17 octobre 1793, l'armée royaliste traversa la Loire vers le nord. C'est ce qu'on appellera la « virée de Galerne », du nom de ce vent d'ouest, humide et froid, qui apporte deuil et maladies. Cette campagne avait pour objectif la prise d'un port en eaux profondes, afin d'assurer le débarquement de troupes anglaises et donc de relancer la lutte contre la Première République. La tentative échoua devant Granville, les 14 et 15 novembre 1793. Épuisée, l'armée va alors chercher à rentrer en Vendée le plus vite possible.

Les 4 et 5 décembre, les insurgés échouent à passer la Loire à Angers. Talonnés par l'armée républicaine, ils remontent sur Le Mans, qu'ils prennent sans difficulté le 10 décembre, afin d'y puiser de nouvelles forces. Il s'agit en effet d'une armée désorientée qui compte entre 30 000 et 40 000 personnes, dont seulement 10 000 à 15 000 combattants, sur les 80 000 volontaires du départ. Les troupes sont à bout, moralement et physiquement, et leurs chefs n'arrivent pas à se mettre d'accord sur la stratégie à adopter. Arrive l'armée républicaine, expérimentée, composée de 20 000 à 30 000 soldats pour partie venus de l'armée du Rhin, donc aguerris aux combats.

Le 12 décembre, l'assaut de la ville démarre par le sud, et les affrontements dans le centre durent jusqu'au 13 au matin. La déroute des royalistes, perceptible dès l'offensive, se transforme alors en une fuite éperdue. La protection d'une ville peut paradoxalement s'avérer fatale à une population prise au piège. En effet, le Vieux Mans est desservi par des ruelles étroites, limitant la circulation à pied et en charrette. Les Vendéens, assiégés par le sud, n'ont d'autre solution que de se replier vers le nord-ouest. Freinées par les ruelles, les fortifications infranchissables, le manque de ponts et d'accès et l'engorgement des rues, de nombreuses personnes sont prises au piège. Leur seul salut : franchir la Sarthe au pont Perrin, large d'à peine 3 mètres, encombré par des voitures, des caissons (grandes caisses montées sur roues, utilisées dans l'armée pour le transport des munitions et des vivres), des bagages abandonnés, des cadavres d'animaux, et accessible seulement par un dédale de ruelles en pente.

Plusieurs dizaines de milliers de personnes se ruent bientôt vers cet unique passage, point de convergence d'un entonnoir mortel. Le centre-

L'enceinte antique du Mans possède des caractéristiques singulières – usage décoratif des pierres de différentes couleurs – qui rappellent le côté ostentatoire de la fortification, mais les aspects militaires ne doivent en rien être oubliés. L'enceinte contribuera à la protection de la ville jusqu'aux déclassements progressifs des défenses à partir du XVIIIe siècle.

Charniers 8 et 9 en cours de fouille. Ces deux fosses contiennent les restes de corps enfouis et recouverts de chaux vive. Au premier plan, dans une fosse étroite, les corps de sujets de sexe masculin, décédés par arme à feu principalement ; au second plan, dans l'autre fosse, ceux de femmes ou adolescentes blessées majoritairement par arme blanche.

ville est engorgé, avec mouvements de foule, panique, luttes au corps à corps et charges de cavalerie. Une maison, située de l'autre côté du pont, barre la voie au flux de ceux qui ont réussi à passer. C'est la cohue, d'autant que les survivants ne savent quelle rue emprunter pour gagner la route de Laval… Cette effroyable bousculade fera, à elle seule, plusieurs centaines de victimes. Au total, on estime que 2 500 à 3 000 Vendéens perdirent la vie dans la bataille du Mans. Ce fut le début de la fin de l'armée catholique et royale, anéantie à Savenay, en Loire-Atlantique, le 23 décembre 1793.

Des restes osseux éclairants

De ces événements tragiques, il nous reste les témoignages d'époque des deux camps belligérants, avec bien sûr une réécriture des faits. Grâce aux squelettes, véritables archives biologiques, nous pouvons apporter au récit historique une vision plus objective, même si ce travail de recherche ne porte que sur un échantillon restreint de 154 individus et livre en conséquence une vision partielle.

Les fosses des charniers contiennent en effet des corps qui ont été acheminés dans des charrettes au fur et à mesure des ramassages effectués rue par rue. Aussi les traumatismes observés sur les squelettes par les anthropologues représentent-ils des instantanés des phases de combat et de la déroute. Ils illustrent différents moments clés de la bataille : les affrontements à distance et la débandade dans les ruelles. Les premiers se lisent dans les traces osseuses de blessures par arme à feu – artillerie et fusil – et plus rarement par arme blanche. De la seconde émanent des lésions à l'arme blanche – épée, parfois baïonnette – localisées principalement à la tête et aux épaules, avec des coups portés particulièrement par l'arrière, sur des individus en fuite.

Les fouilles archéologiques ont permis de mettre en lumière un événement singulier expliqué en partie par la configuration urbaine propre à la ville du Mans. De manière paradoxale, des constructions à vocation défensive et parfois ostentatoire se sont transformées en obstacle fatal lors de la déroute de l'armée vendéenne.

STÉPHANE AUGRY et ÉLODIE CABOT

INÉGAUX JUSQUE DANS LA MORT

L'étude des populations particulièrement favorisées inhumées dans le couvent des Jacobins, dans le centre de Rennes, témoigne d'inégalités sociales, par la position des tombes comme par l'état de santé des corps. Cependant, une analyse plus fine semble montrer que cette société d'Ancien Régime était moins cadenassée que ce que les textes semblent nous dire.

Des cœurs sans corps

Le 23 septembre 2015, l'acteur Guillaume de Tonquédec honorait un rendez-vous singulier. Il venait assister à la ré-inhumation du corps de son aïeule, Louise de Quengo, décédée le 3 mars 1656. Son cadavre, préservé par le plomb de son cercueil, avait été découvert quelque temps auparavant, lors de la fouille préventive menée par l'Inrap de 2011 à 2013, au couvent des Jacobins, à Rennes. C'est là que Louise avait été enterrée suivant ses vœux, parmi les frères mendiants, après la mort de son mari, auquel elle survécut sept ans.

Cette urne en plomb, renfermant le cœur de Toussaint de Perrien, chevalier de Brefeillac, avait été déposée il y a plus de 360 ans sur le cercueil de son épouse, Louise de Quengo.

le Coeur de
de Brefeillac
Deschaus

Ce n'est pas d'elle dont nous parlerons ici cependant, mais de son époux, Toussaint de Perrien, chevalier de Brefeillac. Plus particulièrement de son cœur, conservé dans une petite urne en plomb (un cardiotaphe) qui fut posée sur le cercueil de Louise après sa mort. Quatre autres de ces urnes ont été mises au jour dans ce couvent. Certaines présentent des inscriptions datées entre 1584 et 1655, indiquant que cette pratique fut usitée durant près de soixante-dix ans.

De quoi s'agissait-il ? De l'ouverture de la cage thoracique de cadavres à l'Époque moderne pour récupérer le cœur et lui consacrer une sépulture particulière. La présence d'un anneau de suspension sur certains modèles suppose même une exposition de ces cardiotaphes avant leur enfouissement définitif. À l'intérieur des urnes, les cœurs humains retrouvés ont tous été ouverts puis embaumés avec des végétaux ; certains étaient contenus dans des sacs en toile de chanvre, alors que les autres étaient entourés d'étoupe et directement déposés dans le contenant métallique.

Tous témoignent de la pratique des funérailles multiples (inhumation d'un même sujet dans plusieurs lieux), réservée à l'origine aux rois et princes, puis diffusée progressivement à quelques rares élites aristocratiques locales. Déjà plusieurs siècles auparavant, Bertrand du Guesclin, le célèbre connétable de la guerre de Cent ans, mort en 1380, fut enterré en quatre endroits différents : un pour le squelette, un autre pour les chairs, un troisième pour les entrailles, le dernier pour le cœur. Le corps de la duchesse de Bretagne et reine de France Anne de Bretagne, décédée en 1514, témoigne également de cette pratique, avec sa dépouille dans la nécropole royale de Saint-Denis et son cœur dans le tombeau de ses parents à Nantes. Pourquoi les inhumés du couvent des Jacobins eurent-ils ce privilège ?

Le couvent dominicain de Rennes

Il faut d'abord présenter les lieux. Ce couvent fait partie des vestiges anciens de la ville de Rennes. Fondé en 1369 par les dominicains de Dinan sous l'égide du duc de Bretagne Jean IV, il était toujours en élévation. Les Rennais l'ont redécouvert avec émotion lors des fouilles menées à l'occasion de la construction du nouveau centre des congrès, qui ont fait réapparaître l'histoire de leur ville depuis la fondation romaine de *Condate* jusqu'à la

Révolution. Dès la construction du couvent, les élites rennaises, attirées par ses vocations premières de prédication, d'enseignement, d'hébergement des frères dominicains et de pèlerinage autour de la Vierge de Bonne-Nouvelle, l'ont choisi pour dernière demeure.

Près d'un millier de sépultures ont été dégagées par les archéologues, un travail titanesque mais aussi très minutieux.

Près d'un millier de sépultures datées entre les XVe et XVIIIe siècles ont été décomptées et plus de 600 prélevées pour une étude anthropologique.

Si les vivants et les morts sont intimement mêlés dans la ville médiévale et moderne, les lieux d'inhumation des paroissiens ne sont pas les mêmes selon leur statut socio-économique. Les cimetières des hôpitaux abritent les plus pauvres, tandis que la majorité des autres sont regroupés autour des églises paroissiales. Les plus riches ont choisi l'intérieur des églises, dont celle du couvent. Chaque secteur du bâtiment – nef, chœur,

Dans le chœur de l'église conventuelle, ce squelette semble observer le travail d'un archéologue sur un cercueil en plomb.

salle capitulaire, cloître et ses galeries, extérieurs immédiats – devient alors un emplacement stratégique pour les familles des défunts.

Par ailleurs, l'existence de pratiques funéraires particulières (cercueils en plomb, individus embaumés, caveaux maçonnés, objets particuliers déposés avec le corps) reflète aussi les statuts sociaux et politiques singuliers de la plupart de ces individus. C'est dans les espaces privilégiés que nous retrouvons nos cardiotaphes. Les cinq cœurs qu'ils renfermaient appartenaient ainsi à la haute aristocratie rennaise.

Recherche archéologique sur l'histoire des inégalités

En effet, dans un contexte chrétien, le soin apporté au devenir du mort ne se limite pas à celui apporté à son corps ; la localisation de la tombe est également un marqueur social important. L'intercession des religieux est recherchée, et les « services » offerts selon les espaces d'inhumation sont très différents. À partir de la localisation topographique des tombes retrouvées, des groupes socio-économiques différents (religieux, soldats, élites et sujets moins favorisés) peuvent ainsi être proposés et ont été utilisés pour rechercher les inégalités du passé.

Il est difficile, en effet, de mettre en évidence des inégalités sociales, surtout quand les données historiques sont maigres, voire absentes. C'est ici que l'archéologie intervient. Main dans la main, historiens et archéologues travaillent donc à reconstituer lesdites inégalités du passé, qui ont varié suivant les époques, au travers de différents marqueurs : la sédentarisation et la mise en place de l'agriculture ; l'apparition des conflits ; la taille des maisons, des villes ou des tombes ; et/ou la présence de certains types de mobilier témoins d'une culture matérielle particulière.

Périodes, cultures, technologies, aires géographiques et systèmes politiques sont également étudiés. Les marqueurs osseux sont analysés, puisque la biologie du sujet est impactée par son environnement économique et social. En archéo-anthropologie, les données liées à la mortalité, à la paléopathologie, à la stature et à l'alimentation sont accessibles pour déterminer un état de la santé des populations anciennes ; elles ont été utilisées au couvent des Jacobins.

Une société moins figée qu'il n'y paraît

Comme attendu, les corps des élites qui y furent inhumées indiquent qu'elles mangeaient mieux, semblaient vieillir plus longtemps et en meilleure santé (moins de stress, d'infection, d'arthrose, etc.). Leurs funérailles présentent un caractère ostentatoire évident : ce sont les seules à être enterrées dans des cercueils en plomb, dans des endroits stratégiques (chœur de l'église, sous le tableau miraculeux de la Vierge, etc.), avec des architectures funéraires particulières (enfeu, gisant, etc.). Mais, surprise : ces différences sont moins tranchées qu'on aurait pu le supposer.

En effet, si l'ensemble des sujets inhumés au couvent semble plutôt aisés d'après les sources historiques, les groupes ne sont pas suffisamment différents pour que l'on puisse réellement les distinguer. À ce titre, l'échantillon provenant de la nef de l'église est intéressant. Les sources documentaires, rares, laissaient entendre qu'il s'agissait plutôt d'un groupe moins élevé dans l'échelle économique et sociale. En revanche, les paramètres archéologiques et biologiques ne permettent pas de différencier nettement cette série des autres groupes favorisés.

Ainsi, l'étude des élites inhumées au couvent des Jacobins témoignerait davantage de son importante variabilité biologique et culturelle, voire de l'existence de passerelles et d'échanges entre les groupes, qui pouvaient donc fusionner. Les influences ne sont pas à sens unique : dominés et dominants interagissent. La science qui analyse les ossements humains (l'anthropobiologie) témoigne ici d'un groupe pluriel et d'un continuel mouvement socio-économique de ces dominants, ce qu'avaient déjà constaté de leur côté les historiens et les archéologues, qui parlent désormais des élites et des noblesses au pluriel.

C'est avec le principe de la monarchie absolue de Louis XIV que des théoriciens de la noblesse ont défendu une vision pyramidale de la société, pour légitimer une situation, qu'ils voulaient figée, de domination d'une catégorie sociale sur une autre, sans passerelle ni possibilité d'évolution. Ainsi, en défendant les origines franques de la noblesse, le comte de Boulainvilliers cherchait déjà, au début du XVIIIe siècle, à démontrer l'excellence et la suprématie des grandes familles aristocratiques. Mais cette représentation, qui visait à justifier une vision fantasmée de la société d'Ancien Régime, ne

Ouverture d'un cercueil en plomb par un archéologue. Il est revêtu d'une combinaison jetable de protection et d'un masque à cartouche contre les risques liés aux métaux lourds (plomb) et bactériologiques (champignons et matières organiques).

correspondait nullement à la stratification réelle de la population, comme l'a démontré le professeur d'archéologie médiévale Luc Bourgeois.

De fait, si des inégalités sociales peuvent laisser des traces au niveau de la culture et entraîner des séquelles biologiques, les groupes ne sont pas suffisamment cloisonnés pour créer des entités séparées de manière définitive. Les élites sont variées et ne sont pas figées. Noblesse et Tiers-État ont évolué sans cesse au cours de l'Époque moderne. Groupes en perpétuelle recomposition, leurs fondements d'appartenance et d'identification représentent un enjeu constant pour leurs membres. Pour avancer sur la question, il conviendrait donc maintenant de davantage comparer les populations de plusieurs sites archéologiques différents.

ROZENN COLLETER

L'ARCHÉOLOGIE PRÉVENTIVE EN GUYANE FRANÇAISE

Deuxième plus grande région de France, la seule située en Amérique du Sud, la Guyane est couverte à 97 % de forêts équatoriales denses et humides. Ces forêts, que l'on croit vierges, sont occupées par les populations amérindiennes depuis des millénaires. L'archéologie préventive a remis en lumière ces sociétés, retrouvé l'origine de certains groupes humains qui les composent et retracé leurs déplacements, leur mode de vie ainsi que leur évolution.

Cette céramique, façonnée à la fin de la période néoindienne et datée de cinq siècles avant la conquête, a été découverte dans la pente d'un petit cordon sableux de l'île de Cayenne, au sein d'une importante zone de rejets domestiques constituée de céramiques, d'un outillage de mouture et de haches polies. Prélevée fragment après fragment, nettoyée et soigneusement assemblée pour étude, c'est l'un des nombreux vestiges laissés par un groupe d'Amérindiens qui vivait sur le littoral guyanais.

Fragment de céramique à fond rouge et décor géométrique blanc découvert rue Robert-Pierre Charles, à Rémire-Montjoly, dans un dépotoir d'époque précolombienne.

Intervention en forêt profonde : déboisement effectué en amont d'un diagnostic archéologique à Maripasoula.

Un vaste canevas de peuples s'étendait en effet sur un territoire compris entre l'Amazone, l'Orénoque et la côte atlantique depuis 6000 avant notre ère jusqu'à la rencontre avec les Européens, au XVIe siècle. L'archéologie amérindienne du plateau des Guyanes a permis d'établir une chronologie d'occupation des groupes amérindiens.

– Paléoindien (15000 à 8000 avant notre ère) : des groupes de chasseurs-cueilleurs, armés de propulseurs et de sagaies, occupent les forêts denses et les savanes. Ils subissent un réchauffement climatique qui entraîne de profonds changements environnementaux (hausse du niveau marin, disparition de la mégafaune). Représenté au Brésil, le Paléoindien n'a pas encore été référencé en Guyane.

– Mésoindien (8000 à 3000 avant notre ère) : les Amérindiens chassent le petit gibier grâce à l'arc, pêchent, collectent des coquillages, tentent de domestiquer certaines plantes comme le maïs et le manioc, et façonnent de la poterie.

– Néoindien (3000 avant notre ère à 1500 de notre ère) : les groupes humains se sédentarisent progressivement. Ils transforment le paysage (montagnes couronnées), intensifient l'agriculture (champs surélevés) et introduisent de nouvelles variétés de plantes dans leur alimentation.

Quant aux temps historiques, ils se subdivisent en une période précoloniale (1500-1676) qui voit la mise en place d'échanges commerciaux (bois précieux, tabac, roucou, épices) et une baisse démographique due à l'introduction de nouvelles maladies ; une période coloniale (1676-1848) avec l'installation de comptoirs qui se transformeront en plantations (sucre, coton, essor du commerce des esclaves) puis en colonies de peuplement (habitations, espaces agricoles, dépendances industrielles et quartiers d'esclaves) ; enfin, l'époque contemporaine (de 1848 à nos jours) depuis l'abolition de l'esclavage, en passant par la création de bagnes en 1852 (transportation et déportation), la découverte de gisements aurifères et, en 1946, la départementalisation du territoire.

Une culture redécouverte

La recherche archéologique d'outre-mer, celle de Guyane en particulier, se distingue de son homologue hexagonal. Pour ce qui est de l'aire amazonienne, cela tient notamment à la brutale interruption, par la rencontre avec les Européens, de l'équilibre atteint par ces sociétés amérindiennes.

Près d'une vingtaine de fouilles d'archéologie préventive ainsi qu'une cinquantaine de diagnostics et de prospections pédestres ont été réalisés par l'Inrap en Guyane française. Chacune de ces opérations a apporté son lot de connaissances, de données essentielles permettant de comprendre les modes de vie de ces populations issues de la forêt équatoriale. Grâce à ces travaux, les Amérindiens, qui représentent 5 % de la population actuelle de Guyane, constitués de six communautés distinctes, ont ainsi redécouvert le caractère millénaire de leur culture.

Les opérations archéologiques en Guyane demandent une bonne préparation lorsqu'il s'agit d'intervenir en contexte de forêt profonde : les distances, le faible nombre de routes ou de pistes, la densité du couvert forestier, les fortes pluies, l'ensoleillement sont autant de paramètres à prendre en considération. Les vestiges archéologiques sont souvent ténus en raison du semi-nomadisme des peuples amérindiens ou à cause de la mauvaise conservation de ceux-ci du fait de l'acidité des sols. Par ailleurs, de nombreux sites sont détruits par un orpaillage illégal, croissant et extensif, des déforestations massives, une agriculture itinérante sur brûlis de plus en plus envahissante et une érosion dynamique et puissante du littoral.

Dans le sous-sol du Centre spatial guyanais

Malgré ces obstacles, de nombreux sites ont été mis en évidence par l'Inrap, notamment dans l'emprise du Centre spatial guyanais lors des projets en lien avec les lanceurs *Soyouz* et *Ariane VI*. Sur les sites Eva-2 et Luna-S2, les Amérindiens se sont installés sur une colline de sables blancs, entre 4500 et 2000 avant notre ère, selon un schéma qui évoque le site le plus ancien de Guyane, daté de 5400 avant notre ère, le Plateau des Mines, à Saint-Laurent-du-Maroni. Le sol d'occupation, daté par radiocarbone, a livré de grandes quantités de produits de débitage sur quartz, des outils en pierre polie et de la céramique très fragmentée. Juste en dessous, plus de 200 amas de blocs et de galets de quartz, associés à des objets de mouture et de broyage, ont subi de fortes séquences de chauffe, évoquant des foyers en pierre comparables aux « fours polynésiens » : des amas de pierre enterrés et chauffés, utilisés pour la cuisson d'aliments à l'étouffée.

Deux autres niveaux d'occupation amérindienne ont été mis en évidence, l'un daté de 1775 avant notre ère, l'autre entre le XVIIe et le XIXe siècle. Ce dernier évoque un habitat de plein air constitué de quelques carbets (abris de bois sans mur) regroupés au sommet d'une colline sableuse que ses occupants auraient quittés en laissant sur place de nombreux objets usuels en métal et en verre.

Fosses à dépôts de céramiques, datées entre 1000 et 1400 de notre ère, mises au jour sur le site de Chennebras, à Rémire-Montjoly. Elles sont interprétées comme des sépultures à inhumation, malgré l'absence d'ossements qui résulte de l'acidité des sols.

Les pratiques funéraires

Décrites partiellement dès le XVIIe siècle dans les récits de voyage des explorateurs, les pratiques funéraires amérindiennes apparaissent très diversifiées : crémation, momification, cannibalisme, immersion, dépôt à l'air libre, dépôt en urne, inhumation. Cette dernière, pour la période historique, se déroulait le plus souvent dans un carbet. Le corps était enveloppé dans son hamac ou dans une natte, puis déposé dans une fosse en position assise, fœtale ou allongée.

Près d'une centaine de sépultures supposées ont ainsi été mises au jour sur l'île de Cayenne ces vingt dernières années. Retrouvées sur les sites de Katoury à Cayenne, de Mombin et de Chennebras à Rémire-Montjoly, les céramiques placées dans ces fosses sont des jattes et des bouteilles à

incisions obliques enchevêtrées et à bandeau rouge, datées entre 900 et 1400 de notre ère. Elles sont issues du réemploi de contenants à usage domestique. Les analyses démontrent aussi une sélection intentionnelle, voire une production de certaines formes de poterie pour les pratiques funéraires. De larges tessons disposés à plat ou le dépôt de vases entiers retournés recouvraient probablement les défunts, dont les restes osseux ne sont pas conservés en raison de l'acidité des sols. Nombre de questions restent encore en suspens quant à l'organisation de ces nécropoles (localisation par rapport à l'habitat, regroupements familiaux, sexe), au traitement des corps (décharnement, réduction, installation sur un hamac) ou encore aux mobiliers d'accompagnement.

Inaccessibles « montagnes couronnées »

Désignant certaines collines de l'hinterland dont le sommet est entouré d'un profond fossé, ce type d'installation que l'on nomme montagne couronnée ou site à fossé a peut-être eu une vocation défensive ou cérémonielle. Cependant, peu d'éléments tangibles permettent d'étayer l'une ou l'autre de ces hypothèses. Ces fossés, courbes, fermés et de profondeur variable, sont parfois interrompus à différents endroits par de probables voies d'accès. Plusieurs témoignages écrits évoquent d'ailleurs l'existence de villages fortifiés amérindiens, notamment sur le Haut-Maroni.

Plus d'une centaine de montagnes couronnées sont actuellement référencées par les archéologues, mais leur accès difficile n'en autorise que très rarement l'étude. Quinze sites à fossé ceinturant des espaces couvrant plusieurs hectares ont ainsi été identifiés parmi une cinquantaine de sites précolombiens découverts lors de prospections menées en 2016 sur le projet minier Montagne d'Or, sur la commune de Saint-Laurent-du-Maroni. Cette identification a été possible grâce à l'utilisation d'un laser aéroporté (LiDAR), permettant la modélisation du relief sur de grandes surfaces en s'affranchissant du couvert forestier. Lors d'une autre prospection pour le projet minier de Yaou à Maripasoula, un nouveau site à fossé a pu être identifié et daté de la première moitié du Ier millénaire de notre ère, prouvant ainsi que des groupes amérindiens sont à l'origine de

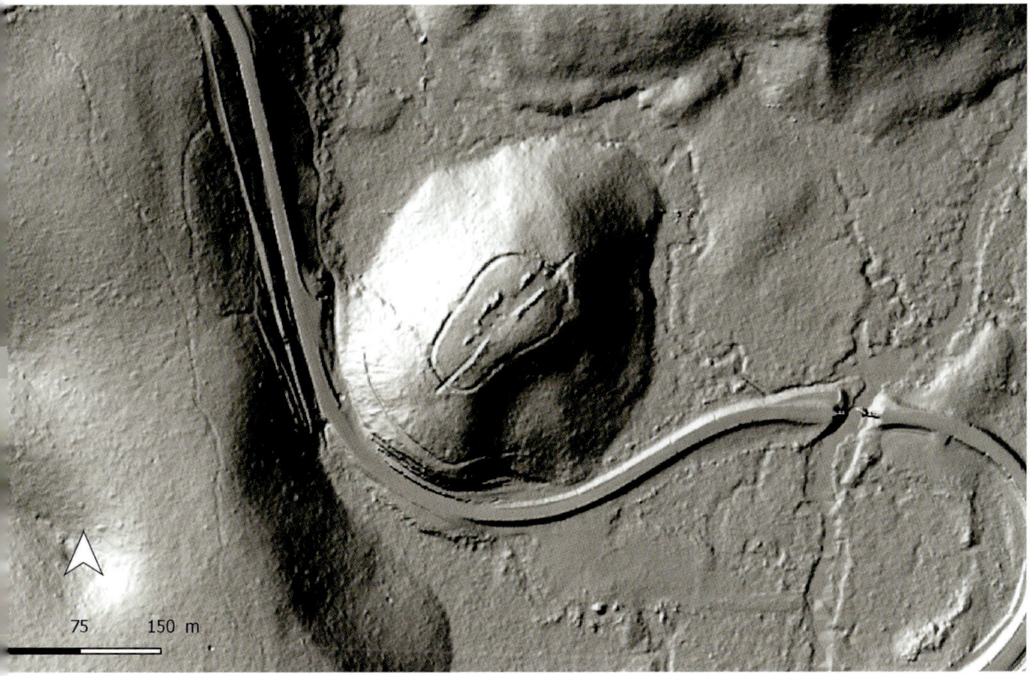

Prospection LiDAR menée sur la montagne couronnée de Fortunat-Kapiri, située sur la commune de Régina. Un large fossé ceinturant le sommet de la montagne qui surplombe la crique Kapiri est observé, de même que d'autres anomalies topographiques correspondant à des aménagements de type chemins d'accès et palissades.

ces aménagements, vraisemblablement diachroniques et attestés sur tout le territoire guyanais.

L'archéologie préventive en Guyane est à l'image du territoire : jeune et en pleine expansion. Les recherches menées par l'Inrap durant ces vingt dernières années ont permis d'illustrer les périodes les plus anciennes de la préhistoire guyanaise et de renouveler les perspectives de la période récente, notamment dans le domaine des pratiques funéraires, des complexes culturels ainsi que de l'alimentation de ces populations précolombiennes.

JEAN-FRANÇOIS MODAT

TROMELIN : RÉPARER POUR SURVIVRE

Un récipient en cuivre, réparé à de multiples reprises, témoigne du savoir-faire, mais surtout de la farouche volonté de survivre des 80 esclaves malgaches qui furent abandonnés en 1761 sur Tromelin, un îlot semi-désertique.

Partie de Bayonne en novembre 1760, la flûte l'*Utile*, un bâtiment de charge de la Compagnie française des Indes orientales, gagne l'île de France (aujourd'hui île Maurice), puis est envoyée à Madagascar pour y acheter des vivres. Jean Lafargue, son capitaine, enfreignant les ordres qui lui ont été donnés, achète et embarque 160 esclaves à Foulepointe, sur la côte nord-est de Madagascar. Sur la route du retour, l'*Utile* emprunte un itinéraire inhabituel et, suite à une erreur de navigation, s'échoue le 31 juillet 1761, vers 22 h 30, sur un îlot alors appelé île de Sable.

Histoire d'un abandon

Dix-huit marins de l'équipage se noient, mais aussi, parqués dans la cale dont les panneaux ont été cloués, près de la moitié des esclaves périssent

Les abris de pierres sèches construits par les naufragés après le départ des Français.

dans le naufrage. Ayant creusé un puits et trouvé une eau saumâtre mais buvable qui assure la survie des rescapés, l'équipage, sous la direction de l'officier en second, entreprend la construction d'une embarcation de fortune avec les débris de l'épave. Deux mois plus tard, les marins français s'y entassent et font route vers Madagascar, laissant sur l'île, faute de place à bord, 80 esclaves malgaches, qu'ils promettent de venir rechercher.

Cette promesse ne sera pas tenue. C'est seulement quinze ans plus tard, après plusieurs tentatives infructueuses effectuées par des navires envoyés de l'île de France, que l'enseigne de vaisseau de Tromelin, commandant la *Dauphine*, une corvette de la marine royale, parviendra le 29 novembre 1776 à secourir les derniers survivants : sept femmes et un bébé de huit mois.

Survivre sur l'île de Sable

Dans quelles conditions les Malgaches abandonnés ont-ils dû survivre ? La terre la plus proche de cette île minuscule est à environ 500 kilomètres, sa superficie n'excède pas 1 km^2 et son point haut « culmine » à seulement 8 mètres au-dessus du niveau de la mer. Aucun arbre n'y pousse, seulement des arbustes : des veloutiers et quelques plantes rampantes parviennent à s'y accrocher.

Vue aérienne depuis le nord de Tromelin.

Des colonies d'oiseaux nichent sur l'île, et les tortues vertes viennent en grand nombre pondre, en haut de plage. D'avril à novembre, l'alizé du sud-est maintient un climat agréable, mais, durant l'été austral, il est fréquent que des cyclones passent à proximité. L'île est alors soumise au paroxysme des vents et de la houle et se trouve souvent à demi submergée. Omniprésente, la mer est le plus souvent hostile.

Quand l'archéologie épaule l'histoire

Devant la page blanche du récit de la vie menée par ces Malgaches pendant leurs quinze années d'abandon, l'archéologie à la fois sous-marine et terrestre s'imposait pour essayer de mieux comprendre cette survie hors du commun. Face aux bouleversements provoqués par la fureur des éléments, quels indices de vie et quelles marques d'organisation sociale cet îlot minuscule pouvait-il livrer ?

À la pointe nord de l'île, sous l'ombre légère des veloutiers, le sable a presque entièrement recouvert les traces laissées par les Malgaches. Seul émergeait encore, lors de l'édification d'une station météorologique en 1954, le faîte de quelques murs bâtis avec des blocs de corail, qui furent détruits à cette occasion pour alimenter le chantier de construction de la station. Le souffle régulier de l'alizé, mais surtout les violentes tempêtes tropicales avaient accumulé du sable sur ces vestiges qui leur faisaient barrage, recouvrant le site archéologique d'une sorte de linceul.

Les campagnes de fouille

Les fouilles sous-marines et terrestres entreprises au cours de quatre campagnes entre 2006 et 2013 avaient de multiples enjeux ; il s'agissait d'étudier le naufrage et la survie dans le contexte de la traite des esclaves venant de Madagascar. L'une des clefs de ce chantier a été de réaliser, lors de la première campagne, la fouille simultanée de l'épave de l'*Utile* et du lieu de refuge des rescapés. Cette approche, aujourd'hui une évidence, fut fructueuse, dans la mesure où la plupart des objets contribuant à leur vie quotidienne provenaient de l'épave de l'*Utile*.

La localisation puis l'étude de la zone d'habitat – constituée d'un ensemble d'une douzaine de petits bâtiments – et de ses modifications successives furent d'une importance capitale pour la compréhension des conditions de survie des esclaves malgaches abandonnés. Ces habitats,

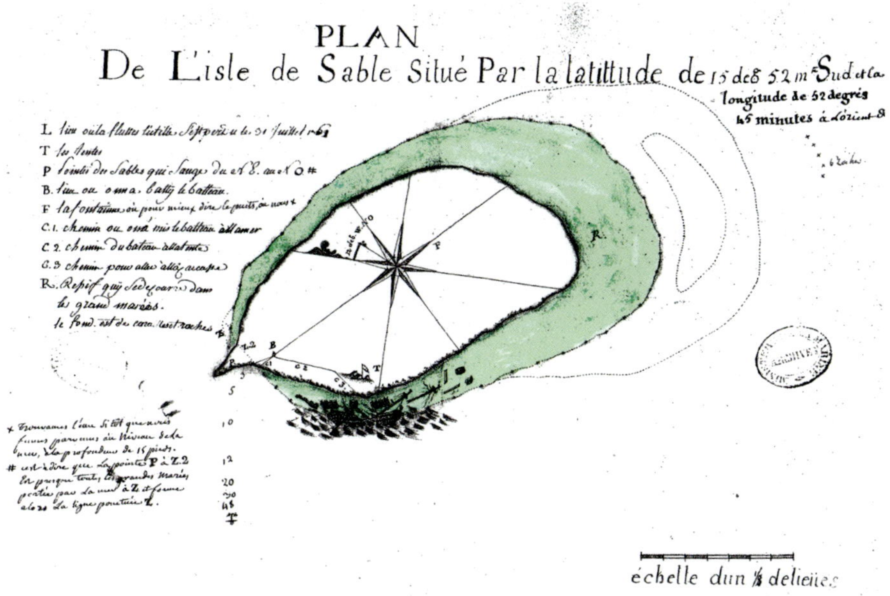

*Plan de l'île de Sable, probablement dessiné par le pilote de l'*Utile *à son retour de l'île de France fin 1761, où figure l'épave.*

d'abord regroupés autour d'une sorte de place centrale, dérogent aux coutumes observées à Madagascar, où l'habitat familial est individualisé et délimité par une clôture. Conséquence sans doute de la nécessité de se protéger des assauts de la houle lors des épisodes cycloniques, trois phases de construction ont été observées, en particulier l'édification d'un important mur de protection empiétant sur des bâtiments déjà construits. Ces adaptations, et les travaux conséquents qu'elles induisent, sont la marque la plus évidente qu'une organisation sociale s'est mise en place, car elles n'ont pu être décidées et réalisées que collectivement.

Divers objets mis au jour à Tromelin.

La technique de construction adoptée offre aussi un éclairage singulier. Le parement interne des bâtiments est constitué à la base de plaques de grès de sable d'assez grande dimension, posées de chant et surmontées de blocs de corail disposés horizontalement. C'est une pratique architecturale qui s'apparente à celle utilisée pour le parement externe des tombeaux malgaches de l'époque. Cette référence n'est pas anodine car, à Madagascar, la pierre était réservée à la construction des tombeaux et prohibée pour celle des habitats. On le devine, la transgression de cet interdit dut être psychologiquement particulièrement difficile et n'être décidée elle aussi qu'après délibération.

Les indices laissés par les naufragés

La couche de sédiment correspondant à la présence des naufragés est aisément identifiable car, avant cette occupation, l'île était vierge et, après le linceul de sable déjà évoqué qui l'a recouverte, l'était également en dehors de l'emprise des bâtiments de la station météo. Cette couche est caractérisée par l'existence de cendres, de restes de la faune consommée, d'objets et de débris divers. La découverte de ces cendres confirme les dires des rescapés, qui déclarèrent avoir conservé le feu pendant tout leur séjour. La mise au jour de silex usés « jusqu'à la corde » et de briquets laissés par les Français renseigne sur la méthode employée pour maintenir un feu essentiellement alimenté par le bois des charpentes de l'épave.

Les restes de faune sont constitués par des os d'oiseaux – des sternes fuligineuses, qui nichaient sur l'île en grande quantité – et de tortues. Le peu de restes de poissons et de coquillages confirme la difficulté d'exploiter les ressources de la mer.

Les objets mis au jour se répartissent en trois catégories :

– les outils et ustensiles directement récupérés sur l'épave tels que récipients en cuivre, trépieds, hache, masse, croc, burin, gouge, briquets, harpon, hameçon ;

– le matériel d'armement du navire détourné de son usage initial – ainsi un gond de mantelet de sabord transformé en marteau, une penture de porte transformée en hache, une cheville utilisée comme enclume ou des clous comme tisonnier ;

– les objets fabriqués à partir de la matière première trouvée sur le navire – cuivre, plomb, fer –, ou dans l'environnement – coquillages. Parmi ces objets, plusieurs témoignent d'une vie sociale reconquise : il s'agit de bracelets, de bagues ou de chaînettes, de pointes démêloirs en cuivre. Ces dernières ont été gravées d'un motif décoratif que l'on retrouve sur les pointes utilisées à Madagascar.

Une dignité retrouvée

Au-delà du champ de l'analyse, des mesures, des comparaisons que permettent les recherches historiques et archéologiques, les vestiges architecturaux et les objets dégagés du sable renvoient parfois aussi des messages muets et singuliers. Le premier est d'ordre architectural. Alors qu'à Madagascar, les habitats sont individualisés, séparés par un enclos et soigneusement orientés par rapport aux points cardinaux, ils apparaissent ici s'appuyant les uns contre les autres, entourant une sorte de cour intérieure. L'archéologue en déduit qu'il s'agit là de résister aux vents, à la mer, d'économiser les matériaux et qu'en définitive, nécessité fait loi. Mais ce que disent aussi ces constructions en l'absence de leurs occupants, c'est la solidarité et l'entraide.

Le second message est celui délivré par un récipient en cuivre. Fabriqué, rapiécé à huit reprises, il témoigne du savoir-faire des naufragés. Il leur a fallu découper des pièces, fabriquer des rivets en roulant des languettes de cuivre, percer des trous qui coïncident sur le récipient et sur les pièces, mater les rivets. Mais ce qui touche au-delà de ces gestes techniques, c'est le langage muet de ce récipient : celui du temps qui passe, inexorable, et simultanément celui d'une âpre volonté de survivre.

Ce qui émerge de ces heures passées par l'archéologue, courbé sur le sol, à interroger des indices matériels souvent ténus, c'est que déracinés, coupés du monde, dans le dénuement le plus complet, les survivants abandonnés à leur sort ont exploité les rares ressources disponibles pour survivre, puis reconstruire une petite société avec volonté, méthode, obstination et une énergie vitale qui force l'admiration. Ils ont par là même recouvré la dignité et l'humanité qui leur avait été déniées.

MAX GUÉROUT et THOMAS ROMON

HISTOIRES DE DÉPOTOIRS

Les « chinoiseries » trouvées dans un impressionnant dépotoir des années folles près de Lyon attestent l'engouement pour l'Extrême-Orient à la fin du XIXe siècle, au même titre que les vases chinois de Canton ou les coupes japonaises d'Imari. Leur étude contribue aussi à enrichir l'histoire de la culture matérielle d'alors.

Les archéologues ont retrouvé ces porte-parapluies en 2015, à Vénissieux, au sud-est de Lyon, parmi des milliers d'objets domestiques, poteries et verres, déversés entre 1927 et 1930 dans ce qui était alors un ancien fossé militaire. Tout en s'inscrivant dans le mouvement culturel du japonisme d'alors, ils constituent de véritables coups de projecteur sur le quotidien en Lyonnais pendant les années folles. Les ensembles de céramique de la période contemporaine incarnent en effet l'un des aspects novateurs de l'archéologie de ces vingt dernières années, tant ils offrent de nouveaux terrains d'investigation. Au-delà des considérations purement archéologiques d'ordre typologique et chronologique, il devient possible d'aborder ces objets par l'analyse sociale, de les intégrer par exemple à des phénomènes de mode.

Apparus dans les logements bourgeois à la fin du XIXe siècle, de grands vases cylindriques ornés de motifs figuratifs ou végétaux, polychromes ou bleu et blanc, font office de porte-parapluies. Ils participent au décor des intérieurs.

Millefeuille de céramiques, verres et coquillages d'un dépotoir aux rejets triés, daté du début du XXe siècle, découvert à Vénissieux en 2016.

À la façon du Japon

L'attrait pour l'Extrême-Orient se traduit alors par l'importation en France de produits chinois et japonais. Mais les manufactures françaises de faïence ne sont pas en reste et vont amplement contribuer à la diffusion de vaisselle et d'objets « à la mode », à la portée de tous et non plus réservés à l'élite. Le « service Japon » de la manufacture de Creil-Montereau produit dès 1886, rendu célèbre par sa présence dans la maison de Claude Monet à Giverny, côtoie ainsi des vases ornés de geishas, de personnages pittoresques, d'oiseaux, de paysages, etc. Les fameuses faïences « Willow », originaires de Grande-Bretagne mais aussi copiées en France, illustrent de même cet Extrême-Orient « rêvé », dont la vaisselle devient l'un des supports privilégiés, au fort potentiel décoratif.

Exotisme et tourisme

D'autres contrées plus ou moins lointaines ont été identifiées au sein des objets mis au jour à Vénissieux. D'Afrique du Nord, et en particulier de Kabylie, proviennent des céramiques peintes réalisées par des femmes potières, qui attestent aussi un intérêt grandissant porté aux objets ethniques au début du XXe siècle. Citons encore des faïences du Maroc et de Tunisie, et enfin de la Turquie ottomane, représentée par la céramique de Kutahya. Ces vestiges archéologiques suggèrent un attrait pour l'exotisme, à moins qu'ils ne soient simplement… des souvenirs rapportés de voyages.

Les poteries touristiques apparaissent en effet au début de la période contemporaine, comme on l'observe à Vénissieux et sur d'autres sites voisins. Un petit lot de terres vernissées originaires de Suisse, aux motifs d'edelweiss, ainsi que des majoliques de Thoune évoquent par exemple une fabrication destinée aux touristes visitant les Alpes et les lacs. De petits objets en céramique portant les noms de localités comme Aix-les-Bains ou Annecy sont produits par des artisans locaux et vendus aux visiteurs. Leur présence dans les intérieurs illustre ainsi l'émergence d'un intérêt grandissant pour ces objets uniquement décoratifs.

Histoires d'assiettes

Après plusieurs siècles passés uniquement sur la table, l'assiette s'impose aussi sur les murs, où elle contribue désormais au décor. À partir du Second Empire et jusqu'à la Première Guerre mondiale, le répertoire iconographique des assiettes dites « parlantes » s'empare du quotidien. En faïence fine, leur fond est orné de scènes animées, militaires, historiques, politiques ou religieuses. Elles témoignent de l'esprit d'une époque, des mœurs, de l'humour, des faits de société, etc. Souvent offertes comme cadeau de mariage ou en d'autres occasions notables, leur succès est indiscutable, au point qu'il n'est pas un foyer qui n'ait disposé d'un service complet ou au moins d'une ou deux pièces de ces vaisselles très décoratives – popularité qu'elles partagent avec les barbotines aux couleurs chatoyantes.

L'invasion du bibelot

L'omniprésence du bibelot dans les intérieurs à la fin du XIXe et au début du XXe siècle, qu'ils soient bourgeois ou plus modestes, est significative. L'objet peut être en faïence, en porcelaine ou encore en terre vernissée. C'est l'un des aspects que seul le dépotoir contemporain permet de mettre en évidence.

En effet, des analyses similaires réalisées sur des ensembles céramiques des XVIIe ou XVIIIe siècles n'ont que très rarement attesté la présence de pièces de ce type et ont livré plutôt des vaisselles destinées à la cuisine et à la table. À Vénissieux, les bibelots sont des vases miniatures en porcelaine Meiji ou Kutani, de petits vases de céramique grecque antique, sans doute achetés chez un antiquaire, des poupées en porcelaine ou encore des tirelires au format parfois insolite.

Mettre de l'ordre dans le désordre… tel est le travail des archéologues pour redonner vie à ces milliers d'objets oubliés, morceaux choisis du quotidien des Lyonnais entre 1900 et 1930. Le tesson ci-dessus provient ainsi d'un service « d'assiettes parlantes » fabriquées par la manufacture de Choisy-le-Roi, à la fin du XIXe siècle, et montre Guignol, le personnage lyonnais par excellence !

Un objet, des histoires

Découvertes également dans ce dépotoir, des dizaines de statuettes, en porcelaine, en biscuit ou en barbotine, constituent un petit peuple de personnages qui ont séjourné un temps sur un meuble, avant d'être brisées et jetées : on trouve ainsi, pêle-mêle, des élégantes, des figurines en costume du XVIIIe siècle, des chiens, des oiseaux ou encore des effigies à l'antique ! Elles devaient côtoyer les objets religieux, qui ont aussi été mis au jour en quantité non négligeable. Témoins parlants du culte domestique, des Vierges à l'enfant, des saints et des bénitiers illustrent la diffusion de l'artisanat dit saint-sulpicien dans la seconde moitié du XIXe siècle.

Que nous raconte ce décor d'affiches sur ce fragment de pied de lampe à pétrole? On identifie des spectacles parisiens de la fin du XIXe *siècle : Ella Zuila, une célèbre équilibriste australienne qui se produisait aux Folies Bergère, et, dans un registre plus sérieux, la pièce* Mithridate *de Racine ou* Le Dépit amoureux *de Molière.*

Pris séparément, chaque tesson ou presque aurait une histoire à raconter. On pourrait ainsi citer des dizaines d'objets aujourd'hui parfois oubliés comme les pyrogènes, ou porte-allumettes, emblématiques des tables de bistrot et supports publicitaires éloquents. Un fragment de pied de lampe à pétrole en grès est quant à lui une véritable pièce de choix. De forme cylindrique, la lampe est couverte d'un motif constitué d'affiches de spectacles et n'est ni plus ni moins qu'un modèle réduit de colonne Morris, identique à celles décorant les rues de Paris.

Vivre en Lyonnais au début du XXe siècle

Si tout objet ou fragment témoigne à sa façon, l'intérêt de l'étude archéologique réside aussi dans la mise en regard de ces éléments présents dans le dépotoir et qui, pour finir, livrent une vision assez précise de la culture matérielle au tout début du XXe siècle. Ils sont l'illustration de la vie domestique (cuisine, alimentation, boisson, manières de table, jeu, hygiène, santé, etc.), commerciale (brasseries lyonnaises, restaurants, pharmacies, etc.), économique (commerce et industrie), spirituelle (piété et culte domestique), voire artistique.

Le dépotoir contenait également une foule de récipients en faïence fine et en verre issus de produits de consommation. Leur analyse dresse une sorte de catalogue matériel de ce que l'on pouvait trouver alors dans une épicerie fine lyonnaise entre 1900 et 1930 : foie gras d'Alsace, terrine Lucullus, moutarde Grey-Poupon de Dijon, confiture Félix Potin, Dundee marmelade importée d'Écosse, élixir Gaulois (spiritueux fabriqué à Lyon), etc. Bref, un apport significatif pour l'étude de l'alimentation, à proximité de la capitale de la gastronomie qui plus est !

De nombreuses bouteilles et vaisselles fournissent aussi des informations sur le quotidien des débits de boisson lyonnais et des commerces de restauration, dont la célèbre brasserie Georges. Ces objets évoquent en particulier l'importance de la consommation d'alcool à la fin du XIXe et au début du XXe siècle. D'autres éléments nous renseignent sur les habitudes de soins portés au corps et témoignent de l'importance des « médicaments » et remèdes présents dans le foyer domestique. Des produits comme les boissons alcoolisées, dont la présence aujourd'hui paraîtrait incongrue dans les pharmacies, sont alors vendus en masse à la population, en raison de prétendues vertus fortifiantes. L'abondance de flacons d'élixirs, de sirops, d'alcools ou d'eaux de source à vocation thérapeutique illustre ces habitudes de médication.

Grâce à la richesse des données issues de cette fouille, les archéologues ont donc l'opportunité de réaliser une approche à la fois sociale, culturelle et économique des habitants de Lyon au cours des années folles.

ALBAN HORRY

ARCHÉOLOGIE DE LA SECONDE GUERRE MONDIALE

C'est une gourmette toute simple, avec des initiales et un matricule. Son propriétaire, le soldat Harry Edward Fox, l'a perdue quelque part dans son cantonnement, à Fleury-sur-Orne, au sud de Caen. Sa fiancée, Rose, la lui avait offerte, en 1943 ou 1944. Les archéologues l'ont retrouvée par hasard, lors de fouilles soixante-dix ans plus tard.

Ce présent de sa petite amie à un jeune Canadien, parti combattre outre-Atlantique, a été restitué non à son propriétaire, décédé en 2005, mais à sa famille, en 2020. Une simple anecdote, qui illustre bien à la fois la charge émotionnelle, la dimension internationale et le caractère parcellaire de l'information qui s'attachent aux objets mis au jour par les archéologues sur les sites de la Seconde Guerre mondiale.

Champs de bataille, plages du Débarquement, aires de parachutage, villes bombardées, refuges, lieux d'internement ou, en Pologne, camps

Gourmette en métal argenté découverte dans un « trou d'homme » canadien, à Fleury-sur-Orne, dans le Calvados. Ce porte-bonheur fut offert par sa fiancée Rose au soldat Harry Edward Fox, lors de son départ pour la Normandie. L'autre face du médaillon comporte ses initiales HF au-dessus de son matricule B44812.

FROM ROSE

Vue aérienne des vestiges du port artificiel Mulberry B à Arromanches, encore partiellement visibles. Le port est délimité par des caissons géants immersibles en béton. Ses infrastructures flottantes, pontons, quais, pylônes d'ancrage, ont tous disparu. Quelques-uns de ces éléments subsistent au fond de la Manche.

de la mort issus de la folie meurtrière du IIIe Reich : autant de facettes d'une guerre totale, qui porta la violence à son paroxysme aux dépens de peuples, de groupes ou d'individus. Désormais, l'archéologie du passé récent s'attache à étudier les traces et manifestations de cette violence, dans une perspective anthropologique globale et entendue sur la longue durée.

Une recherche mondiale

L'archéologie de la Seconde Guerre mondiale apparaît dès la fin du conflit, avec les investigations médico-légales menées dans les camps de la mort pour réunir des preuves matérielles à charge contre les criminels nazis. D'autres fouilles y seront conduites ensuite, afin de mettre au jour les restes des victimes et d'accompagner l'aménagement des mémoriaux qui leur sont dédiés. Ainsi s'affirme peu à peu, en l'absence d'archives historiques, la contribution unique et irremplaçable de ces recherches à la connaissance comme à la préservation de lieux hautement symboliques de la Shoah, menacés par l'érosion ou le pillage. La redécouverte des vestiges des chambres à gaz de Treblinka et de Sobibór, jusqu'alors enfouis sous les pieds des milliers de visiteurs qui s'y rendaient depuis des décennies, fut un pas décisif franchi en 2014 par les archéologues.

Cette même année, l'archéologie française inscrit dans ses programmes de recherche officiels les vestiges de la Seconde Guerre mondiale présents sur le sol national. Elle rejoint ainsi les préoccupations d'une communauté déjà mobilisée de par le monde, comme dans les îles du Pacifique, où archéologues américains et japonais s'attachent ensemble à recenser les traces des batailles qui les opposèrent de 1941 à 1945. Partout, les sites et les objets associés au conflit cristallisent de puissants enjeux mémoriels communs aux nations anciennement belligérantes. L'aspect touristique et patrimonial gagne également en importance, à mesure que s'effacent

les derniers témoins directs de ces atrocités. Il revêt une importance singulière en Normandie avec, en toile de fond, la candidature des plages du Débarquement au Patrimoine mondial de l'Unesco.

Mémoire du Débarquement

Les vestiges du « mur » de l'Atlantique furent ainsi l'objet de la majorité des interventions archéologiques menées depuis 2014 dans cette région. En peu de temps, ces travaux ont mis en lumière son hétérogénéité et sa fragilité, face aux effets conjugués de l'érosion littorale et des transformations diverses qui l'affectent depuis plus de soixante-quinze ans. Ils ont en outre révélé la chronologie de ce système défensif inachevé, beaucoup plus complexe que ne le laissaient penser jusqu'alors les archives allemandes ou les inventaires partiels d'après-guerre.

Fouille d'une position de mortier ou de mitrailleuse sur le camp canadien de Fleury-sur-Orne, dans le Calvados. Le matériel métallique rejeté dans le comblement de la tranchée consiste en divers contenants alimentaires, récupérés par les militaires à des fins de « bricolage » pour fabriquer des réchauds, des marmites, des boîtes à eau, etc.

Les archéologues se sont penchés tant sur des installations de modeste envergure, très peu documentées, que sur de grands sites visités chaque année par des dizaines de milliers de touristes. À la pointe du Hoc, à l'ouest d'Omaha Beach, une équipe de l'Inrap a réalisé en 2019, à la requête de l'*American Battle Monuments Commission* en charge de la gestion du site, une prospection associant recherches au sol et en archives, interprétation des photographies aériennes d'époque et des couvertures LiDAR, et enfin prospection électromagnétique (voir ce volume, p. 251). L'exercice a débouché sur un état des lieux inédit de l'un des sites les plus célèbres et spectaculaires du Débarquement.

D'autres recherches concernent de vastes aménagements logistiques conçus par les Alliés, à l'image du port artificiel d'Arromanches, dont subsistent, outre les caissons Phœnix en béton et les épaves des navires brise-lames (*blockships*), visibles au large à marée basse, environ 150 vestiges sous-marins cartographiés par le DRASSM : navires de transport ou de guerre, blindés ou infrastructures des ports flottants. Là encore, l'enquête a révélé la fragilité d'un patrimoine unique au monde, nécessitant d'urgentes mesures de protection.

Sur la terre ferme, citons l'étude du « by-pass » de Bayeux, vaste contournement routier en lien avec une gigantesque plateforme logistique organisée autour de la ville, et celles des nombreux aérodromes disséminés à travers la région ou des ponts Bailey, importés pour la première fois sur le continent en juin 1944. Côté allemand, la logistique de guerre fait également l'objet de recherches dans les massifs forestiers de Normandie et d'autres régions d'Europe, où des chercheurs britanniques dressent une cartographie inédite des stocks de munitions, de carburant et de ravitaillement.

Vivre au milieu de l'enfer

De nombreux vestiges militaires sont réapparus au sein des zones de combat. Ils sont directement liés aux affrontements proprement dits (abris de combattants, positions d'artillerie, zones de parachutage) ou à leurs conséquences directes (cimetières provisoires, cratères de bombe, destructions). Au point qu'il est désormais possible de les analyser à l'échelle, historiquement pertinente, des théâtres d'opération.

Ceux situés à la périphérie de Caen sont à ce jour les mieux documentés, comme le village de Fleury-sur-Orne, au sud de l'agglomération, où eut lieu, en 2014, la plus vaste fouille dédiée à ce jour à un cantonnement militaire allié. Plus de 500 structures y ont été fouillées, dont des abris de soldats et positions d'artillerie enterrés, et plus d'un millier d'objets appartenant aux troupes de la 2e Division d'infanterie canadienne ont été retrouvés : réchauds et gamelles métalliques, brodequins, gants, boîtes de rations, bouteilles, vaisselle, rasoirs, brosses à dents, armes et munitions, ainsi que divers menus objets personnels, outre la gourmette évoquée plus haut.

L'intérêt de cet exceptionnel gisement est encore accru par la présence, à quelques centaines de mètres, d'une carrière contenant les vestiges intacts des abris où vécurent des centaines de civils, réfugiés lors des terribles bombardements aériens qui ont marqué la bataille de Caen, ainsi que ceux d'un vaste camp de prisonniers allemands en service de 1944 à 1948, où séjournèrent 10000 prisonniers affectés à la reconstruction et au déminage. Ces vestiges souterrains ont fait l'objet d'un enregistrement exhaustif par une équipe d'archéologues, de spéléologues et de topographes à l'origine d'un modèle numérique 3D qui permet aujourd'hui d'en mener l'étude et de les faire connaître au public, sans mettre en péril leur préservation.

Objets divers dont un réchaud, des flacons et tubes pharmaceutiques, des restes alimentaires et de vaisselle, ainsi qu'une tête de baigneur en celluloïd, jouet typique des années 1940. Ils jonchent l'emplacement qu'occupait, pour fuir les violents bombardements aériens, une famille de réfugiés dans la carrière Saingt, à Fleury-sur-Orne, dans le Calvados.

L'analyse « au ras du sol » de ces différents vestiges, à la surface ou enfouis, confrontés aux archives et témoignages, met en lumière des comportements méconnus. Ce grâce aux nombreux objets en lien avec le quotidien des combattants, qui renvoient à des domaines aussi variés que la santé, l'hygiène, l'alimentation, le confort, les sports ou loisirs, les rapports entre troupes, civils et prisonniers, ou encore à des aspects de la vie au front très peu documentés par ailleurs – la relation des soldats à l'alcool, par exemple. Les contenants de boissons alcoolisées retrouvés dans les dépotoirs militaires offrent en effet de frappantes disparités d'une nationalité à l'autre, reflet tant des traditions issues des mondes civil et militaire que des spécificités du front de l'Ouest, où cidre et calvados marquèrent fortement les soldats étrangers.

Des sépultures de soldats, hâtivement creusées pour la plupart, sont aussi parfois mises au jour, comme en 2019 à Maltot, au pied de la cote 112. Lors de la fouille d'un établissement gaulois sont de fait apparus… les restes de soldats anglais et d'un grenadier allemand. Si les corps des premiers furent relevés après-guerre, ce dernier a été oublié dans une fosse anonyme où il fut enseveli à la hâte. En concertation avec la gendarmerie et avec les commissions en charge du relèvement des corps, les archéologues s'attachent alors à recueillir les éléments utiles à l'identification des victimes ou propres à renseigner les conditions de leur mort et de leur enfouissement.

Confrontée au devoir de mémoire vis-à-vis de ces vestiges, que la disparition des derniers témoins fait entrer dans un passé révolu, l'archéologie s'attache à apporter une contribution originale à l'histoire du conflit, complémentaire à ce titre des archives de l'histoire contemporaine. Ces archives du sol éclairent certains faits peu ou non renseignés par ailleurs et soulignent, à différentes échelles, les stigmates d'un gigantesque cycle de destruction/reconstruction, caractéristique des guerres totales du XXe siècle. En marge des points de vue nationaux ou partisans, l'archéologie révèle ainsi la réalité matérielle du conflit. Ce faisant, elle rencontre les attentes du public en quête d'information tangible et de récits plus objectifs, moins héroïques que ceux élaborés dans la France et l'Europe de l'après-guerre.

VINCENT CARPENTIER

LECTURES DE NOTRE PASSÉ

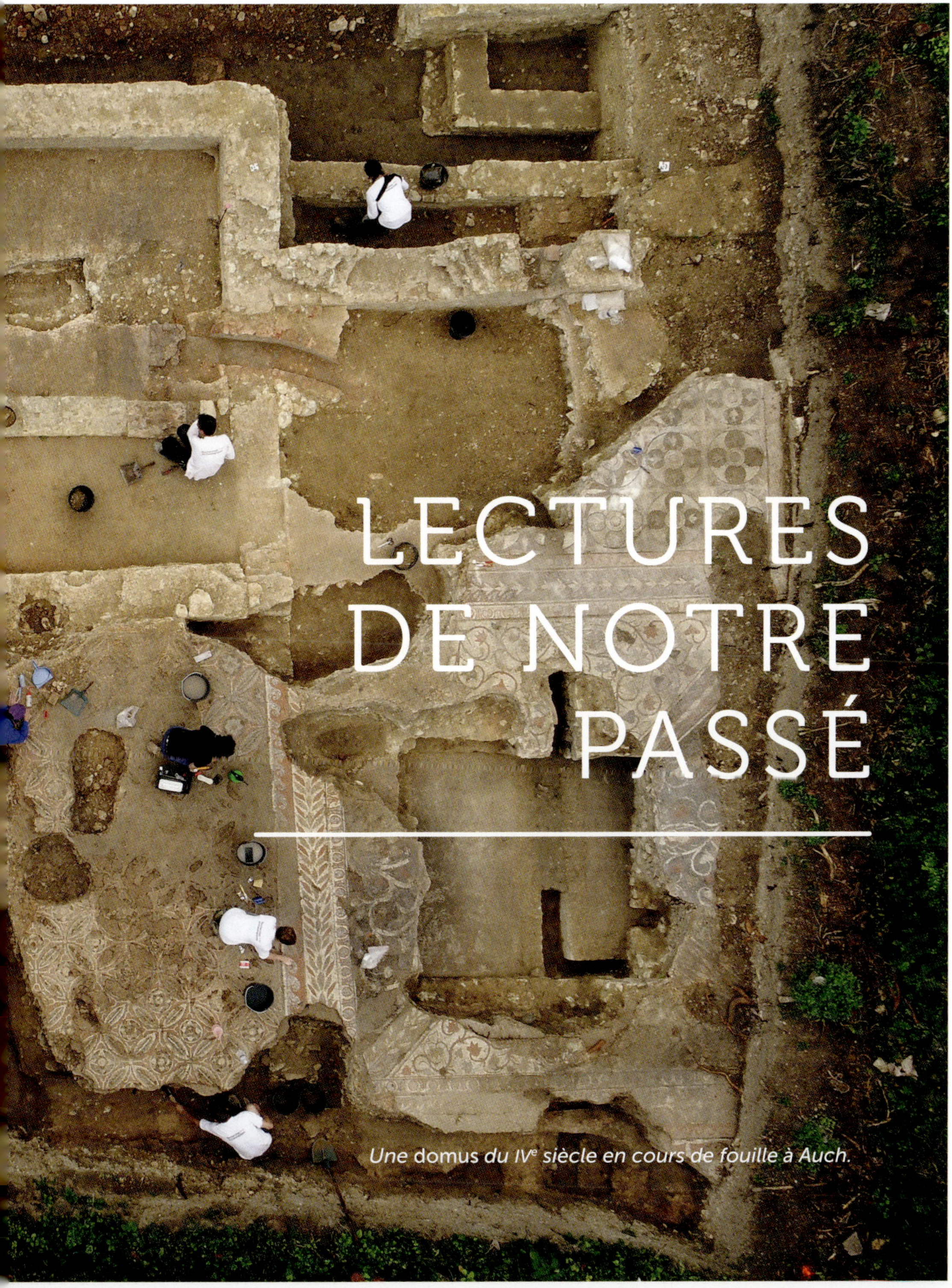

Une domus du IVe siècle en cours de fouille à Auch.

LA STRATIGRAPHIE : UNE LECTURE DE LA TERRE

Les couches de sédiments nous content l'histoire de la Terre, à la façon des pages empilées d'un gigantesque livre qu'on feuilletterait.

La surface de la Terre est depuis toujours sculptée par le vent, l'eau ou la glace : c'est le processus d'érosion. Les particules abrasées forment des accumulations de sédiments, qui sont déplacés puis s'entassent tel un millefeuille, couche après couche, de la base au sommet, de la plus ancienne à la plus récente. Elles constituent ainsi les feuillets successifs d'une histoire que l'étude stratigraphique permet de déchiffrer. Toutefois, ce récit n'est que rarement complet et, s'il manque des pages, voire des chapitres entiers, il faut savoir les identifier, comme sur un parchemin antique.

De même, à la manière de Marcel Proust, des descriptions extrêmement développées sur le plan stratigraphique ne concernent parfois qu'un

L'entaille du réseau hydrographique dans les dépôts volcano-lacustres de la région de Ziway, en Éthiopie, permet de lire une histoire longue et complexe.

événement très bref. À l'inverse, comme chez Victor Hugo, de longues périodes chronologiques sont à peine visibles sur quelques couches. Enfin, ainsi que dans la Bible, des passages tardifs, devenus mouvants, peuvent s'inviter plus avant dans l'ouvrage, trompant ainsi le chercheur qui pensait lire une histoire logique et continue.

Le canyon de la Bulbula, en Éthiopie, assure le déversement du lac de Ziway dans celui d'Abijata et recoupe plusieurs dizaines de mètres d'épaisseur de dépôts lacustres.

L'exemple de la vallée du Grand Rift

Le rift est-africain correspond à un très long fossé d'effondrement de l'écorce terrestre, entre les plaques tectoniques somalienne et africaine. Depuis le début de sa formation, il y a 25 millions d'années, des sédiments s'y sont accumulés en continu sur des milliers de mètres d'épaisseur. Certains se sont écoulés le long des rivières depuis les hauts plateaux ; ils ont rejoint les dépôts lacustres, plus fins, qui ont sédimenté dans des étendues d'eau parfois immenses. De nombreux volcans ont régulièrement perturbé cette stratigraphie, en émettant des coulées et des fragments de roches (éjectas) qui se trouvent aujourd'hui interstratifiés au sein des autres sédiments.

Dans la région des lacs de Ziway-Shala, au cœur de l'Éthiopie, plusieurs programmes de recherche étudient les variations de niveau des eaux, au cours des quarante derniers millénaires, en lien avec la longue succession des occupations humaines. Une coupe stratigraphique nous renseigne sur l'évolution de ces lacs. Au gré des changements climatiques, leur niveau a en effet fortement varié. Lors des phases humides, de très grandes étendues d'eau sont apparues, qui occupaient des tronçons entiers du rift. Puis, lors de périodes plus arides, le niveau s'est réduit jusqu'à engendrer des plans d'eau isolés, calés au plus profond des dépressions.

Pendant les hauts niveaux lacustres, la sédimentation est généralisée, et les paragraphes du livre se succèdent en continu. En revanche, dans les périodes d'assèchement, l'histoire ne s'écrit plus qu'au fond des cuvettes encore en eau, alors que l'érosion détruit en partie les archives alors émergées. Mais cette érosion est providentielle pour le géomorphologue, puisqu'elle se traduit notamment par le creusement de profonds canyons dans les anciens sédiments, comme celui de la Bulbula, qui offre alors une lecture stratigraphique aussi inespérée qu'unique. Ce fut également l'occasion pour l'homme d'occuper de nouveaux espaces alors émergés. On retrouve ainsi ses traces, notamment sous la forme de vestiges taillés dans l'obsidienne, comme autant d'intermèdes entre deux chapitres de l'histoire sédimentaire du rift.

Des paragraphes cachés dans les calcaires du Quercy

Revenons en France et penchons-nous sur les paysages si particuliers des régions calcaires. Ils s'expliquent par la solubilité de la roche : les infiltrations d'eau ont permis le creusement de gouffres et, en profondeur, le développement de toute une série de grottes de toutes tailles. Cette action s'exprime aussi en surface, par la formation de dépressions fermées, des sortes de creux : les dolines. Sur les plateaux, souvent en forme d'entonnoir, elles se comptent par centaines dans le Quercy, situé dans le Lot et la Corrèze. Elles se sont creusées progressivement, sous l'action de leur remplissage argileux qui a dissous leur substrat calcaire, comme l'aurait fait une compresse humide corrosive.

En préalable à la construction de l'aérodrome de Brive-Souillac, un diagnostic archéologique a été entrepris par l'Inrap dans la partie septentrionale du causse de Martel. Ce sont ainsi plus de 600 tranchées qui ont été creusées à la pelle mécanique sur une surface de 66 hectares. Très vite, il est apparu que la plupart des sondages atteignaient le calcaire à très faible profondeur. Les sols anciens avaient visiblement été érodés : les chances de trouver des vestiges archéologiques devenaient alors quasiment nulles. Nous avons donc changé de tactique : si les secteurs en relief n'avaient plus rien à nous apprendre, ceux en creux devaient potentiellement se révéler riches en informations, puisque les sols érodés sur les pourtours s'y étaient accumulés. Les fonds des dolines ont constitué de véritables pièges à sédiments. Nous avons alors décidé d'y orienter nos recherches, pour retrouver l'histoire perdue sur le reste du plateau.

Un pari gagnant : chaque doline sondée a livré des séquences sédimentaires épaisses de plusieurs mètres, couvrant des périodes allant de quelques siècles à plusieurs dizaines de millénaires. À la base, un colmatage de sables argileux forme les vestiges d'anciens ruissellements, entaillé par des rigoles. Dans ces dernières ont été retrouvés des quartz et des quartzites taillés, attribuables au Paléolithique moyen (350000 à 45000 avant notre ère).

Une forte épaisseur de cailloutis calcaires indique ensuite un changement climatique et l'arrivée de la dernière phase froide du Quaternaire.

Les plateaux sont alors soumis à un climat périglaciaire. Le calcaire, éclaté par le gel, s'accumule sous forme de cailloutis au fond des dolines. Lorsque le climat redevient clément, au début de l'Holocène (à partir de 12000 avant notre ère environ), la sédimentation est moindre car, tout autour, la végétation se développe et stabilise le sol. Mais, avec l'apparition de l'agriculture au Néolithique (à partir de 6000 avant notre ère), et donc le défrichement des forêts, l'érosion reprend. Les activités humaines sur le plateau entraînent une forte sédimentation, qui se poursuit encore.

La richesse des informations que les dolines ont préservées contraste avec l'indigence des séquences sédimentaires sur le plateau. Elles nous livrent ainsi une longue histoire du climat et des hommes.

Cette longue tranchée, effectuée en préalable de la construction de l'aérodrome de Brive-Souillac, a permis de traverser les couches successives de sédiments accumulés au fond d'une doline pendant plusieurs milliers d'années.

La page blanche des terrasses de la Garonne

En Midi toulousain, la Garonne coule aujourd'hui au pied d'un escalier de terrasses alluviales. Celles-ci correspondent, pour tout le Quaternaire, à autant de cycles de colmatages et de creusements du fond de la vallée. Résumons : sur ces vastes terrasses quasi planes, une couverture de limons, épaisse de quelques décimètres à plus de 2 mètres, a toujours été considérée comme le résultat de dépôts d'inondation. Ceux-ci se seraient accumulés au cours de crues majeures, comme c'est le cas en fond de vallée

Sous une apparente monotonie, les terrasses de la Garonne cachent la longue et complexe histoire des couvertures limoneuses et des vestiges archéologiques qu'elles contiennent.

aujourd'hui, alors que la rivière était en train de recreuser ses dernières alluvions. Ainsi, chaque niveau de terrasse aurait été chapeauté par une couverture limoneuse qui lui est propre, d'âge immédiatement postérieur.

La construction de l'Itinéraire à grand gabarit entre Toulouse et Langon, destiné au transport des pièces du gros-porteur A380, a été l'occasion de réaliser un diagnostic archéologique à travers tout le système des terrasses de la Garonne. Très vite, il est apparu que les vestiges paléolithiques ne se trouvaient pas, comme on aurait pu logiquement le penser, au sein des couvertures limoneuses ou à leur sommet pour les plus anciennes, mais bien à la base, entre les limons et les galets qui constituent la terrasse. En outre, ils étaient toujours associés à un petit niveau de graviers, formé essentiellement de quartz altéré et fragmenté.

Pourtant peu visibles, ces graviers représentent un indicateur majeur : ils résultent de la concentration des éléments les plus grossiers, ce qui souligne une importante discontinuité dans la sédimentation. Ils indiquent en effet que les couvertures limoneuses des anciennes terrasses ont été totalement érodées puis reconstituées, souvent après une longue phase d'érosion. Le matériel paléolithique qui y figurait alors, plus lourd, n'a pas pu être emporté par le vent et les ruissellements. Il s'est retrouvé sur le toit des galets, mélangé aux graviers et aux galets que l'érosion n'avait pas pu emporter non plus. Ils ont alors formé ensemble des « niveaux archéologiques » reconcentrés, que l'on appelle un pavage, mélangeant même parfois plusieurs phases d'occupation initialement bien distinctes…

Ce petit niveau de graviers, à peine perceptible, a donc révélé tout un pan, inconnu jusque-là, de l'histoire de la surface des terrasses de la Garonne. Il a permis de mieux comprendre la position du matériel archéologique, mais aussi certains mélanges de vestiges difficiles à interpréter. C'est devenu une évidence : si l'on ne voulait pas rater les traces archéologiques les plus anciennes lors de la fouille, il fallait l'atteindre et le sonder entièrement. Cette méthode a depuis porté ses fruits, notamment sur les Costières du Gard, où des niveaux à graviers similaires, mis au jour lors de la réalisation du diagnostic préalable à la construction de la ligne à grande vitesse entre Montpellier et Nîmes, ont révélé plusieurs vestiges paléolithiques.

Ainsi, si l'histoire de la Terre est souvent comparée à un livre dont les pages que l'on feuillette sont autant de couches de terrain successives, il apparaît que le récit qu'elles présentent est truffé de silences et de sauts temporels souvent difficiles à évaluer. Il faut alors garder en tête que, bien souvent, il y a plus de chapitres manquants ou de passages illisibles que de pages imprimées et bien illustrées.

LAURENT BRUXELLES

ANALYSER DE GRANDES SURFACES

L'analyse des sites archéologiques à grande échelle, que cela soit depuis l'espace aérien ou depuis la surface, a connu de très nombreuses évolutions depuis les années 1970. Grâce à l'augmentation des surfaces fouillées et au recours à de nouvelles technologies, les archéologues parviennent aujourd'hui à observer la surface du sol en s'affranchissant de la végétation, puis à prospecter le sous-sol sans le fouiller.

Grâce à la technologie du LiDAR (*Light Detection and Ranging*, soit « Détection et estimation de la distance grâce à la lumière »), mise au point dans les années 1970, il est désormais possible de retrouver des cités entières enfouies sous la forêt. Des faisceaux laser émis depuis un ULM, un drone ou un avion scannent les reliefs du sol avec une précision centimétrique. Le principe est simple : la distance de chaque point est mesurée par la durée mise par le faisceau pour se réfléchir sur l'objet scruté (plus elle est longue, plus la distance est grande). On obtient ainsi une image dont la couverture végétale est virtuellement supprimée.

Vue du site de la pointe du Hoc, en Normandie, avec relevé LiDAR et modélisation 3D. Le traitement en fausses couleurs permet de mieux mettre en évidence les vestiges des bombardements.

C'est ce qui a permis, pour les forêts d'Amérique centrale, de redécouvrir des installations mayas totalement disparues, impossibles à retrouver par la seule prospection pédestre. Au Guatemala, sur une zone de 2 100 km^2 inspectée au LiDAR, environ 61 480 structures (29 par km^2) ont ainsi été identifiées. En France, c'est aussi grâce au LiDAR que les archéologues ont pu démontrer que des forêts d'Alsace, censées remonter à l'Antiquité, avaient poussé sur des parcellaires mis en culture à l'époque romaine.

Le LiDAR, parce qu'il couvre de grandes surfaces, est aussi très utile pour faire réapparaître les champs de bataille. Il est un allié précieux pour retrouver les tranchées, les entonnoirs de mines et autres zones bombardées durant la Première Guerre mondiale, comme dans la forêt de Verdun et une partie de la Champagne. Le positionnement dans un Système d'information géographique sert de support à une cartographie précise, depuis le détail local jusqu'à une plus grande échelle. Cette cartographie est alors confrontée aux cartes d'état-major de l'époque, avec les lignes de défense (françaises) et d'attaque (allemandes).

Un site bombardé durant la Seconde Guerre mondiale

En 2019, c'est la pointe du Hoc, en Normandie, qui a fait l'objet d'une investigation. Ce petit cap situé sur la côte rocheuse prolongeant à l'est l'estuaire de la Vire surplombe la mer d'environ 30 mètres. Il est caractéristique des falaises calcaires des plages du Débarquement et constituait donc un verrou essentiel dans la ligne de défense appelée « mur de l'Atlantique ». Les Allemands y ont d'ailleurs installé une batterie en 1942. Le site fut intensément bombardé puis investi par les troupes américaines dès le 6 juin 1944, au prix de lourdes pertes. Il est aujourd'hui aménagé et parcouru par 950 000 visiteurs annuels.

L'*American Battle Monuments Commission*, qui administre le site, a commandé une étude à l'Inrap, afin d'organiser un nouveau cheminement destiné à canaliser les circulations. En parallèle, une veille a été mise en place pour éviter l'érosion des falaises. L'image obtenue grâce au LiDAR et aux prospections pédestres montre clairement les centaines d'impacts des bombes larguées sur le site pour détruire cette ligne de défense. On aperçoit également des traces de parcelles agraires antérieures et celles des travaux d'aménagement de la batterie allemande.

En parallèle, des vues réalisées par drone ont permis d'assembler un modèle 3D de l'ensemble de la pointe du Hoc. On distingue ainsi particulièrement bien les falaises, avec les nombreux blocs de béton tombés sur les plages en contrebas. Les bombardements alliés ont fait écrouler des pans de falaise, dont les cônes d'éboulis ont servi à escalader et à prendre les bunkers, protégés par des murs de 2 mètres d'épaisseur.

C'est donc un paysage fortement modifié par l'action humaine, y compris sur des périodes très récentes mais dont les traces sont déjà invisibles dans le paysage contemporain, qui est restitué par ce biais.

« Voir » le sous-sol

Le géoradar (ou radar à pénétration de sol) fonctionne avec le même type d'ondes que le LiDAR, celles-ci étant cette fois envoyées dans le sous-sol. On enregistre les obstacles souterrains qu'elles rencontrent, en fonction de la conductivité du terrain (qui ne laisse pas toujours bien circuler les ondes). Le résultat donne une image assez précise des vestiges archéologiques, qui permet même d'identifier des éléments enfouis à des profondeurs différentes. Une prospection récente a révélé ainsi la cité de Falerii Novi, petite ville antique fortifiée à 50 kilomètres au nord-ouest de Rome, abandonnée à la fin de l'Antiquité et recouverte de nos jours par des terres mises en culture. Grâce au géoradar, les archéologues sont parvenus à repositionner les rues, certains bâtiments (théâtre, bains publics, etc.), mais également les maisons, voire les tracés des canalisations !

Il existe encore d'autres techniques, comme les prospections électrique et électromagnétique, qui tirent parti de la résistivité des sols ou exploitent le champ magnétique pour mettre en évidence des ensembles bâtis ou non (comme d'anciens méandres de rivière). L'identification des vestiges reste malgré tout à préciser par l'ouverture de sondages archéologiques. Des interventions du même ordre sont aussi pratiquées sur des secteurs décapés lors de fouilles. La mesure fine du champ magnétique révèle la présence de zones chauffées (combustion, incendie) ou des traces d'activités métallurgiques.

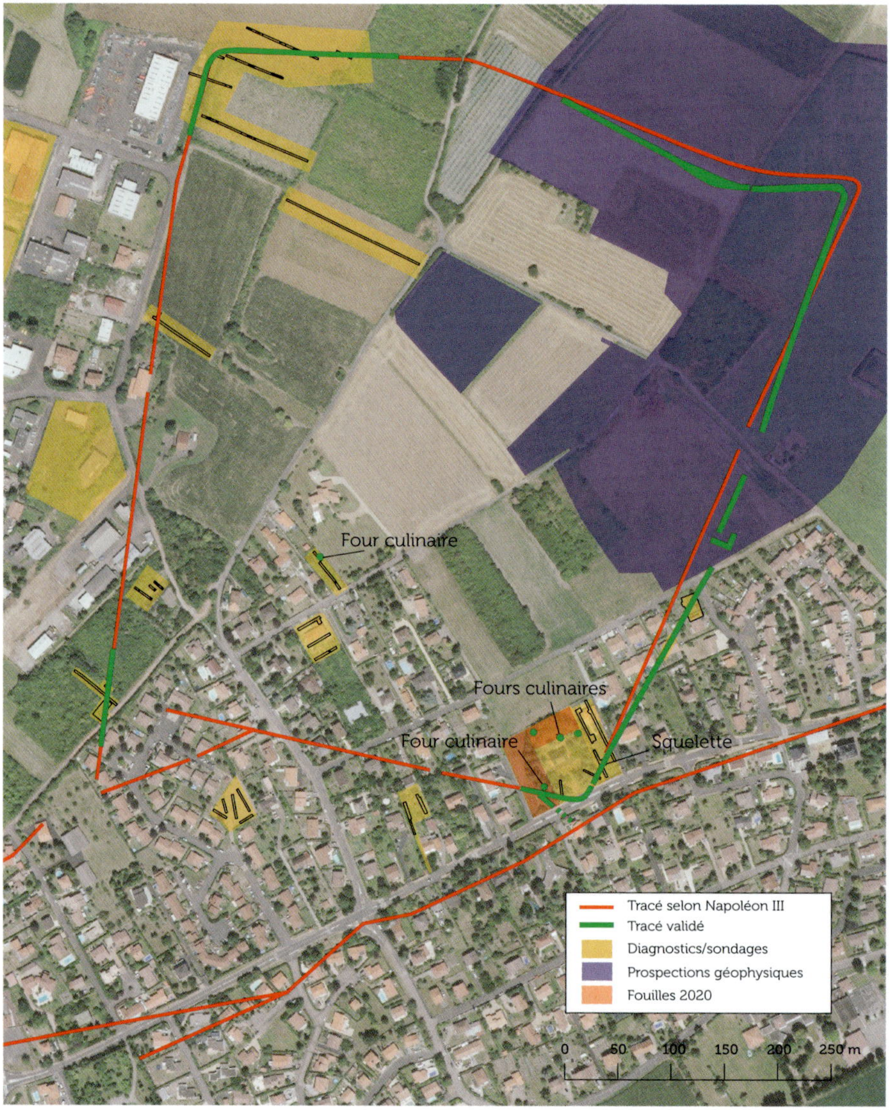

État des connaissances sur le grand camp de César devant Gergovie (52 avant notre ère) à l'issue des fouilles de 2020, montrant les fossés militaires romains et quelques éléments d'organisation interne du cantonnement. En bleu, les prospections géophysiques de 2019.

Analyse spatiale et occupation humaine

Ces techniques de prospections géophysiques sont d'un grand secours pour repérer les zones bâties. C'est le maillage d'un territoire qui apparaît, sur des espaces assez vastes, repérés sur des cartes à grande échelle. Et, avec lui, la manière dont peut s'exercer un contrôle politique précis.

Pour l'Antiquité, le réseau des *civitates*, c'est-à-dire les cités au sens antique, juridique, du terme, ne se conçoit ainsi qu'avec leur territoire, plus ou moins étendu, subdivisé par des *vici*, habitats de taille inférieure à la cité, sans droits particuliers mais pouvant accueillir des sanctuaires très importants. Les habitats de hauteur fortifiés (*oppida*) de l'époque gauloise sont aussi bien connus grâce aux descriptions de Jules César de la conquête de la Gaule. Pour cette période, ils ne constituent cependant qu'une partie de l'occupation du territoire. Les fouilles archéologiques préventives ont révélé la présence de fermes, qui parsemaient les campagnes bien avant la conquête romaine. Ce sont ces fouilles extensives, portant parfois sur des zones décapées de plusieurs hectares, qui ont mis au jour en grand nombre leurs fossés et leurs bâtiments regroupés dans des enclos, associés à un mobilier (céramique, monnaie, etc.) autorisant leur datation.

Rappelons cependant que les prospections de type géophysique, pour précises qu'elles soient dans certains types de sol, ne remplacent pas l'observation directe des vestiges et le recueil du mobilier archéologique qui, seuls, assurent l'établissement d'une chronologie correcte. Ainsi, les prospections géophysiques effectuées en contrebas de Gergovie en Auvergne – la capitale des Arvernes – ont permis de reconnaître avec certitude le tracé des deux camps de César, identifiés plus ou moins précisément à l'époque de Napoléon III. Néanmoins, ce sont les fouilles menées en 2020 sur des parties du grand camp qui ont confirmé la présence des fossés ainsi repérés.

L'apport des grands travaux

Retrouver de grands espaces d'occupation, c'est ce qu'ont favorisé aussi les vastes décapages associés aux travaux d'aménagement d'un territoire d'envergure. Ils ont ainsi ouvert des fenêtres inédites sur le passé.

Le contournement autoroutier de Montpellier et la construction de la ligne à grande vitesse entre Nîmes et Montpellier ont par exemple nécessité des fouilles préventives d'ampleur. Elles ont mis au jour des vestiges de toutes les périodes, notamment un ensemble exceptionnel de monuments funéraires du Néolithique moyen ou du début du Néolithique final (3600 à 3000 avant notre ère), sur la commune de Vergèze.

Il s'agit d'un vaste enclos de 50 mètres de diamètre, entourant un alignement de stèles, flanqué de trois enclos ovales plus petits, qui accueillaient chacun une sépulture en coffre. Le grand enclos a été dans un second temps transformé, afin d'accueillir une sépulture collective

Vue générale de l'enclos délimitant le monument funéraire néolithique mis au jour à Vergèze, dans le Gard. À noter que l'ensemble des fosses circulaires visibles sur l'image sont des silos médiévaux.

Vue partielle depuis l'ouest des deux zones de fouille, situées de part et d'autre d'une route, du site médiéval d'Aimargues, dans le Gard. En haut de l'image, le secteur du village; en bas, l'aire d'ensilage.

mégalithique, probablement recouverte d'un tumulus. Une autre sépulture collective a été aménagée à la même époque sur le site de La Cavalade, au sud de Montpellier. Ses deux niveaux de planchers et ses cloisons en terre crue en font un cas assez unique.

Un autre exemple remarquable, toujours sur le même tracé, est la fouille d'un village du haut Moyen Âge sur la commune d'Aimargues. Sur les vestiges d'une *villa* antique, les archéologues ont donc pu fouiller, sur 6 000 m^2, ceux d'un habitat daté entre le VIIe et le XIIIe siècle, doté d'installations agricoles de stockage, d'une église et de deux cimetières.

Les grands décapages et diagnostics systématiques conduits en archéologie préventive sur de vastes surfaces renvoient donc une image totalement renouvelée de l'occupation humaine sur le territoire national.

MARC BOUIRON

PRÉCIEUSES ARCHIVES PHOTOGRAPHIQUES

L'archéologie s'appuie sur des archives : celles du sol tout d'abord, mais aussi des archives manuscrites, imprimées, figurées, orales, audiovisuelles, et aujourd'hui numériques. Toutes les traces du passé sont nécessaires pour « faire parler » le terrain et procéder à des reconstitutions. La fouille s'accompagnant de recherches documentaires, la photographie est à ce titre une source primordiale d'information.

En 2007, l'artiste Abelardo Morell photographie la projection du Colisée de Rome sur les murs d'une chambre d'hôtel avec, au premier plan, les vestiges de la caserne des gladiateurs. L'image appartient à une série originale qui applique le principe ancien de la *camera obscura* (chambre noire) à des pièces d'habitation : une petite ouverture est pratiquée dans le plastique noir dont les fenêtres ont été entièrement recouvertes, et le paysage extérieur est ainsi projeté sur le mur opposé, naturellement inversé ou mis à l'endroit à l'aide d'un prisme. Ce procédé primitif est mêlé par A. Morell à une technologie de pointe, puisqu'il capture l'image produite

Abelardo Morell, Camera Obscura : The Coliseum inside Room #23 at the Hotel Gladiatori, *2007.*

à l'aide d'un appareil photo numérique, dont les fonctions permettent de saisir davantage la lumière et ainsi de réduire considérablement les temps d'exposition.

L'intention du photographe et ses choix techniques mènent à une composition complexe, qui oblige à se questionner sur les notions de plan, de point de vue, de mise en forme du réel et d'indice visuel. En effet, l'image agglomère et confond intérieur et extérieur, présent et passé, monumentalité du Colisée et objets du quotidien disposés dans la pièce. Le site archéologique, en sous-sol et en élévation, est donc à la fois sujet de la photographie et décor de la pièce, selon le positionnement du regard.

De l'importance de l'interprétation

Cette œuvre réunit à elle seule le champ des possibles de la photographie, ainsi que les sujets essentiels à l'archéologie : chronologie, superposition des faits humains et stratigraphie des sols, occupation de l'espace et traces laissées dans le paysage. Elle illustre aussi les ambitions portées par l'Inrap : participer du présent et préparer un avenir attentif au passé.

On le comprend, la photographie est un ensemble complexe d'éléments techniques, sensibles et intellectuels, dont la perception s'élargit à l'infinie diversité des regards. Elle porte en elle deux illusions, depuis son invention officielle en 1839 : celle d'un accès facile – elle est décodée directement par l'œil – et celle d'une apparente vérité. Plus objective que l'image manufacturée (dessin, gravure, peinture, etc.), elle reste pourtant à décrypter, comme création ayant sa propre histoire. Abordée comme document pour la recherche archéologique, la photographie ne se différencie donc pas des autres sources, en ce sens qu'elle doit être lue et faire l'objet d'un regard critique sur son intention, son sujet, sa technique, sa perception et son usage : qui photographie et pourquoi ? Comment le sujet est-il abordé ? Comment l'image est-elle construite et diffusée ?

Objet patrimonial et dernier vestige

Comme toute trace du passé, la photographie est éphémère et devient parfois un véritable objet patrimonial, dernier témoin visible d'un

Robert Arsicaud (1903-1996), Tours. Ruines gallo-romaines découvertes rue Nationale, *26 juillet 1951. La cella du temple a été dégagée, comme en témoignent les déblais au premier plan. Un effet de superposition et de stratification est perceptible dans la composition de l'image : les habitations de la ville moderne forment une « couche » visuelle qui surplombe les trois quarts inférieurs consacrés aux ruines.*

événement, d'un objet ou d'un site. Un exemple ? En 1951, la ville de Tours poursuivait sa reconstruction, entreprise après l'incendie généré par un bombardement en juin 1940. C'est alors que fut découvert un temple construit au début du IIe siècle de notre ère, dont les dimensions et la configuration architecturale en font, on le sait aujourd'hui, l'un des grands sanctuaires gallo-romains.

À l'époque, cependant, les archéologues durent se contenter de ce qui pourrait s'apparenter à un « sauvetage urgent » : ils procédèrent donc à un dégagement des vestiges et à de simples observations. En vain, ils luttèrent pour la préservation de l'édifice, contre son dynamitage partiel puis son enfouissement sous les constructions d'immeubles d'habitation. Heureusement, grâce aux clichés pris par le photographe professionnel Robert Arsicaud, passionné de patrimoine et membre de la société archéologique locale, nous possédons de précieuses informations sur le dégagement de cet ensemble, ainsi que sur la manière dont il se présentait alors. C'est une fouille préventive, menée en 2002 sous l'ancien cinéma Olympia, qui révèle l'importance du monument mais aussi le potentiel des archives photographiques, seuls témoins de l'état du temple après-guerre et de ses parties architecturales détruites ou restées enfouies.

De la photographie d'archéologie…

En 1924, Georges Chevalier produit une autochrome (image positive en couleurs sur plaque de verre) du dolmen de la Table des Marchand à Locmariaquer tel qu'il se présentait à l'époque, c'est-à-dire sans le cairn qui le recouvrait initialement. Le photographe ne s'intéresse pas spécifiquement à l'archéologie, mais participe en tant qu'opérateur au grand projet des Archives de la Planète mené par Albert Kahn, entre 1909 et 1931. Ce banquier humaniste finance alors des reportages photographiques pour documenter le monde et encourager l'entente entre les peuples. Parmi de multiples sujets abordés, certains sites archéologiques trouvent ainsi leur place dans ces archives culturelles. Ils nous apparaissent parfois dans un état oublié ou devenu insaisissable, comme ce dolmen qui n'est plus directement visible, puisque le cairn a été reconstitué lors de restaurations en 1991.

Henri Chouanard (1883-1936), La Table des Marchand, *entre 1910 et 1925. Cette autochrome est contemporaine des missions pour les Archives de la Planète. Localisé près de Locmariaquer, dans le Morbihan, ce dolmen à couloir, orné de remarquables gravures, est aujourd'hui recouvert. Il date d'environ 4000 avant notre ère et a été classé au titre des monuments historiques en 1889.*

À gauche, René Joffroy et René Paris dégageant le cratère de Vix en 1953 ; à droite, fouille de Lavau en 2015. Les sites de Vix (VIe siècle avant notre ère) et de Lavau (Ve siècle avant notre ère), fouillés à soixante-deux ans d'écart dans des conditions et avec une méthodologie bien différentes, ont livré chacun une tombe princière à char dans laquelle était déposé un cratère de bronze, ici en cours de dégagement.

Quelle que soit son intention – scientifique, documentaire, artistique, vernaculaire, publicitaire, etc. –, la photographie, on le voit, enregistre l'histoire et contient par nature des indices archéologiques. Elle donne à voir des constructions, des objets, des états du sous-sol ou d'édifices qui n'auront pas laissé d'autres traces ou seront devenus inaccessibles. L'archéologue est donc à même, par un regard parfois détourné, d'enrichir ses observations de terrain d'informations factuelles figées dans les archives. L'accumulation de vues d'un même site, prises dans et en dehors du champ même de la discipline archéologique, ouvre d'ailleurs la voie à sa restitution virtuelle en trois dimensions aujourd'hui. Au-delà de son contenu, la photographie porte aussi des possibilités de « réapparition » de sites disparus.

... à la photographie archéologique

La photographie a accompagné pleinement les archéologues et le développement de leur discipline. D'abord technique de pointe peu abordable et difficilement exploitable, elle est entrée au moins dès 1851 dans le champ de l'archéologie et du patrimoine architectural, étroitement liés à l'époque, avec la mission photographique des édifices historiques de France commandée par la Commission des monuments historiques (mission héliographique). Depuis, avec la simplification des procédés et l'accessibilité des appareils, archéologie et photographie ont évolué de concert, s'influençant l'une l'autre.

La photographie a rempli la mission que lui assignait Charles Baudelaire dans ses critiques du Salon d'art de 1859 : « Qu'elle sauve de l'oubli les ruines pendantes, les livres, les estampes et les manuscrits que le temps dévore, les choses précieuses dont la forme va disparaître et qui demandent une place dans les archives de notre mémoire, elle sera remerciée et applaudie. » Mais bien plus qu'outil de sauvegarde, elle est maintenant omniprésente dans la discipline archéologique, à travers des usages spécifiques : relevé de terrain (comme enregistrement et vecteur de connaissance), illustration (comme preuve de l'existence du vestige et de la qualité de la fouille), diffusion et communication (comme médium et support de création artistique).

Les archives photographiques reflètent en parallèle toute l'histoire de la discipline archéologique depuis le XIXe siècle. Sites fouillés, méthodes utilisées, conditions sociales et conditions de travail des archéologues, mais aussi sensibilité esthétique et artistique sont des sujets intrinsèques aux images archéologiques. Autant d'informations, parfois non consignées par ailleurs, qui sont passées à l'état d'archives et de sources pour les archéologues d'aujourd'hui et du futur.

Des archives en construction

Les archives photographiques, combinées aux autres sources (plans, textes, objets), constituent désormais un apport scientifique majeur pour l'étude des sites archéologiques. Elles sont mieux exploitées car plus facilement accessibles, grâce à la politique d'ouverture des centres de conservation. Au-delà de leur potentiel se construit aussi une réflexion sur leurs modes de fabrication et de préservation. Depuis 2002, l'Inrap produit ainsi une masse considérable et croissante d'images sur ses opérations de terrain, dans l'objectif d'inscrire dans la continuité ses sujets d'étude voués souvent à disparaître.

On le comprend, gérer cette documentation aujourd'hui exclusivement numérique est un enjeu majeur. Toutes les données produites par la science archéologique gagneraient dès lors à être envisagées comme archives immédiates, dès leur captation et leur enregistrement. C'est pourquoi un effort est engagé pour classer, nommer les images dès leur production et leur attacher des informations minimales d'identification (des « métadonnées »). Les technologies numériques offrent en effet par ces biais des possibilités de conservation, de diffusion, de visualisation, de partage et d'utilisation des images dont l'éventail des possibilités pour l'avenir nous échappe encore.

ÉMILIE TRÉBUCHET

APPROCHE ENVIRONNEMENTALE DES SOCIÉTÉS HUMAINES

Il n'a l'air de rien, ce petit échantillon. Pourtant, sous le microscope, c'est tout un paysage qui apparaît. Grains de pollen et spores font le bonheur des palynologues, les bio-archéologues de l'infiniment petit.

L'échantillon provient d'une carotte prélevée dans le sédiment d'un site archéologique, à Rue, dans la Somme. À l'abri d'un cordon littoral de galets, les conditions de conservation se sont révélées exceptionnelles. Si bien qu'il est possible de se faire une idée du paysage végétal local et environnant sur plusieurs millénaires. Voilà qui confirme que les restes végétaux sont essentiels pour approcher l'histoire au long cours des sociétés anciennes, sans oublier leur insertion dans le milieu alentour.

Vue au microscope optique d'un échantillon palynologique prélevé sur le site de Rue, dans la Somme. Il témoigne de la concentration en grains de pollen, spores et divers résidus de matière organique.

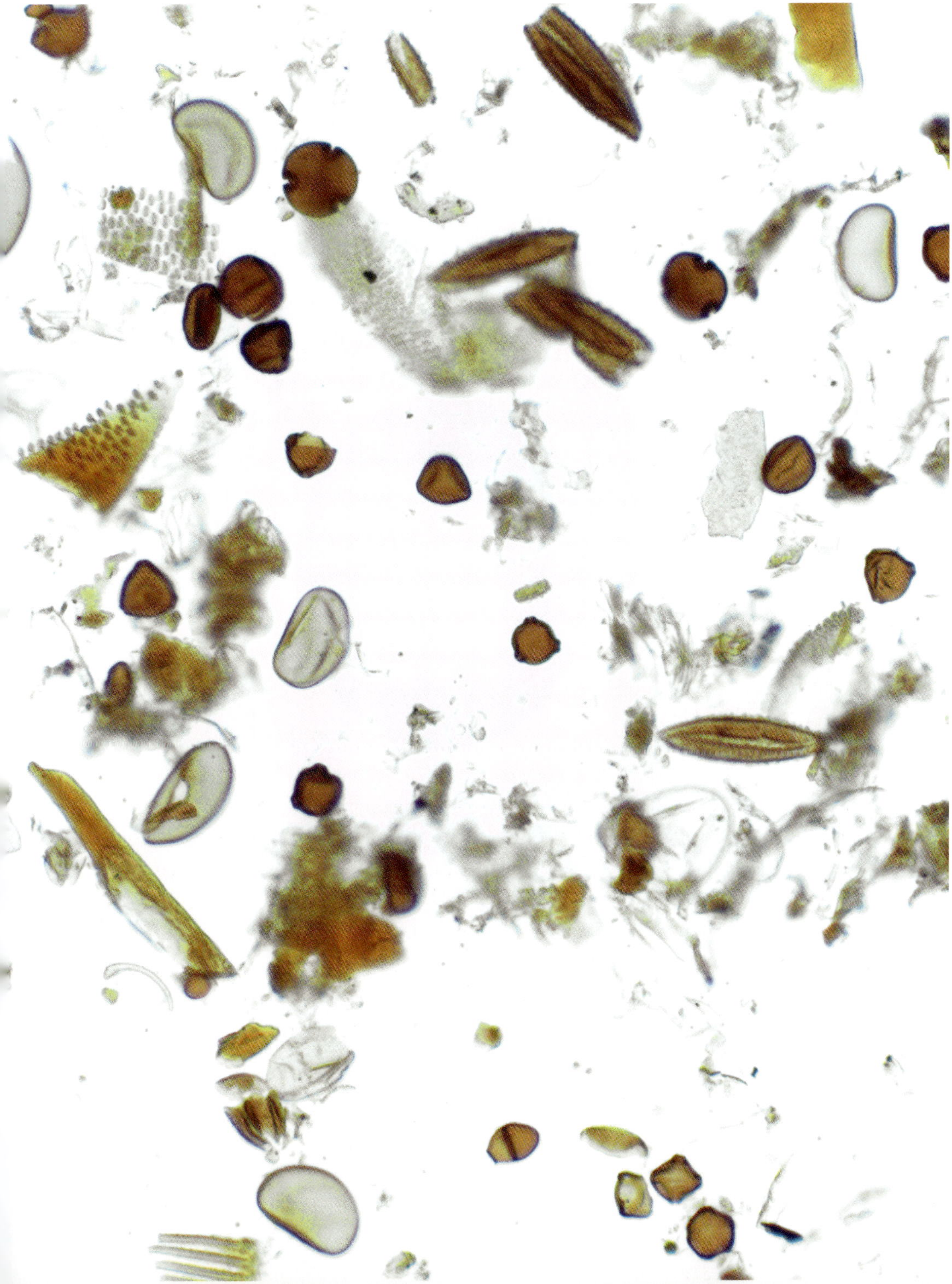

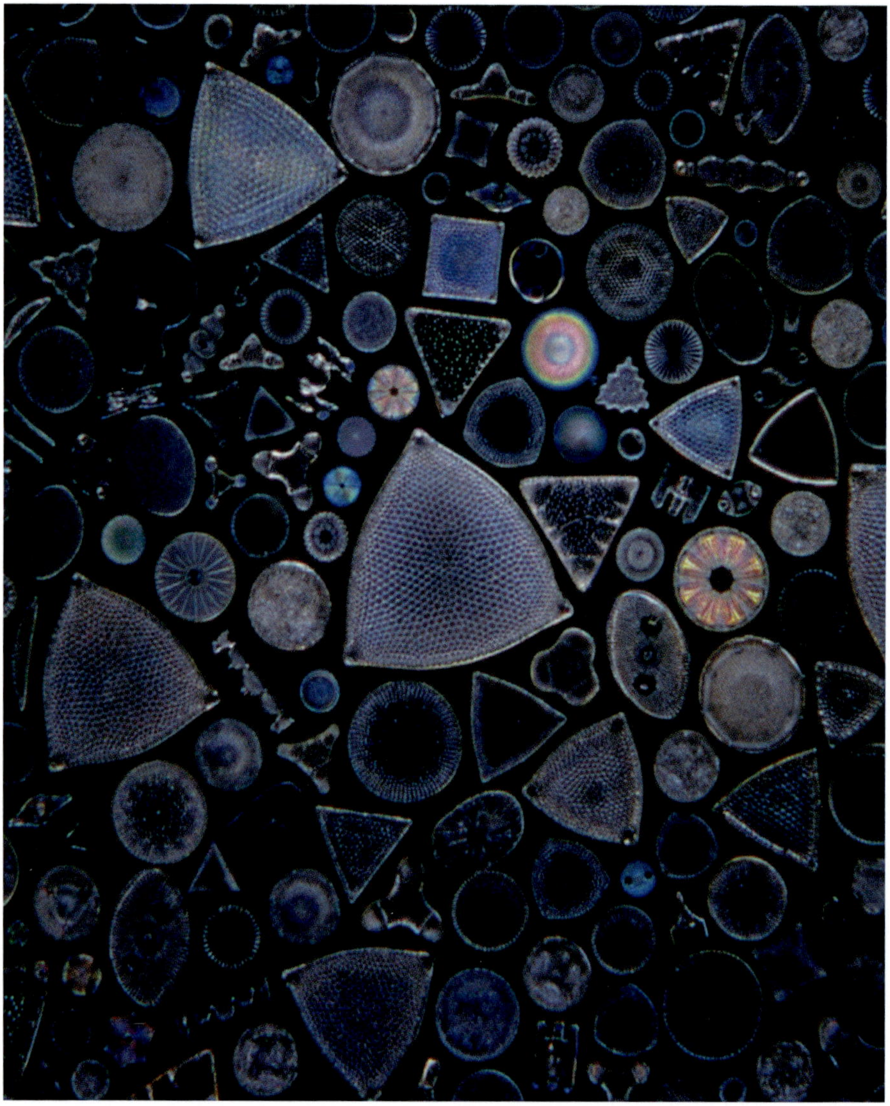

Les diatomées sont des microalgues. Tout comme un spectre pollinique enregistre le paysage végétal, elles sont le reflet de leur milieu : certaines espèces se développent en eau douce, d'autres, à l'inverse, en milieu spécifiquement marin, d'autres encore en contexte saumâtre.

Les premiers Néolithiques qui se sont installés là ont évolué dans un environnement boisé de type chênaie à tilleul. Il a en effet été identifié à la base de cette séquence pollinique, constituée de sables organiques encore uniquement alimentés par des apports d'eau douce. Mais ce sont leurs successeurs qui ont commencé à modifier cet environnement, d'après les indices polliniques retrouvés dans la zone suivante, qui correspond à une formation de tourbe. Ici, la chênaie est remplacée par une forêt de bouleaux. L'occupation de l'âge du Bronze se traduit ensuite par l'ouverture du milieu et le développement d'une prairie. La présence des diatomées révèle également des apports marins, avec beaucoup d'espèces prospérant dans les marais côtiers et les étangs tourbeux.

Restituer l'histoire du couvert végétal

Ainsi, grâce à la palynologie, nous parvenons à comprendre l'évolution sur le temps long du climat et de la végétation sur le territoire national. L'ensemble des séquences polliniques étudiées à ce jour constituent un trésor qui offre un cadre général continu, depuis la fin du Pléistocène, couvrant ainsi le Tardiglaciaire (environ 16000 à 9700 avant notre ère) et l'Holocène, l'actuel interglaciaire.

Dans un premier temps, les variations du couvert végétal répondent à des changements climatiques. À une steppe de climat froid succèdent des forêts ouvertes de pins et bouleaux, ce qui traduit des conditions plus clémentes, avant un dernier retour à des conditions très rigoureuses. Avec le réchauffement, c'est d'abord la forêt de pin qui s'impose. Elle s'effacera ensuite devant le développement des feuillus : d'abord le noisetier, espèce pionnière, puis des essences nécessitant des températures plus élevées, qui constitueront une chênaie mixte à tilleul. Des aulnaies vont ensuite envahir les fonds de vallées. Au sein des formations forestières, une chênaie/hêtraie remplacera enfin la chênaie à tilleul.

Bientôt, un autre facteur va avoir une influence de plus en plus forte sur ce couvert végétal : *Homo sapiens*. Les premiers indices polliniques de sa présence sont ainsi enregistrés par l'augmentation de plantes dites rudérales (les « mauvaises herbes »), telles que des plantains, des orties, qui se développent sur des sols piétinés et enrichis en nitrates. Puis viennent les grains de pollen de céréales, qui indiquent les phases de mise en culture ; des déboisements sont aussi enregistrés. À l'inverse, des phases de déprise agricole se lisent de même : bien sûr, d'abord par un recul des indices polliniques de présence humaine qui viennent d'être évoqués, mais aussi par la reconquête forestière. Celle-ci se déroule généralement en deux temps : un développement des ligneux pionniers, comme le noisetier, puis des essences forestières. La peste noire, qui a ravagé le pays au XIVe siècle et donc entraîné une baisse démographique et une raréfaction des exploitations agricoles, apparaît ainsi dans nombre de séquences polliniques.

De notre empreinte sur le milieu végétal

Grâce aux études polliniques réalisées sur les sites archéologiques, nous sommes capables de déterminer dans quel environnement les hommes se sont implantés, quel a été l'impact de cette occupation sur le paysage, et comment ils ont exploité ce milieu.

Cette mainmise sur le paysage est aujourd'hui modélisée pour différentes périodes, notamment le Néolithique et l'âge du Fer. Cela grâce à la masse des données enregistrées par des études paléoenvironnementales de plus en plus systématiques durant les dernières décennies, fortes du développement de l'archéologie préventive.

Par exemple, lors du projet mené par Geertrui Blancquaert et François Malrain sur les habitats ruraux du second âge du Fer, la compilation des données sur une grande partie du territoire national a permis un fascinant regard croisé entre les informations archéologiques, qui s'appuient ici sur la densité des établissements ruraux, les études carpologiques (sur les graines et les fruits, témoins des pratiques agricoles) et les études palynologiques, qui enregistrent la réponse environnementale. Deux principaux pics d'occupation surgissent alors : le premier entre 550 et 500 avant notre ère (avec principalement des sites de fond de vallée) et

Un exemple de végétation typique du Bølling/Allerød, phase d'amélioration climatique entre deux épisodes froids du Tardiglaciaire : une forêt de pins et de bouleaux, ici dans le Massif central.

le second, encore plus important, entre 150 et 100 avant notre ère (avec une appropriation de milieux plus divers). Ils correspondent à deux phases d'ouverture du milieu et d'amplification des activités humaines, même si un léger décalage est observé.

Ainsi, la fin du Ve siècle avant notre ère est marquée par un recul des formations boisées, qu'il s'agisse de la ripisylve (végétation de bord de rive) en fond de vallée ou de la chênaie/hêtraie des versants, tandis que le mode de culture adopté est la polyculture, avec des céréales, des légumineuses et des oléagineux. L'image qui apparaît pour cette période est alors celle d'un paysage en mosaïque : petits champs, pâtures, bois et zones humides. Vient ensuite une phase de stabilisation des principaux groupements forestiers, voire une reconquête des aulnaies, pouvant traduire une déprise humaine, bien observée sur le terrain avec le net recul de la densité de sites archéologiques au cours du IVe siècle avant notre ère.

Au Ier siècle avant notre ère, des défrichements importants reprennent, touchant principalement les aulnaies et les formations héliophiles (végétation ayant besoin de lumière), conjointement à un large essor

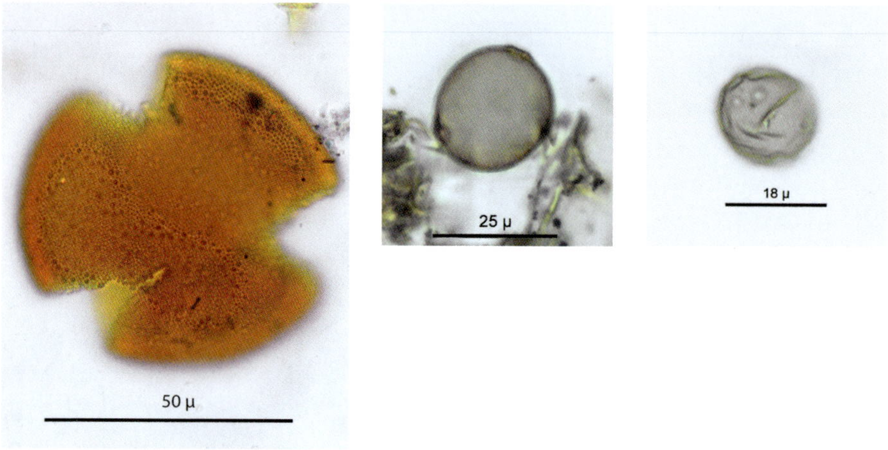

Grains de pollen de lin, de chanvre et d'urticacées, plantes susceptibles de fournir des fibres textiles.

des zones de prairie et à une intensification des cultures céréalières. La monoculture remplace maintenant la méture (culture mixte de deux espèces ou plus), avec des différences géographiques : un système extensif spécialisé dans les céréales les plus rentables dans le Nord et le Nord-Est et, *a contrario*, un système plus intensif, alternant diverses cultures et également dédié à l'élevage, dans le Nord-Ouest.

Une micro-histoire à la loupe du végétal

Le palynologue extrait en outre des informations à l'échelle du terroir, voire du site archéologique. C'est ainsi qu'il reconstitue les activités agropastorales pour une période donnée. Sur un terroir, il lui est par exemple possible de localiser précisément les espaces dédiés aux cultures, ceux dévolus aux pâtures pour le bétail, ou encore les zones laissées délibérément boisées ; cette zonation se trouve d'ailleurs souvent corrélée à des conditions locales différentes, en fonction des types de sol, de leur capacité de drainage et de leur potentiel agricole. Des activités textiles ont été aussi détectées sur certains sites. On retrouve alors les grains de pollen de plantes qui fournissent des fibres, comme le lin, le chanvre ou l'ortie, ou encore des plantes tinctoriales.

Autre exemple : l'étude des rejets végétaux de l'alimentation humaine, dans les sédiments de latrines. Celle de la ferme médiévale fouillée à Tergnier, dans l'Aisne, montre une évolution au cours du temps. Ses occupants consomment d'abord une nourriture variée, avec des céréales, mais ensuite cuisinent essentiellement des brassicacées (*Brassicaceae*, famille des choux, navets, etc.). Ce changement d'habitude alimentaire se perçoit également à travers la vaisselle dédiée à la cuisson. Dans un même registre, l'examen des contenus stomacaux permet de se faire une idée du (ou des) derniers repas du défunt.

L'archéologie funéraire livre également des informations d'ordre cultuel avec, par exemple, la nature des dépôts végétaux contenus dans la tombe : litières d'herbes, de fougères, ou offrandes végétales dans des vases qui accompagnent le défunt. Les cas d'embaumement fournissent enfin un spectre des plantes utilisées dans cette pratique, liant alors le symbolique et la pharmacopée.

Au carrefour de plusieurs disciplines

La palynologie apporte des connaissances qui vont bien au-delà de la restitution du milieu végétal. Elle touche des domaines aussi variés que les activités agro-sylvo-pastorales, l'artisanat, l'alimentation, les gestes funéraires et le cultuel. Elle est bien la plus exhaustive des disciplines archéobotaniques, puisqu'elle perçoit toute la végétation (la strate herbacée comme arborée, les plantes à fleurs, mais aussi les mousses et les fougères). Elle gagne cependant à s'appuyer sur d'autres spécialités. D'abord celles du monde végétal avec la carpologie (étude des graines et semences), la xylologie et l'anthracologie (respectivement études des bois et charbons de bois), ou l'étude des phytolithes, mais aussi celles du monde animal, comme l'entomologie (étude des insectes) et la malacologie (étude des mollusques) terrestre et fluviatile – deux disciplines qui sont riches d'informations sur le couvert végétal, sa structure et les données climatiques.

MURIEL BOULEN

L'ARCHÉOBOTANIQUE, UNE DISCIPLINE EN PLEINE EXPANSION

Quels étaient les champs qui entouraient Gergovie ? Quelles plantes y poussaient ? Quid du pain que mangeaient les Gallo-Romains ? L'archéobotanique vise à répondre à ces questions, et à beaucoup d'autres encore.

Gergovie, c'est bien sûr la célèbre bataille qui vit la victoire (provisoire) de Vercingétorix et des Arvernes sur Jules César, en 52 avant notre ère. On connaît le récit qu'en fit le proconsul. Mais ce qui intéresse les archéologues aujourd'hui, c'est plutôt de reconstituer les modes de vie, l'alimentation, le réseau des exploitations agricoles, la gestion de la ressource en bois et les pratiques culturales des populations voisines de l'*oppidum*.

Aussi, depuis plus de vingt ans, sur cette terre fertile – et particulièrement en plaine de Limagne –, des fouilles préventives menées par l'Inrap à l'occasion de grands travaux liés à l'aménagement du territoire ont permis de développer de nombreux programmes de recherche autour des Gaulois,

Coupe archéologique du rempart de Gergovie, lieu de la célèbre bataille victorieuse.

dont l'étude de restes microscopiques de pollens et de spores, et celle de vestiges de plus grosse taille : graines, fruits et bois. Bref, l'étude des écofacts (terme employé en opposition au mot artefact), observés grâce aux nouvelles technologies, est en pleine expansion, sous la houlette des archéotobanistes.

Vers une spécialisation de l'agriculture gauloise

L'enquête archéobotanique en pays arverne a été réalisée sur plus de quarante sites gaulois, couvrant les cinq derniers siècles avant notre ère. Ceux-ci se trouvaient dans un rayon de 20 kilomètres autour de la ville de Clermont-Ferrand, où les archéologues ont mis au jour un réseau

Tamisage des sédiments de la nécropole gallo-romaine de Rosières-aux-Salines en Meurthe-et-Moselle. Cette opération vise à récupérer les macrorestes (graines, charbons, os brûlés...) et les petits objets (fragments de céramique, de métal...) qui n'ont pas été vus lors de la fouille.

dense de fermes, d'agglomérations et d'*oppida*. Au début de la période gauloise, du Ve au IIIe siècle, l'agriculture est centrée sur une combinaison de céréales – orge à grains vêtus et orge nue, blés vêtus (amidonnier et engrain), blés nus, millets commun et d'Italie, épeautre, seigle, avoine – et de légumineuses – fève, lentille, pois, gesse, ers. Au cours des deux siècles précédant la conquête romaine, le système agricole devient plus spécialisé : blé épeautre, blé engrain et millets se font alors rares dans la plaine de Clermont-Ferrand. Le même phénomène est observé pour les légumineuses : fève et gesse ont quasi disparu.

Les données sur les pollens corroborent cette interprétation en mettant en évidence l'ouverture progressive du paysage au détriment de la forêt, le début d'une exploitation intensive de la plaine avec la culture de céréales et la présence de pâturages permanents dès le début de l'époque gauloise. Comme dans le reste de la Gaule, les agglomérations se développent vers la fin de la période, aux dépens des fermes auparavant prédominantes. Le contrôle des techniques agricoles et une généralisation des outils en fer reflètent probablement la nécessité de nourrir cette population en croissance, sans oublier celle des *oppida*. L'augmentation des rendements aurait ainsi permis aux agriculteurs de passer de la polyculture à une récolte plus spécialisée.

Les données issues des analyses entreprises sur les restes de bois conservés par l'eau ou carbonisés indiquent qu'à partir du IIe siècle avant notre ère l'exploitation du hêtre est en diminution, au profit de celle du bois de chêne. La fin de période gauloise est également marquée par une exploitation exponentielle du sapin. L'accroissement de la collecte des autres essences au Ier siècle avant notre ère pourrait être consécutif à un morcellement du paysage de la plaine de la Limagne.

L'émulation scientifique des deux dernières décennies a donc permis d'affiner nos connaissances sur la gestion des ressources végétales et du paysage par le peuple de Vercingétorix, mais aussi d'observer une période de transition, au IIe siècle avant notre ère. Plusieurs disciplines archéobotaniques y ont contribué : la carpologie (l'étude des graines), l'anthracologie (les charbons), la palynologie (les pollens) et la xylologie (les bois). Des travaux de recherche équivalents, ailleurs en Gaule, confirment ainsi la spécialisation dans les cultures à la fin de la période gauloise.

Faire resurgir les paysages du passé

L'étude des restes botaniques a d'autres intérêts, à commencer par reconstituer les paysages avec toujours plus de finesse. En contexte « naturel » comme sur les sites archéologiques, les analyses menées sur les charbons de bois visent notamment à raconter l'histoire de la forêt, les formes de gestion forestière, la biogéographie des essences identifiées, le peuplement forestier et, par conséquent, les événements climatiques. Des méthodes d'observation novatrices réalisées sur le plan transversal du charbon de bois renseignent sur son état initial – vert et humide ou séché avant sa combustion. Elles sont complétées par des mesures des cernes de croissance permettant d'étudier un paysage clairsemé. L'identification du bois par la présence de traces d'insectes xylophages indique aussi à quel moment ces animaux l'ont infesté : sur le bois vivant, le bois mort ou le bois ouvragé. La petite vrillette, par exemple, est fréquemment identifiée sur des bois carbonisés archéologiques.

Bien sûr, la collecte du bois et ses conséquences sur l'état de la forêt sont en outre un bon indicateur des conditions de la vie quotidienne, comme l'illustre le site néolithique du village d'Arbon-Bleiche 3, au bord du lac de Constance, en Suisse. L'étude dendroanthracologique (des cernes du bois, mais aussi des charbons) a démontré que la population a dû s'adapter à des changements dans son environnement, ce qui entre en résonance avec les modifications climatiques et écologiques actuelles.

Quelle alimentation ?

Préparation du pain, élaboration des boissons fermentées, telles que le vin et la bière, ustensiles associés, etc. : autant d'aspects qu'il est désormais possible d'étudier sur le temps long, afin d'approcher la vie quotidienne des sociétés anciennes et leur évolution. Une méthodologie nouvelle d'analyse des pains et des galettes intègre ainsi plusieurs types de lecture de ce matériau organique particulier. Au-delà de l'observation initiale des pains à la loupe binoculaire à différents grossissements, une analyse en microscopie électronique à balayage assure également l'identification des tissus végétaux et des levures, et donc la mise en évidence des ingrédients

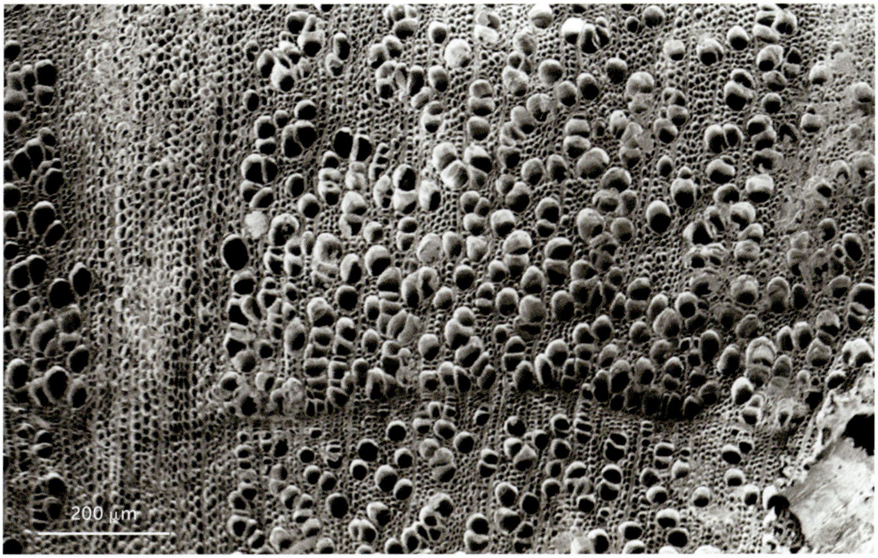

Coupe transversale d'un charbon de noisetier avec vue sur les vaisseaux conducteurs de sève.

employés dans la panification. Par exemple, dans le cimetière gallo-romain de Saint-Memmie, en Champagne-Ardenne, un pain calciné remarquablement bien conservé a été découvert dans une fosse contenant des objets brûlés. Son étude a mis non seulement en évidence les céréales utilisées dans sa préparation, mais a permis d'étudier les procédés mobilisés (broyage, tamisage, levain, cuisson). Les résultats ? Le pain est composé de farine finement moulue d'un mélange d'orge et de blés à grains vêtus, et a été visiblement préparé sans levain.

Différents cépages des vignobles anciens ont également été analysés, grâce à l'étude de la forme des restes fossiles de pépins de raisin et de bois de vigne. Ce programme de recherche, réalisé à l'Institut des sciences de l'évolution de Montpellier, révèle ainsi les caractéristiques et la diversité des vignes et des vins produits et consommés en France de la préhistoire au Moyen Âge, c'est-à-dire de la domestication de la vigne sauvage endémique de nos forêts aux mélanges de cépages élaborés.

Restes de pépins de raisin minéralisés et graines carbonisées de blé amidonnier et de pois.

Les études isotopiques renouvellent aussi les connaissances. Celle réalisée sur des restes de céréales par le Laboratoire méditerranéen de préhistoire Europe Afrique, a identifié un foyer de domestication du millet en Chine au cours du VIIIe millénaire avant notre ère et sa diffusion à travers l'Eurasie, jusqu'à la côte atlantique !

Du passé à l'avenir de l'agriculture

La génétique est également mise à contribution dans les analyses archéobotaniques. L'Institut national de recherche en agronomie à Clermont-Ferrand est doté d'un laboratoire d'extraction et de séquençage de l'ADN ancien de restes archéobotaniques, qui fournit ainsi des « instantanés » des états génétiques passés, par la suite comparés aux espèces modernes. De quoi éclairer, par exemple, la domestication des plantes au Néolithique ou leur adaptation aux changements environnementaux qui se sont produits par le passé (température, concentration en CO_2 de l'atmosphère, etc.). Ces percées ouvrent des pistes intéressantes pour la sélection des variétés futures, les mieux adaptées aux changements

climatiques actuels et à venir… Une recherche en cours sur les blés devrait nous donner leur origine géographique suivant un courant de néolithisation méditerranéen ou danubien en provenance du Proche-Orient.

Enfin, des recherches sur l'ADN ancien de vignes, réalisées par l'Institut des sciences de l'évolution de Montpellier, défendent l'hypothèse d'une forte contribution du patrimoine génétique des vignes sauvages d'Europe occidentale dans la composition des cépages actuels.

Prendre date

Les analyses des restes botaniques s'ancrent donc dans les grandes problématiques sociétales sur les régimes alimentaires, l'agriculture, l'érosion de la biodiversité, l'adaptation de la végétation et des forêts aux climats et aux actions des humains. Le réchauffement climatique de la planète, de +7 °C d'ici 2100 d'après les dernières prévisions, est un défi pour les sociétés à venir. Un regard sur les rapports qu'ont entretenus les sociétés du passé avec leur environnement livre une leçon d'humilité et peut-être même les clés de notre survie.

MANON CABANIS

RENDRE L'OBJET BAVARD

L'archéologue n'est plus un chasseur de trésors. Il est devenu un scientifique, qui ne traque plus le bel objet. Souvent, il devra néanmoins partir de ce dernier – mais de tous les objets, du plus fastueux au plus anodin –, précieuse source d'informations, à la base même de son travail, pour reconstituer le quotidien.

« *Non mais ! Il faut arrêter ! Et à Vatry, savez-vous ce que nous a coûté l'archéologie préventive ? 10 millions de francs ! Pour découvrir des stocks de boîtes de Coca-Cola, datant de l'occupation américaine du site !* »

(Assemblée nationale, 18 décembre 2002)

L'objet façonné par l'homme – ou artéfact – est parfois dérisoire, en regard des sommes dépensées pour le mettre au jour. Pourtant, l'archéologue ne gaspille pas l'argent public. Il a développé des compétences et des savoir-faire qui font qu'aujourd'hui même une simple bouteille de Coca-Cola peut fournir des informations précieuses, comme nous allons le voir.

Cette fameuse bouteille, avec ses sœurs jumelles, a fait parler d'elle lorsqu'elles furent découvertes dans des fosses de stockage du Calvados, en

Bouteille de Coca-Cola fabriquée en Allemagne dans les années 1940 et découverte lors de fouilles archéologiques menées à Mosles, dans le Calvados.

Coca-Cola

Normandie. Les archéologues avaient conclu qu'il s'agissait de l'installation d'une unité américaine, datant du Débarquement de juin 1944. Mais cette unité se révéla totalement imaginaire.

Car l'étude des bouteilles (inscription moulée, verre, numéro de série, etc.) prouva par la suite qu'elles étaient de fabrication… allemande. Coca-Cola avait en effet développé en Allemagne une filiale, Coca-Cola GmbH. Avec l'entrée en guerre des États-Unis, en 1941, la source se tarit. Coca-Cola GmbH inventa alors la boisson Fanta, à partir d'ingrédients de substitution. Les bouteilles normandes provenaient donc d'un stock envoyé pour soutenir le moral des troupes. Les fosses ne dataient pas de juin 1944 mais au mieux de 1942, lors de la construction du mur de l'Atlantique.

Cette anecdote illustre à quel point les objets archéologiques, utiles pour dater et identifier les sites, servent aussi aux historiens et aux sociologues. Car de quoi est-il question ici ? De corriger ou préciser des attributions culturelles, des échanges commerciaux, voire des choix alimentaires ; nous sommes au cœur des problématiques archéologiques.

L'objet remonte le temps

Terre cuite, pierre, métal, verre, fibre ou os, etc. : à peine sorti de terre et arrivé en laboratoire, l'artéfact va être compté, classé et organisé. Depuis les années 1950, les archéologues bénéficient d'innovations technologiques (la révolution numérique n'étant pas la moindre) et de nouveaux outils conceptuels pour gérer les immenses masses documentaires. Chaque vestige possède sa propre carte d'identité, grâce à laquelle il pourra être regroupé avec d'autres suivant leur forme et leur apparence, au niveau du site, de sa région, voire à des échelles géographiques beaucoup plus importantes. L'enjeu sera ensuite de les positionner dans le temps, sur une échelle chronologique : tel type de casque sera typique de l'âge du Bronze, tel autre de l'âge du Fer. L'objet daté devient datant ; l'archéologue l'utilise alors comme un élément supplémentaire pour apprécier l'époque de fréquentation d'un site, de sa genèse à son abandon.

L'objet comme un drapeau

Mais les chercheurs ne font pas que dater les objets. Ils les étudient dans leurs moindres aspects : matériau, provenance, fabrication, etc. Comment leur artisan a-t-il été formé et quelles techniques a-t-il apprises : c'est l'étude de la chaîne opératoire, qui va du matériau brut au façonnage et au rendu final. À quoi ont-ils servi ? Sont-ils l'expression de choix individuels (un besoin personnel) ou collectifs (leur forme, leur décor ou leur usage nous renseignent alors sur la société qui les a conçus) ? En somme, l'objectif

Ensemble de pyrogènes publicitaires (porte-allumettes) en porcelaine et grès cérame. Datés du début du XXe siècle, ils ont été mis au jour à Vénissieux.

de l'archéologue est de se rapprocher de l'anthropologie sociale pour contribuer aux reconstructions des historiens, à l'échelle d'une population ou d'un individu.

Chaque objet est aussi un point d'information sur une carte que le chercheur va considérer à des échelles différentes. D'abord pour construire des modèles géographiques, par exemple la circulation des poteries néolithiques à motif formant des rubans. Ensuite pour définir des cultures, comme celle des Rubanés, auteurs de ces poteries, arrivés depuis le Proche-Orient sur notre territoire *via* la vallée du Danube. Les spécialistes parlent alors de « géographie culturelle ».

Déchets en os d'un atelier de patenôtrier (fabricant de chapelets) du XVe siècle, découvert place des Halles, à Strasbourg.

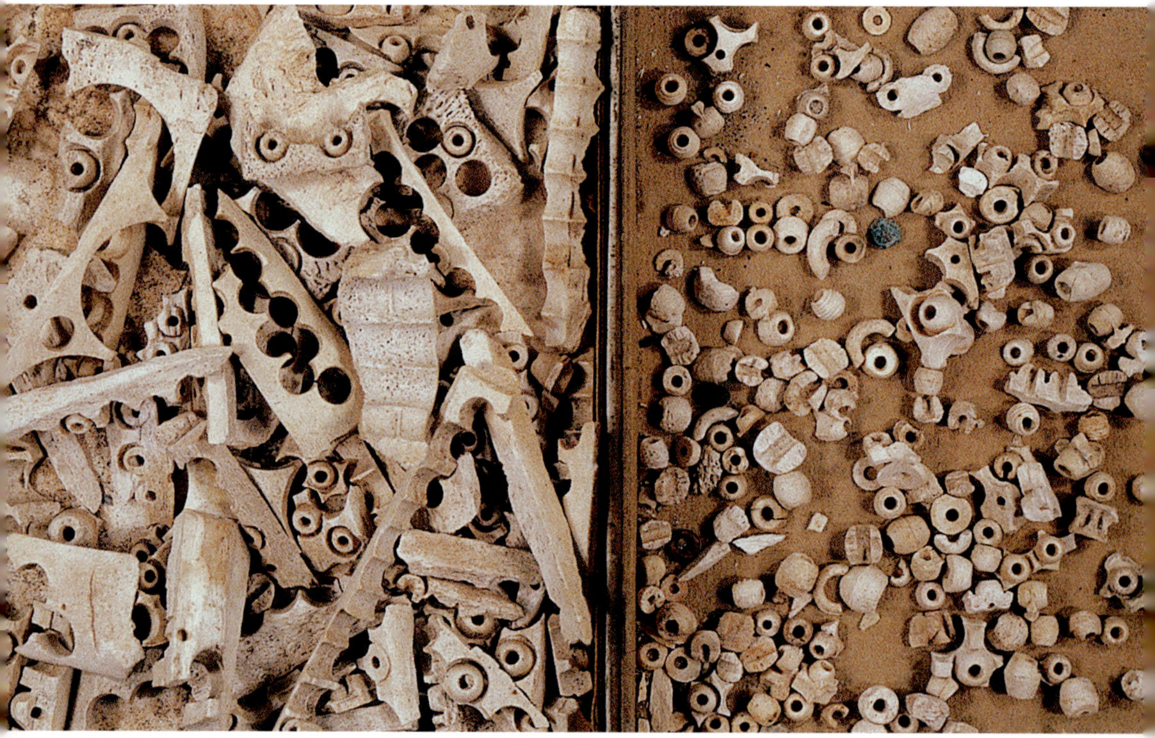

Mais cette notion n'est pas sans écueil. L'objet peut être le témoin de pratiques sociales antérieures mais intégrées dans un processus culturel ou économique nouveau, comme aujourd'hui, à l'ère du tout-numérique, certains persistent à écouter de la musique sur disque vinyle. Les cartes sont alors brouillées, et le chercheur devra faire appel à toute sa sagacité pour analyser l'artéfact, sa situation et le contexte général de l'époque. Il en est de même pour les objets investis d'un statut particulier, les fameux « biens de prestige » des archéologues (bracelets, statuettes, objets en or, en ambre…) qui circulent sur des espaces plus importants.

L'objet et ses pièges

À plus petite échelle, la position de l'objet sur le site lui-même est aussi porteuse de sens. Par exemple, dans un contexte funéraire, chaque vestige est mis en scène et véhicule des messages aux connotations variables – habits du défunt, biens personnels, dons faits au mort par la société, objets utilisés lors des funérailles ou objets/vecteurs d'échanges entre les vivants et le mort. Même chose pour l'habitat : chaque objet témoigne d'une activité particulière en rapport avec le contexte. C'est André Leroi-Gourhan qui a le premier développé cette notion pour l'étude des sites préhistoriques. Depuis, les archéologues de chaque période se sont emparés de la méthode. Lorsqu'ils étudient une couche archéologique, ils notent les relations entre objets de nature variée, la position du vestige lui-même, analysent sa fragmentation et le déplacement des bris, etc. – bref, autant d'informations qu'il est nécessaire de renseigner, de décrire puis de comprendre pour proposer une restitution ethnographique des occupations humaines.

Pour éviter les pièges et les faux amis, comme la bouteille de Coca-Cola, l'objet doit être envisagé dans toutes ses dimensions : sa structure, sa conception et son fonctionnement ; en fait, l'ensemble des critères permettant de couvrir sa destination et son usage.

Là encore, prudence dans l'interprétation ! Prenez ces dépotoirs comportant de très nombreux restes – vaisselles en terre cuite ou métal, restes osseux, etc. –, dont le volume dépasse une consommation familiale. Ils sont souvent qualifiés de « reliefs de banquet » pour les périodes anciennes. Pour autant, s'agit-il de repas des élites (une notion parfois

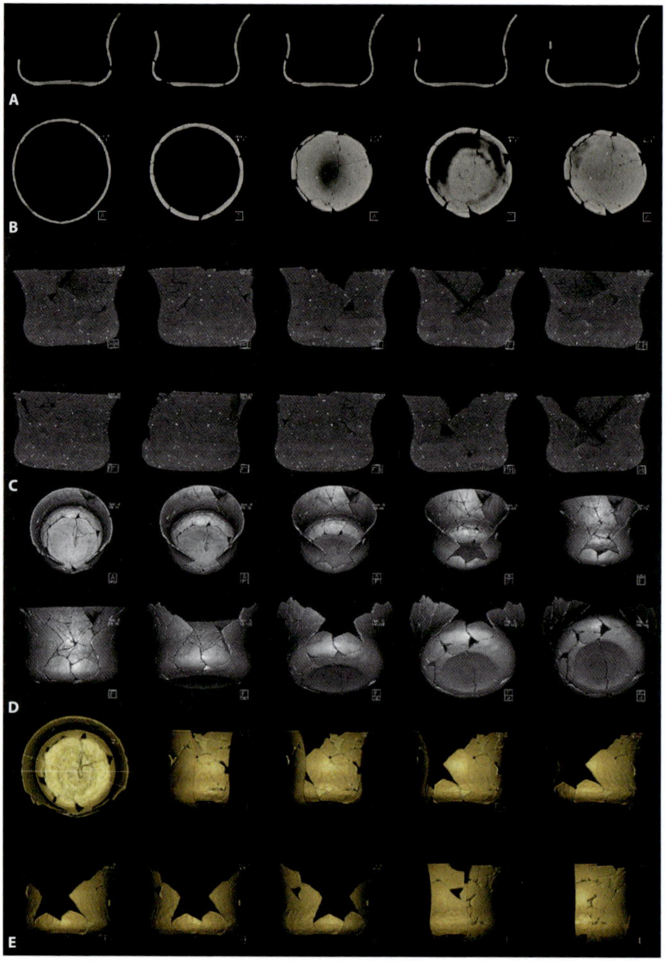

Analyse par tomodensitométrie d'un gobelet campaniforme. La tomodensitométrie est le nom scientifique de la scanographie par rayons X, technique d'imagerie très courante en médecine. Elle permet d'obtenir des images en coupe d'un objet à trois dimensions et, grâce au cumul de ces images, de procéder à sa reconstruction 3D. Elle réalise une cartographie d'un artéfact et un enregistrement systématique des densités des matériaux le composant. Cette analyse de la matière au cœur des objets est non destructive et fournit des paramètres qualitatifs et quantitatifs sur les matériaux utilisés, afin de définir et de comprendre les structures internes de l'objet, son mode de fabrication et son état de conservation.

justifiée par la nature des objets), de repas de moisson ou de travaux des champs ? C'est toujours un repas collectif, mais son but, son organisation et ses participants diffèrent.

L'objet voyageur

Positionné dans le temps, situé dans l'espace, chaque objet, bien identifié dans sa conception, sa fonction et son appartenance culturelle, est le témoin idéal pour mettre en valeur des échanges de matériaux et de savoir-faire. C'est une problématique forte de l'archéologie depuis les premiers travaux des « antiquaires », ces érudits, passionnés des mondes anciens, qui œuvraient au cours des XVIIIe et XIXe siècles. Grâce à l'évolution des méthodes d'analyse, il est aujourd'hui possible de relativiser les théories qui abondaient au siècle dernier – invasions et autres migrations massives – au profit d'une lecture plus fine des échanges d'objets, *via* des réseaux économiques ou sociaux, ou des voyages individuels. Pour certains objets, chargés de valeurs importantes (pécuniaires et/ou culturelles), les échanges prennent encore d'autres significations. Il peut s'agir de dons pour s'assurer la clientèle d'un individu ou d'un groupe lors d'une alliance maritale ou diplomatique. L'objet est alors porteur d'une identité forte.

L'objet et son contenant

L'archéologue ne s'intéresse donc plus seulement aux beaux objets. Il embrasse tous les artéfacts, du plus joli au plus misérable. Et les fait parler. Mais ceux-ci ne sont pas les seuls témoignages des sociétés disparues. D'autres vestiges les accompagnent : les biomatériaux, dont il n'a pas été fait mention ici (restes osseux, pollens, graines, charbons…). Au XXIe siècle, artéfacts et biomatériaux se confrontent et se complètent, grâce au progrès des méthodes d'analyse qui repèrent les résidus organiques, souvent invisibles à l'œil nu. Désormais, il est par exemple possible de savoir si une poterie néolithique ou médiévale a contenu du lait, du miel, de la cire, de la bière ou toute autre substance d'origine végétale ou animale.

CYRIL MARCIGNY

L'ARCHÉOLOGIE PORTUAIRE : PLONGÉE DANS L'ANTIQUITÉ

Octobre 2013. Dans le Vieux-Port de Marseille, marins et promeneurs assistent à la mise à l'eau du Gyptis, réplique expérimentale d'un bateau de pêche antique. Construit avec les techniques de l'époque, sans clous ni vis, il a nécessité vingt ans de recherche et 8 000 heures de travail !

Gyptis est la jeune princesse celte qui, selon la légende, choisit comme époux le Grec Protis, arrivé sur place le jour de ses noces. C'est l'origine mythique de la ville de Massalia, fondée vers 600 avant notre ère, à partir du coin de terre accordé en dot par le père de Gyptis, le roi ligure Nannus, aux Grecs de Phocée. Le modèle utilisé – une grande barque de pêche et de transport côtier – date en effet de quelques décennies à peine après l'arrivée des premiers colons grecs dans la calanque du Lacydon, qui deviendra le port de Marseille. Il s'agit de l'épave *Jules-Verne 9*, découverte en 1993 sous la place du même nom. Abandonnée certainement parce que vétuste, elle était associée à au moins huit autres épaves antiques, naufragées dans un espace portuaire anciennement en eau et mis au jour lors de la construction d'un parking jouxtant l'actuel Vieux-Port.

Gyptis *est une réplique navigante d'un bateau du VIe siècle avant notre ère, dont l'épave a été découverte lors des fouilles du port antique de Marseille.*

Rue Jean-François-Leca, à Marseille, ont été découvertes trois épaves échouées sur une plage avant d'être ensevelies au XIXe siècle par les travaux d'aménagement des actuels quais portuaires de la Joliette (ortho-image de l'épave n° 2).

Une belle aventure

Ce projet d'archéologie expérimentale visait à reconstruire le bateau, selon les procédés des charpentiers grecs du milieu du VIe siècle avant notre ère, en particulier son mode d'assemblage « cousu », caractéristique de la construction navale grecque archaïque : planches maintenues par des ligatures végétales et coque enduite de poix et de cire d'abeille pour en assurer l'étanchéité.

Ce savoir est le fruit d'études minutieuses et d'hypothèses archéologiques, que l'expérimentation a permis ou non de valider. Les archéologues se sont ainsi confrontés à la réalité des gestes, des techniques et du choix des matériaux nécessaires à la construction. Cette ultime phase d'une étude d'archéologie navale, très rarement mise en œuvre, a abouti à des voyages expérimentaux pour tester les capacités nautiques du bateau. Une contribution sans équivalent à la restitution des conditions de navigation antique, à la rame et à la voile, des pratiques liées à la pêche et au transport maritime, ainsi que du quotidien et du travail des marins à bord.

C'est après les percements urbains du XIXe siècle, et surtout après les bombardements du quartier du Panier lors de la Seconde Guerre mondiale, que les premières traces des docks romains sont apparues dans les décombres. Depuis, les connaissances sur le port antique de Marseille se sont très largement enrichies, au gré des projets d'aménagements urbains et des opérations d'archéologie préventive qui les ont précédés. Dix siècles d'utilisation se matérialisèrent alors : infrastructures portuaires (quais, appontements, digues, cales de halage, bassin de ravitaillement en eau douce pour les bateaux), entrepôts pour les marchandises en transit, aménagements liés à la construction et à la réparation des navires (hangars à bateaux, chantiers navals, bassins de traitement des bois de construction navale, etc.).

Ces fenêtres ouvertes sur le passé maritime de la ville – la Bourse, les places Jules-Verne et Villeneuve-Bargemon, la rue de la République ont restitué, par petites touches successives, l'évolution des activités maritimes et la monumentalisation progressive du port, des origines à la fin de l'Antiquité romaine, au Ve siècle de notre ère. Une autre fenêtre temporelle s'est ouverte en 2017, au 22 de la rue Jean-François-Leca, grâce à trois épaves échouées sur une plage alors aux marges de la ville, puis enfouies lors des grands travaux d'aménagement du port de commerce de la Joliette, au XIXe siècle. Elles ont apporté un nouvel éclairage sur l'activité portuaire du littoral marseillais 2 000 ans plus tard.

À l'origine sous les eaux ou à l'interface terre-mer, ces sites ont été découverts enfouis sous plusieurs mètres de sédiments, qui ont progressivement comblé les anciens espaces en eau, déplaçant la ligne de rivage en gagnant sur la mer. Ils s'inscrivent dans une importante série de ports antiques révélés par l'archéologie préventive au cours des vingt-cinq dernières années, à Toulon, Fréjus, Antibes, mais aussi à Ostie-Portus, près de Rome, à Naples, Olbia et Pise, en Italie, à Pula, en Croatie, ou à Istanbul, dans le quartier de Yenikapı, en Turquie.

Épaves abandonnées

Les nombreuses épaves antiques de bateaux, retrouvées dans ou à proximité immédiate des ports de Marseille, d'Arles, de Fos, de Toulon ou d'Antibes, sont l'occasion d'observer les particularités locales, les influences et l'évolution des traditions architecturales dans un espace nautique

Cette tablette à écrire en bois de quelques centimètres porte une inscription pyrogravée « XL(quadragesima) GALL(iarum) ST(atio) MASS(iliae) », attestant le rôle de Marseille comme station douanière du Quarantième des Gaules. Il s'agit d'une taxe imposée par Rome sur toutes les marchandises entrant ou sortant de Gaule, à une période (IIIe siècle de notre ère) où la cité maritime a censément perdu son rôle de plaque tournante au profit de sa voisine Arles.

précis. Certains navires ont coulé suite à un naufrage, en raison d'avaries ou de tempêtes, leur cargaison à peine chargée ou prête à décharger : un exceptionnel arrêt sur image d'un voyage commercial interrompu ! D'autres épaves, dont seule la coque est conservée, sont celles de bateaux parvenus en fin de parcours et abandonnés, ou parfois remployés dans la construction de quais, comme caisson préfabriqué rempli de pierre ou d'amphores vidées : ainsi à Toulon, Marseille et Narbonne.

La présence, souvent inédite, d'embarcations spécifiquement liées aux activités portuaires ou à la navigation côtière de proximité a un autre mérite : elle documente un pan méconnu de l'histoire de la construction navale et de la navigation. À Marseille, deux épaves romaines présentent ainsi un puits central permettant de les identifier comme des chalands à clapets utilisés pour l'entretien portuaire, sans doute au moment des très importants dragages pratiqués au début du Ier siècle de notre ère dans le fond du port, par exemple celui de Naples, où subsistent des traces impressionnantes.

À Toulon, deux petits bateaux romains avaient une coque asymétrique munie d'un tableau avant. Leur étude comparée avec des découvertes italiennes plus récentes à Naples et à Ostie-Portus (ports de la Rome impériale) permet de les rapprocher d'un bateau de servitude portuaire appelé *Horeia*, représenté sur la mosaïque tunisienne d'Althiburus, véritable catalogue de bateaux antiques du IIIe siècle. Autre découverte : à Ostie-Portus, celle d'une barque de pêche avec un réservoir à poste fixe sur la coque, pour la conservation *in vivo* des poissons.

Des quais très fréquentés

Sur le fond marin, de spectaculaires accumulations d'objets témoignent de l'intense fréquentation des quais bordant les bassins des ports ou des zones de mouillage plus ou moins aménagées dans un abri naturel – calanque, rade, lagune –, où de petites embarcations de service assuraient le chargement et le déchargement des hommes et des marchandises. Parfois conservés sur plusieurs mètres d'épaisseur, ces milliers d'objets bénéficient des excellentes conditions de préservation d'un milieu maintenu humide sous les sédiments au fil des siècles, même si les produits transportés en

Fouille en cours d'un édifice du Ier siècle de notre ère, aujourd'hui submergé dans le port de Fossae Marianae *(actuel Fos-sur-Mer), avant-port maritime d'Arles.*

vrac (le blé, notamment) ou dans des conteneurs en matériaux périssables (tonneaux, outres, sacs) n'ont que très peu résisté aux outrages du temps.

Il s'agit de marchandises tombées accidentellement lors des transbordements ou jetées volontairement à l'eau parce que abîmées ou brisées, d'objets appartenant aux marins, reconnaissables aux marques d'appropriation gravées, ou encore d'outils pour l'entretien des navires, de pièces d'accastillage et de gréement, etc. La masse de ces dépotoirs est constituée d'amphores, conteneurs durables utilisés pour le transport des principaux produits alimentaires commercialisés durant l'Antiquité d'un bout à l'autre de la Méditerranée : huile, vin, produits à base de poisson, fruits. Certaines ont conservé leur contenu ou les inscriptions peintes sur leurs flancs, livrant ainsi des informations de première main rarement préservées ailleurs. S'y mêlent des milliers de vases en céramique ou en verre parfois encore empilés, des objets en bronze, des monnaies, des bijoux.

Vers un commerce romain mondialisé

Interface entre cultures méditerranéennes et peuples de l'intérieur de l'Europe occidentale, le littoral méridional de la Gaule conserve les traces des premiers échanges avec les mondes grec, étrusque ou punique. À partir du IIe siècle avant notre ère, un important réseau portuaire succède aux installations des colonies grecques. Il se développe le long des routes maritimes méditerranéennes désormais dominées par Rome et ouvre largement les portes aux flux commerciaux vers l'intérieur des terres septentrionales.

Ainsi, le rôle prédominant de la grecque Massalia s'estompe autour du changement d'ère au profit d'Arles, ville romaine et port fluvial sur le Rhône relié à son avant-port maritime Fos par le canal de Marius. Ce double port fluvio-maritime devient le principal point d'entrée, pour la circulation des hommes et des marchandises, vers la capitale des Gaules – Lyon – et les provinces du nord. Dès le début de la période impériale (Ier siècle de notre ère), soldats des camps du *limes* de Germanie ou de Grande-Bretagne et habitants aisés des provinces consomment, comme à Rome, des produits en provenance de l'ensemble du monde méditerranéen.

L'étude des contextes portuaires du sud de la Gaule, notamment ceux de Narbonne et du delta du Rhône – Arles, Fos, Saintes-Maries-de-la-Mer – livre peu à peu un nouvel éclairage sur les modalités de ce commerce à grande échelle, à la croisée des espaces de navigation maritime et fluviale. Ces derniers nécessitent une flotte adaptée et un réseau portuaire optimisant ruptures de charges et continuité du trafic fluvio-maritime.

SOUEN FONTAINE

ÉLOGE DE LA FABRIQUE

Dominique Garcia

Au terme de ce panorama, nous sommes maintenant en mesure d'apprécier l'évolution, sur le temps long, des composantes naturelles et culturelles de nos territoires. En effet, dans cet ouvrage, si chaque site archéologique est appréhendé au niveau local, il tend à interroger l'universel : une histoire qui colle à nos semelles, mais fait porter loin notre regard.

Cette *Fabrique de la France* est directement nourrie par vingt ans d'archéologie préventive, grâce à l'abondante moisson documentaire collectée en amont des travaux d'aménagement, et par le croisement des réflexions menées par les chercheurs en sciences humaines et en sciences de la nature. Mais l'apport de ces recherches de terrain et leur mise en perspective dépassent le seul cadre de la démarche historique. De fait, chaque fouille préventive annonce et interroge une mutation prochaine de nos paysages actuels – urbains comme ruraux – en même temps qu'elle met au jour un ou plusieurs états d'occupation antérieurs, qui sont ensuite restitués par l'étude.

La fouille de Pont-Sainte-Maxence (ci-contre et page suivante), dans l'Oise, a révélé un ensemble monumental inédit, daté du IIe siècle de notre ère, dont la connaissance et les éléments architecturaux dégagés vont enrichir le patrimoine d'un territoire au passé antique encore sous-estimé.

Cette activité scientifique déployée à l'échelle de nos territoires est relativement récente. Longtemps, notre pays a pratiqué une archéologie « des autres » : celle, surtout, des civilisations gréco-romaines, de l'Égypte ancienne et du Proche-Orient. Dans les années 1970, on ne comptait en France guère plus que 600 archéologues, dont la moitié œuvrait à l'étranger. Aujourd'hui, on dénombre six fois plus de professionnels, dont la très grande majorité explore notre sous-sol : notre intérêt pour les sociétés anciennes de l'Hexagone s'est affirmé en même temps que notre responsabilité de citoyen aménageur s'est fait jour. Les milliers de fouilles réalisées par l'Inrap depuis sa création en 2002 sont l'enregistrement des occupations de communautés qui ont habité et modifié l'environnement dans le passé, mais aussi la conséquence de la mise en place de 10 000 km d'autoroutes, de 2 000 km de lignes de train à grande vitesse et de dizaines de milliers d'aménagements publics ou privés qui, à leur tour, comme par un effet miroir, marquent les paysages actuels et projettent notre société dans l'avenir.

À cette forme d'introspection de notre passé collectif vient s'ajouter la production d'une matière économique, sociale et culturelle inédite. En faisant face au passé à l'occasion d'aménagements d'avenir, l'archéologie préventive produit un héritage vivant dont nos sociétés contemporaines sont à même de se saisir. L'archéologie préventive est faite d'interactions : avec le développement économique, qui est la source de son existence, avec les paysages, dont elle lit les mutations, avec les territoires, qu'elle contribue à façonner, avec les acteurs scientifiques, culturels et pédagogiques, qu'elle accompagne, et surtout, enfin, avec les citoyens.

Richesses de l'archéologie

En mettant en œuvre, après avoir surmonté de nombreux dissentiments, le dispositif d'archéologie préventive, la France a su instaurer un cercle vertueux permettant de concilier deux actions fortes de l'État : l'aménagement du territoire et la connaissance du patrimoine archéologique. Ressources non renouvelables, les richesses archéologiques sont appréciées, expertisées et, le cas échéant, le site est fouillé et le patrimoine conservé par l'étude. Notre pays a fait le choix d'un procédé qui ne sanctuarise pas le gisement archéologique et ne fossilise pas les territoires.

Au-delà de l'apport scientifique, on doit aussi mettre en avant la création d'une richesse économique additionnelle. Le résultat des fouilles – objets mis au jour et analyses produites – vient enrichir les collections des musées publics et alimente les nouvelles infrastructures culturelles qui, aujourd'hui, constituent d'importants pôles d'attractivité. En France, le champ culturel et patrimonial représente sept points du produit intérieur brut, et la place occupée par l'archéologie n'y est pas négligeable. Du terrassement préalable aux fouilles aux analyses effectuées sur les vestiges mis au jour, en passant par l'industrie touristique, ce sont des centaines d'emplois directs ou indirects qui sont créés et maintenus dans chaque région grâce à l'archéologie préventive.

En permettant la construction d'infrastructures et de logements, notamment en ville, à la suite des fouilles, le dispositif mis en œuvre depuis 2001 participe à la redynamisation des centres urbains tout en livrant l'histoire et en la transmettant aux générations futures. En cela, archéologie et développement durable nourrissent un lien étroit.

Étudier les éclats de silex préhistoriques dépasse la simple analyse d'objets inertes : c'est avant tout identifier la nature des matériaux, appréhender le territoire exploité et saisir l'enchaînement des gestes qui ont abouti à la création des outils.

Une histoire plurielle

On l'aura noté, les exemples interrogés par les chercheurs dans cet ouvrage ne répondent pas à un cadre socio-historique préconçu : à l'échelle de nos territoires contemporains, leur étude vise à enrichir une histoire plurielle et non pas à illustrer un récit national figé. Le plus souvent, en effet, au sein de la période chronologique d'occupation révélée par les fouilles, le site archéologique n'est pas plus ultramarin (de quel rivage est jeté le regard ?) que rural (la ville est une invention neuve dans l'histoire de l'humanité) ou encore périphérique (de quelle culture dominante ?), que déshérité (selon quel critère ?), en secteur sensible (pour qui ?) ou encore enclavé (dans quel espace ?).

L'archéologue ne désigne pas de sa hauteur : il enquête et analyse, rassemble des preuves, livre la documentation et soumet des conclusions. Cette démarche ne peut être confondue avec du « politiquement correct », car elle autorise tous les points de vue et toutes

Projet pédagogique et appropriation de l'histoire : dans la cour du collège Victor-Hugo à Narbonne, dans l'Aude, les élèves fouillent et étudient les vestiges du capitole de l'ancien chef-lieu de la province de Narbonnaise.

les interprétations ; à chaque étape, pour chaque strate significative, le cadre culturel, économique ou social est ajusté.

En soi, cette approche objectivée des territoires anciens peut être un précieux repère pour celles et ceux qui occupent ou parcourent aujourd'hui ce même espace et contribuent à le « fabriquer ». Au-delà de servir à l'écriture de l'histoire à partir d'archives du sol inédites, les sites archéologiques sont par leur matérialité de bons supports pédagogiques, tangibles et accessibles à tous, permettant d'aborder, au gré des découvertes, des thèmes réputés sensibles comme les changements climatiques, l'impact humain sur l'environnement, les migrations, l'esclavage, l'histoire du genre, la santé et la démographie, la place des personnes handicapées dans la société, celle de la religion, les politiques de la ville ou la gestion des déchets…

Un chantier de fouille permet bien souvent de montrer une archéologie en train de se faire et constitue un laboratoire de recherche hors les murs, une forme de sensibilisation de proximité et pour tous publics aux pratiques scientifiques. C'est aussi le lieu pour évoquer le temps de la recherche et souligner que cette discipline ne se limite pas à la phase du terrain : rendez-vous est donné régulièrement dans les centres archéologiques implantés sur tout le territoire, dans les musées ou lors de journées dédiées où les différents spécialistes exposent les résultats de leurs travaux. Enfin, la présentation de l'archéologie auprès des plus jeunes associe observations sur le terrain et ateliers, dans une démarche active et participative, articulant le matériel et le conceptuel. Elle illustre notamment la « pédagogie de l'enquête » : des indices et des observations débouchent sur des analyses, des comparaisons de résultats et des interprétations. Elle permet aussi d'appréhender les notions d'échelles, de l'observation au microscope à celle d'un territoire dans son entier. Cette réflexion globale suscite l'appropriation de connaissances par l'expérience et la réflexion, de préférence à celles acquises par assimilation de savoirs descendants.

Dépasser les frontières

On perçoit là toute la richesse de l'approche territoriale de la discipline, mais l'archéologie est aussi une science qui favorise le décloisonnement. L'étude des sites avec leurs données environnementales et/ou culturelles alimente des synthèses – chronologiques ou thématiques – nationales, voire internationales : les peuplements paléolithiques, la néolithisation, la diffusion des pratiques métallurgiques, les grands mouvements migratoires de la fin de l'Antiquité et du premier Moyen Âge, les processus coloniaux et les premières formes de globalisation…

Les terrains d'étude de l'archéologie préventive en France – dans l'Hexagone, dans l'océan Indien, dans les Caraïbes, en Amérique, et dans ce qui est aujourd'hui le deuxième espace maritime le plus étendu au monde – mettent en réseau l'histoire nationale et celle des différentes régions de la planète. En cela aussi, l'archéologie préventive œuvre à une fabrique mondiale de la France. En Afrique du Sud, en Algérie, au Cambodge, en Italie, au Paraguay et dans d'autres régions de la Terre, les méthodes de l'archéologie préventive élaborées en France sont mises en œuvre par l'Inrap, à la demande et en collaboration avec des institutions locales. S'il ne s'agit pas là de l'écriture d'une histoire commune, ce sont, en revanche, le partage de compétences et l'adoption d'outils comparables qui facilitent ensuite la lecture des récits transmis.

Épaisseur de notre histoire

Récemment, par exemple, une *Histoire mondiale de la France* ou un *Atlas historique de la France* ont montré les capacités de la discipline historique à renouveler son propos et à enrichir la réflexion, nous entraînant bien loin d'un roman national, centralisateur et mystique, qui aspire encore à imposer ses repères, ses acteurs et son rythme.

En privilégiant l'étude stratigraphique d'un million d'années de relations complexes entre l'humain et les espaces qu'il a parcourus, exploités, transformés ou dominés, cette *Fabrique de la France* cherche avant tout à donner – de façon concrète et rigoureuse – de l'épaisseur à notre histoire. Par là même, la notion d'origine et toute forme de généalogie sont gommées, tout comme paraît obsolète l'écriture du récit unique d'un espace providentiellement bordé de frontières naturelles. Bien au contraire, la superposition d'échelles qu'impose l'étude des sites révélés par l'aménagement du territoire conduit l'archéologue à en apprécier les productions matérielles, à pointer les héritages et les innovations, à en saisir ruptures et continuités. À travers le temps, définir, lire et penser les espaces de cette fabrique toujours active.

Dès le milieu du XIXe siècle, les archéologues retrouvent des traces d'occupations préhistoriques dans la stratigraphie de la carrière de Saint-Acheul, à Amiens : déjà, aménagement du territoire et archéologie révélaient les premiers rouages de cette fabrique de la France.

BIBLIOGRAPHIE

PRÉHISTOIRES DU TERRITOIRE

Les Néandertaliens p. 24

› Condemi, S. et Savatier, F., *Néandertal, mon frère*, Paris, Flammarion, 2016.
› Depaepe, P., *La France du Paléolithique*, Paris, La Découverte-Inrap (Archéologies de la France), 2009.
› Patou-Mathis, M., *Néandertal de A à Z*, Paris, Allary Éditions, 2018.

Quand nos ancêtres côtoyaient les mammouths p. 32

› Djindjian, F. (dir.), *La Préhistoire de la France*, Paris, Hermann, coll. « Histoire et Archéologie », 2018.
› Patou-Mathis, M., *Histoires de mammouth*, Fayard, 2015.
› *Mémoire de Mammouth, (cat. expo. Musée national de Préhistoire, juin-nov. 2018)*, Musée national de Préhistoire, 2018.

Les étonnantes gravures d'Angoulême p. 40

› Biard, M. et Hinguant, S., avec la collaboration de Beurion, C., Deloze, V., Forré, P. et Sellami, F., « Le bivouac préhistorique du Buhot à Calleville (Eure), caractérisation d'un assemblage lithique lamino-lamellaire de la fin du Paléolithique supérieur », *Recherches archéologiques*, n° 2, Inrap/CNRS Éditions, 2011.
› Biard, M., avec la collaboration de Bemilli, C., Chaussé, C. et Donnard, K., « Une occupation temporaire au Belloisien ? Le cas du locus 28704 du site d'Alizay (Seine-Maritime) », in *Les sociétés de la transition du Paléolithique final au début du Mésolithique dans l'espace Nord-Aquitain : Actes de la table ronde organisée en hommage à Guy Célérier*, Musée national de Préhistoire, 24-26 juin 2015, Les Eyzies-de-Tayac, 2018.
› Naudinot, N., Boudier, C., Laforge, M., Paris, C., Bellot-Gurlet, L., *et al.*, « Divergence in the evolution of Paleolithic symbolic and technological systems: The shining bull and engraved tablets of Rocher de l'Impératrice », *PLOS One* 13(9): e0204464, 2018.

Marseille avant Massalia p. 48

Buisson-Catil, J. et Sénépart, I., « Marseille avant Marseille, la fréquentation préhistorique du site », *Archéologia*, n° 435, juillet-août 2006, p. 28-31.
› Sénépart, I., Weydert, N., Dubesset, D. et Sargiano, J.-P., « The Limpets and Winckles› Enigma, premier aperçu sur la malacofaune marine des occupations mésolithiques et néolithiques de la colline Saint-Charles à Marseille (VIIIe millénaire-IVe millénaire av. J.-C.) », *Bulletin de la Société préhistorique française*, vol. 114, n° 1, janvier-mars 2017, p. 25-52.
› Sénépart, I., « L'occupation néolithique de Marseille et ses environs », *in* Bouiron, M. (dir.), *L'histoire de Marseille révélée par l'archéologie, Dossier d'archéologie*, n° 389, septembre/octobre 2018, p. 14-19.

Les nouvelles formes d'habitat du Néolithique p. 56

› Giligny, F. et Sénépart, I., « Construire et habiter au Néolithique / Building and dwelling during the Neolithic », *in* Guilaine, J. et Garcia, D. (dir.), *La Protohistoire de la France*, Paris, éditions Hermann, Histoire et Archéologie, 2018, p. 27-51.
› Guilaine, J., *La Seconde Naissance de l'Homme : Le Néolithique*, Paris, éditions Odile Jacob, 2015.
› Pétrequin, P. (éd.), *Construire une maison, 3000 av. J.-C. Le lac de Chalain au Néolithique*, Paris, Éditions Errance, 1991.

L'animal au sein des sociétés néolithiques p. 64

› Bostyn, F., Lanchon, Y. et Chambon, P. (dir.), *Habitat du Néolithique ancien et nécropoles du Néolithique moyen I et II à Vignely « la Porte aux Bergers », Seine-et-Marne*, vol. 64, Mémoires de la Société préhistorique française, 2018.
› Lemonnier, P., « Anthropolgie des objets

ordinaires : faire, faire faire et faire penser, nouveaux regards sur les techniques », conférence de Pierre Lemonnier au musée du quai Branly à l'occasion du cycle intitulé « L'Ethnologie va vous surprendre! », 2015, www.sam-network.org/video/anthropologie-des-objets-ordinaires-nouveaux-regards-sur-les-techniques

VILLES ET ÉCHANGES

Les surprenants dépôts de l'âge du Bronze p. 74

› Kazek, K.-A. et Simon-Millot, R. (dir.), *Des offrandes pour les dieux* : les dépôts d'objets métalliques à l'âge du Bronze en Sarre et Lorraine, Milan, Silvana Editoriale, 2019.
› Véber, C., « Le dépôt de Farébersviller (Moselle), ensemble du Bronze final IIIB (fin IXe-début VIIIe avant N. E.) », *Archaeologia Mosellana*, vol. 4, 2002, p. 35-80.

De Lavau à Vix : les élites celtiques et la Méditerranée p. 82

› Dubuis, B. et Garcia, D., avec la collaboration de Millet, E., « Les contacts entre la Méditerranée archaïque et le monde celtique : le cas de la tombe de Lavau (Aube) », *Académie des Inscriptions et Belles-Lettres, Comptes rendus des séances de l'année 2015*, juillet-octobre, fasc. III, Paris, 2015, p. 1185-1212.
› Dubuis, B. et Garnier, N., « La question du vin sur le pôle aristocratique de Troyes : Lavau, un exemple éclairant », *in* Dohrmann, N. et Riquier, V. (dir.), *Archéologie dans l'Aube, des premiers paysans au prince de Lavau*, Catalogue de l'exposition ArkéAube, 2018, p. 264-269.
› Rolley, C. (dir.), *La tombe princière de Vix*, Paris, Picard, 2003, 2 vol., Société des amis du musée du Châtillonnais.

Une nouvelle tombe étrusque en Corse p. 90

› Jehasse, J. et Jehasse, L., *La nécropole préromaine d'Aléria 1960-1968*, Paris, Éditions du CNRS, 1973.
› Jehasse, J. et Jehasse, L., *Aléria. Nouvelles données de la nécropole*, Lyon, Maison de l'Orient, 2 vol., 2001.
› Vidal, L., Biron, M., Ecard, P., Figueiral, I., Forest, V., Haurillon, R., Manniez, Y., Piskorz, M., Raux, S., Rigeade, C., Seguin, M. et Sivan, O., *Aléria (2B) Lamajone : rapport de diagnostic*, Nîmes, Inrap Midi-Méditerranée, 2019.

La ville gauloise fortifiée p. 100

› Buchsenschutz, O., Chardenoux, M.-B., Krausz, S. et Vaginay, M. (dir.), *L'âge du Fer dans la boucle de la Loire – Les Gaulois sont dans la ville*, Actes du XXXIIe colloque de l'AFEAF, Bourges, 1er-4 mai 2008, *Revue archéologique du Centre de la France*, supplément n° 35, Tours, 2009.
› Fichtl, S., Le Goff, E., Mathiaut-Legros, A. et Menez, Y. (dir.), *Les premières villes de l'Ouest : Agglomérations gauloises de Bretagne et Pays de la Loire*, Catalogue d'exposition, 30 avril 2016-31 mars 2017, Musée archéologique départemental de Jublains (Mayenne), 2016.

Des vestiges antiques sous les jardins parisiens p. 108

› Busson, D., *Atlas du Paris antique, Lutèce, naissance d'une ville*, Parigramme, 2019.
› Robin, S., *Construire à Lutèce*, Paris Musées, 2007.
› Busson, D. et Robin, S., *Les grands monuments de Lutèce, premier projet urbain de Paris*, Paris Musées, 2009.
› Robin, S., *Et Lutèce devint Paris, Métamorphoses d'une cité au IVe siècle*, Paris Musées, 2011.

Reims, carrefour économique sous l'Empire romain p. 116

› Mathelart, P., Zech-Matterne, V., Auxiette, G., Bandelli, A., avec la collaboration de Deru, X., Florent, G., Pagnoux, C., Rollet, P. et Sindonino, S., « Cuisiner et manger dans la capitale des Rèmes de l'époque augustéenne au IVe siècle de notre ère : approche croisée des données

céramologiques, archéozoologiques et carpologiques », *in* Costamagno, S., (dir.), *Histoire de l'alimentation humaine : entre choix et contraintes,* Paris, Édition électronique du CTHS (Actes des congrès des sociétés historiques et scientifiques), 2014.
› *Durocortorum. La céramique de César à Clovis, archéologie urbaine*, Reims, Bulletin de la Société archéologique champenoise, vol. 107, n° 2, 2004.
› Mille, P. et Rollet, P., « Le savoir-faire des tonneliers antiques. Étude de trois grands tonneaux mis au jour à Reims/*Durocortorum* (Marne) », *Gallia*, vol. 77, n° 2, 2020.

L'art décoratif des maisons antiques du sud de la France p. 124

› Boislève, J., Breuil, J.-Y., Houix, B. et Vauxion, O., « Mosaïques et peintures d'un quartier de *Nemausus*. La fouille du parking Jean-Jaurès à Nîmes (Gard) », *in* Balmelle, C., Eristov, H. et Monier, F., « Décor et architecture en Gaule entre l'Antiquité et le haut Moyen Âge. Mosaïque, peinture et stuc », *Aquitania*, supplément 20, Bordeaux, 2011, p. 33-48.
› Houix, B., Breuil, J.-Y., Blanc-Bijon, V., Darmon, J.-P., Linant De Bellefonds, P., « Mosaïques à thèmes mythologiques récemment découvertes sous l'avenue Jean-Jaurès à Nîmes (France) », *Actes du XIe colloque international de l'AIEMA, Bursa, 16-20 octobre 2009*, Istanbul, 2011, p. 447-465.
› Rothé, M.-P., Boislève, J. et Barberan, S., « La maison de la Harpiste et son décor à Arles (Bouches-du-Rhône) : nouvelles données sur l'occupation tardo-républicaine d'*Arelate* », *Gallia*, vol. 74, n° 2, 2017, p. 43-76.

Quand les griffons devinrent chrétiens p. 132

› Fellague, D. et Ferber, E., avec la collaboration de Pont, F. et Papadopoulou, A., « Les remplois de pièces lapidaires antiques de la "fouille Wernert" à Lyon », *La sculpture et ses remplois, Actes du colloque des IIes rencontres autour de la sculpture romaine à Arles les 28-29 octobre 2016*, 2019, p. 60-89.
› Ferber, E., Gisclon, J.-L, Rouzic, M., Savignat, A. et Thomson, I., avec la collaboration de Beal, J.-C., Bonnet, C., Bigot, S., Breniquet, C., Cécillon, C., Fellague, D., Horry, A., Kaki, S., Lalaï, D., Retournard, É., Treffort, C. et Uberti, M., *Lyon 5e (Rhône), 1 place Wernert, Rapport de fouille*, sept. 2018, 7 volumes : vol. 1, texte, 420 p. ; vol. 2, planche, 166 p. ; vol. 3 à 6, catalogue, 5195 p. ; vol. 7, inventaire, 254 p.
› Reynaud, J.-F., *Lugdunum christianum. Lyon du IVe au VIIIe s. : topographie, nécropoles et édifices religieux*, Paris, Documents d'archéologie française, n° 69, 1998.

Paysages visibles et invisibles du premier Moyen Âge p. 140

› Catteddu, I. et Noizet, H. (dir.), *Quoi de neuf au Moyen Âge*, Catalogue de l'exposition de la Villette, Paris, Universcience et La Martinière, 2016.
› Catteddu, I., *Archéologie médiévale en France. Le premier Moyen Âge (V^e-XIe s.)*, coll. « Archéologies de la France », La Découverte-Inrap, 2009.
› Catteddu, I., « L'Europe du premier Moyen Âge », *in* Demoule, J.-P., Garcia, D. et Schnapp, A., *Une histoire des civilisations. Comment l'archéologie bouleverse nos connaissances*, La Découverte-Inrap, 2018, p. 417-422.

HISTOIRES CONNECTÉES

Des musulmans en Provence au Moyen Âge p. 150

› Gleize, Y. et Breuil, J.-Y., avec la collaboration de Houix, B., Mendisco, F., Deguilloux, M.-F. et Pemonge, M.-H., « Trois inhumations musulmanes du haut Moyen Âge à Nîmes. Analyse pluridisciplinaire archéo-anthropologique », *in* Richarté, C., Gayraud, R.-P. et Poisson, J.-M. (dir.), *Actes du colloque international « Héritages arabo-islamiques dans l'Europe méditerranéenne du VIIIe au*

VIIIe s. *Histoire, Archéologie, Anthropologie* », Marseille, 11-14 septembre 2013, Paris, La Découverte-Inrap, 2015, p. 79-89.
› Rébé, I., Raynaud, C., Senac, P., « Le premier Moyen Âge à Ruscino (Château-Roussillon, Perpignan, Pyrénées-Orientales). Entre Septimanie et al-Andalus (VII-IXe s.) », *Monographies d'Archéologie Méditerranéenne*, vol. 34, 2017.
› Richarté-Manfredi, C., « Navires et marchandises islamiques en Méditerranée occidentale durant le haut Moyen Âge. Des épaves comme témoignages des échanges commerciaux entre mondes chrétiens et musulmans (IXe-Xe siècle) », *Mélanges de l'École française de Rome*, Moyen Âge (MEFRM) sous la direction de Arcifa, L. et Nef, A., vol. 129, n° 2, 2017, p. 485-500.
› Ph. Sénac et T. Ibrahim, « Los precintos de la conquista omeya y la formación de al-Andalus (711-756) », Grenade, 2017.

L'archéologie du judaïsme en France p. 158

› Blumenkranz, B., *Art et archéologie des juifs en France médiévale*, Toulouse, Privat, 1980.
› Gensac, A., « Ensemble cultuel hébraïque médiéval de Montpellier », *in* Polonovski, M. (dir.), *Le patrimoine juif européen*, actes du colloque (Paris, MAHJ, 1999), Paris et Louvain, Peeters, 2002, p. 295-305.
› Salmona, P., *Archéologie du judaïsme en France*, coll. « Archéologies de la France », Inrap-La Découverte, 2021.

Entraide, soin et compensation du handicap p. 166

› Blaizot, F., « Des lieux d'accueil pour les personnes handicapées au Moyen Âge ? L'ensemble funéraire de Beaume à Châteauneuf-sur-Isère (Drôme) », *Décrypter la différence, approche archéologique de la place des personnes handicapées dans les communautés du passé*, CQFD, 2009, p 161-168.
› Delattre, V., *Handicap, quand l'archéologie nous éclaire*, Le Pommier-Inrap, 2018.
› Le Forestier, C., « L'appareillage gaulois d'un sujet atteint d'une maladie musculaire à Bobigny (Seine-et-Marne) », in *Décrypter la différence, approche archéologique de la place des personnes handicapées dans les communautés du passé*, CQFD, 2009, p. 119-122.

Les arts de la table à la Renaissance p. 174

› Latrémolière, E. et Quellier, F. (dir.), *Festins de la renaissance. Cuisine et trésors de la table*, catalogue de l'exposition du Château royal de Blois, Somogy Éditions d'art, 2016.
› Ravoire, F. (dir.) et Horry, A. (dir.), *Faïences et majoliques du XVe au XVIIe siècle en France et en Belgique. Pour un bilan des connaissances*, Actes du colloque organisé par l'UMR 6273 (Caen), l'Inrap et le Centre d'étude et de recherche du patrimoine de Sens (Sens, 2010), Dijon, Publications des EUD, 2016.
› Ravoire, F. et Dietrich, A., (dir.), *La cuisine et la table dans la France de la fin du Moyen Âge. Contenus et contenants du XIVe au XVIe s.*, Actes du colloque organisé par l'UMR 5594 (Dijon), l'Inrap et le Centre d'étude et de recherche du patrimoine de Sens (Sens, 8-10 janvier 2004), Caen, Publications du CRAHM, 2009.

L'archéologie des espaces paysagers p. 182

› Bryant, S. et Travers, C., « Ni fait, ni à faire : Chambord, un château à choix multiples », *Bulletin du Centre de recherche du château de Versailles* [En ligne], 2017, mis en ligne le 23 décembre 2017. URL : http://journals.openedition.org/crcv/14356 ; DOI : https://doi.org/10.4000/crcv.14356
› Travers, C., « Méréville : Étude archéologique d'un jardin anglo-chinois », *in* Gaugain, L., Liévaux, P., et Salamagne, A. (dir.), *La fabrique du jardin à la Renaissance*, Tours, Presses universitaires François-Rabelais, 2019, p. 243-257.
› Van Ossel, P., et Guimier-Sorbets, A.-M. (dir.), *Archéologie des jardins. Analyse des espaces et méthodes d'approche*,

Collection Archéologie et Histoire romaine, n° 26, Montagnac, Éditions Monique Mergoil, 2014.

Les fortifications du Mans et leurs pièges mortels p. 190

› Cabot, É., Chevet, P. et Duchesne, S., « La bataille du Mans, apports archéo-anthropologiques à l'étude des guerres de Vendée, 10-13 décembre 1793 », XXXe colloque GALF, Dakar, *Antropo, n° 27*, 2012, p. 15-22, www.didac.ehu.es/antropo › Meunier, H., et Augry, S., L'enceinte romaine du Mans et ses abords, premiers résultats des dernières interventions archéologiques », *in* Bayard, D. et Fourdrin J.-P. (dir.), *Villes et fortifications de l'Antiquité tardive dans le nord de la Gaule, Actes du colloque de Villeneuve-d'Ascq, 25-27 mars 2015*, Lille, *Revue du Nord*, 2019.
› Augry, S., « Un espace urbain singulier : les abords de la cathédrale du Mans. Enjeux et méthodes » in *« Archéologie : Imagerie numérique et 3D » : séminaires scientifiques et techniques de l'Inrap*, 26-27 juin 2018, Rennes, 2019, https://sstinrap.hypotheses.org/878

Inégaux jusque dans la mort p. 198

› Bourgeois, L. et Rémy, C. (dir.), « Demeurer, défendre et paraître. Orientations récentes de l'archéologie des fortifications et des résidences aristocratiques médiévales entre Loire et Pyrénées », Chauvigny, APC, coll. « Mémoires », LXVII, 2014.
› Colleter, R., Pichot, D. et Crubézy, E. (dir.), « Louise de Quengo : une Bretonne du XVIIe siècle. Témoin de la vie aristocratique et de la pratique des funérailles multiples », Presses universitaires de Rennes, coll. « Art & Société ». À paraître.
› Colleter, R., Clavel, B., Pietrzak, A., Duchesne, S., Schmitt, L., Richards, P. M., Telmon, N., Crubézy, E. et Jaouen, K., « Social Status in Late Medieval and Early Modern Brittany: Insights from Stable Isotope Analysis », *Archaeological and Anthropological Sciences*, vol. 11, n° 3, 2019, p. 823837, https://doi.org/10.1007/s12520-017-0547-9
› Colleter, R., « Pratiques funéraires, squelettes et inégalités sociales. Étude d'un échantillon des élites bretonnes à l'Époque moderne ». Thèse de doctorat en « Biologie, Santé, Biotechnologie », Université Paul-Sabatier, Toulouse III, 612 p., 2018, http://thesesups.ups-tlse.fr/4159/

L'archéologie préventive en Guyane française p. 206

› Van den Bel, M., « Nouveaux apports sur l'archéologie du littoral de Guyane : de la préhistoire à la conquête », *Journal de la société des américanistes*, 104-2, 2018.
› Rostain. S., « Histoire de la recherche archéologique dans les Guyanes côtières ». *Les Nouvelles de l'archéologie*, 108/109, 2007, p. 36-56.
› Gassies, E. « L'archéologie », in Barret, J. (dir.), *Nouvel Atlas illustré de la Guyane française*, IRD, 2005, p. 20-25.
› Vacher, S., Jérémie, S. et Briand, J. (dir.), *Amérindiens du Sinnamary (Guyane). Archéologie en forêt équatoriale*. Paris, Éditions de la Maison des sciences de l'homme (Daf 70), 297 p., 1998.

Tromelin : réparer pour survivre p. 214

› Guérout, M., *Tromelin : Mémoire d'une île*, CNRS Éditions, 2015.
› Guérout, M. et Romon, T., *Tromelin, L'île aux esclaves oubliés*, CNRS Éditions-Inrap, 2e édition, 2015.
› Savoia, S., *Les Esclaves oubliés de Tromelin*, Éditions Dupuis, 2015.

Histoires de dépotoirs p. 224

› Brouillaud, S. et Horry, A., « L'alcool à Lyon et dans sa région au début du XXe siècle. Les enseignements d'un dépotoir », *Archéopages « Alcools »*, n° 47, p. 70-79.
› Horry, A., *Poteries de Lyon. 1500-1850. Morceaux choisis du quotidien à Saint-Georges*, Lyon, Éditions Lyonnaises d'Art

et d'Histoire-Inrap, 2012.
› Journot, F. et Bellan, G. (dir.), *Archéologie de la France moderne et contemporaine*, Paris, La Découverte-Inrap, coll. « Archéologies de la France », 2011.

Archéologie de la Seconde Guerre mondiale p. 232

› Carpentier, V. et Marcigny, C., *Archéologie du Débarquement et de la bataille de Normandie*, Rennes, Ouest-France-Inrap, coll. « Histoire », 2019.
› Carpentier, V. et Marcigny, C., « Les camps de prisonniers allemands. Un nouveau champ de recherche pour l'archéologie française », *Archéopages*, n° 39, dossier : « Le sort des vaincus », 2014, p. 64-69.
› Carpentier, V. et Prilaux, G., « L'archéologie des grands conflits mondiaux », *in* Demoule, J.-P., Garcia, D. et Schnapp, A. (dir.), *Une histoire des civilisations, Comment l'archéologie bouleverse nos connaissances*, Paris, La Découverte-Inrap, 2018, p. 516-521.

LECTURES DE NOTRE PASSÉ

La stratigraphie : une lecture de la Terre p. 242

› Bruxelles, L., Berthet, A.-L., Chalard, P., Colonge, D., Delfour, G., Jarry, M., Lelouvier, L.-A., Arnoux, T. et Onezime, O., « Le Paléolithique inférieur et moyen dans le midi toulousain : nouvelles données géomorphologiques et archéologiques », *Paléo*, n° 15, 2003, p. 7-28.
› Bruxelles, L., Colonge, D. et Salgues, T., « Morphologie et remplissage des dolines du Causse de Martel d'après les observations réalisées au cours du diagnostic archéologique de l'aérodrome de Brive-Souillac (Corrèze et Lot) », *Karstologia*, n° 47, 2006, p. 21-32.
› Ménard, C., Bon, F., Dessie, A., Bruxelles, L., Douze, K., Fauvelle, F-X., halidi, L., Lesur, J. et Mensan, R., « Late Stone Age variability in the Main Ethiopian Rift: New data from the Bulbula River, Ziway–Shala basin », *Quaternary International,* n° 343, 01/2014, DOI: 10.1016/j.quaint.2014.07.019, p. 53-68.

Analyser de grandes surfaces p. 250

› Georges-Leroy, M., « LiDAR et histoire de l'occupation du sol en Lorraine », *in* Thiébault, S. (éd.), *L'Archéologie au laboratoire*, Paris, La Découverte, coll. « Recherches », 2013, p. 243-253.
› Evans, D., Pottier, C. et Soutif, D., « Quand la technologie LiDAR révèle l'ampleur de cités enfouies », *Reflets phys.*, n° 63, 2019, p. 65-67, DOI: 10.1051/refdp/201963065.

Précieuses archives photographiques p. 258

› Debray, R., *Vie et mort de l'image : une histoire du regard en Occident*, Paris, Gallimard, coll. « Bibliothèque des idées », 1992.
› Frizot, M., *Nouvelle Histoire de la photographie*, Paris, Larousse, 2001.
› Mondenard Anne de et Le Mée, Isabelle-Cécile, *Comment regarder la photographie*, Éditions Hazan, coll. « Guides Hazan », 2019.
› Trébuchet, E. et Jacquet, C., *Dans l'œil du viseur. La photo révèle l'archéo*, catalogue de l'exposition présentée au musée Saint-Raymond, musée des Antiques de Toulouse (Toulouse, 14 mai-20 sept. 2015), Toulouse, MSR, 2015.

Approche environnementale des sociétés humaines p. 268

› Boulen, M., « Palynologie et géoarchéologie : complémentarité pour la restitution des paléoenvironnements », *in* Deschodt, L. (dir.), *Journée « Géoarchéologie » du 25 mars 2015 à Lille*, Ann. Soc. Géol. du Nord, vol. 22, (2e série), 2015, p. 65-66.
› Magny, M., *Une histoire du climat. Des derniers mammouths au siècle de l'automobile*, Éditions Errance, 1995.
› Reille, M., *Leçons de palynologie et d'analyse pollinique*, CNRS, 1990.

L'archéobotanique, une discipline en pleine expansion p. 276

› Cabanis, M., Deberge, Y., Bouby, L., Hajnalovà, M., Marinval, P., Mennessier-Jouannet, C., Vermeulen, C. et Vernet, G., « Changes in crop cultivation during the last five centuries before the Roman conquest: Archaeobotanical investigation in the Clermont-Ferrand basin, Massif Central, France », *Archaeological and Anthropological Science*, 2015, https://doi.org/10.1007/s12520-015-0260-5

› Collis, J., Krausz, S. et Guichard, V., « Les villages ouverts en Gaule centrale aux IIe et Ier s. av. J.-C. », *in* Guichard, V., Sievers, S. et Urban, O., *Les processus d'urbanisation à l'âge du Fer, actes du colloque de Glux-en-Glenne, 8-11 juin 1998*, Glux-en-Glenne, Centre archéologique européen du Mont Beuvray, coll. « Bibracte », 2000.

› Zech-Matterne, V., Bouby, L., Bouchette, A., Cabanis, M., Derreumaux, M., Durand, F., Marinval, P., Pradat, B., Sellami, M.-F. et Wiethold J., « L'agriculture du vie au Ier siècle avant J.-C. en France : état des recherches carpologiques sur les établissements ruraux », *in* Bertrand, I., Duval, A., Gomez de Soto, J. et Maguer, P. (dir.), *Habitats et paysages ruraux en Gaule et regards sur d'autres régions du monde celtique, Actes du XXIe colloque de l'Association française pour l'étude de l'âge du Fer, 17-20 mai 2007, Chauvigny (Vienne)*, Tome II, Association des publications chauvinoises, coll. « Mémoire », n° XXXV, 2009, p. 383-416.

Rendre l'objet bavard p. 284

› Le Carlier de Veslud, C., Le Bannier, C. et Marcigny, C., « Analyses chimiques de dépôts métalliques terrestres de la Manche (Agneaux, Hallstatt D2-D3 et Surtainville, Bfa3) : des compositions chimiques distinctes marquant deux horizons métalliques bien différenciés », *in* Boulud-Gazo, S. et Mélin, M., *Contributions à l'archéologie de l'âge du Bronze dans les espaces atlantiques et Manche-mer du Nord*, actes des Séminaires archéologiques de l'Ouest, suppl. n° 4 au Bulletin de l'APRAB, 2018, p. 223-238.

› Marcigny, C., Bourgeois, J. et Talon, M., « Cultural geographies, socio-economic complexes and territories along the Channel/Manche – Southern North Sea Littoral (Belgium, England, France) », *in* Suchowska-Ducke, P., Reiter, S.S. et Vandkilde, H., *Forging Identities. The mobility of culture in Bronze Age*, International conference (Aarhus, 2012), BAR International series, series 2772, 2015, p. 221-229.

› Fromont, N. et Marcigny, C., « Acquisition, transformation et diffusion du schiste du Pissot au Néolithique ancien dans le quart nord-ouest de la France », *in* Burnez-Lanotte, L., Illett, M. et Allard, P. (dir.), *Fin des traditions danubiennes dans le Néolithique du Bassin parisien et de la Belgique (5100-4700 av. J.-C.), Autour des recherches de Claude Constantin*, Société préhistorique française et Presses universitaires de Namur, coll. « Mémoire », n° 44, 2008, p. 413-424.

L'archéologie portuaire : plongée dans l'Antiquité p. 292

› *« Ports et navires dans l'Antiquité et à l'époque Byzantine, les dernières découvertes en Méditerranée et en mer Rouge – Marseille, Arles, Ostie... », Dossier d'archéologie*, n° 364, Éditions Faton, 2014.

› Fontaine, S., El-Amouri, M., Marty, F. et Rousse, C., « *Fossae Marianae*, le système portuaire du golfe de Fos et le canal de Marius : un état des connaissances archéologiques », *Revue archéologique de Narbonnaise*, n° 52, 2019, p. 7-146.

› Pomey, P., « Le projet "Prôtis". Construction de la réplique navigante d'un bateau grec du VIe siècle av. J.-C. », *Comptes rendus des séances de l'Académie des Inscriptions et Belles-Lettres*, 158e année, n° 3, 2014, p. 1333-1357.

TABLE DES ILLUSTRATIONS ET CRÉDITS PHOTOGRAPHIQUES

Une nouvelle tombe étrusque en Corse
› p. 91 : © Roland Haurillon, Inrap.
Fouille Laurent Vidal, Inrap.
› p. 92 : © Pascal Druelle.
Fouille Laurent Vidal, Inrap.
› p. 94-95 : © Pascal Druelle.
Fouille Laurent Vidal, Inrap.
› p. 96-97 : © Pascal Druelle.
› p. 97 (droite) : © Pascal Druelle.

La ville gauloise fortifiée
› p. 101 : © G. Leroux, Inrap.
Fouille Elven Le Goff, Inrap.
› p. 102 : © G. Leroux.
Fouille Elven Le Goff, Inrap.
› p. 104 : © et fouille Elven Le Goff, Inrap.
› p. 106 : © Elven Le Goff, Inrap ; Musée archéologique départemental de Jublains – Imagence.

Des vestiges antiques sous les jardins parisiens
› p. 109 : © Myr Muratet, Inrap. Fouille Jacques Legriel, Inrap.
› p. 110 : © Raphaële Kriegel.
Fouille Jacques Legriel, Inrap.
› p. 113 : © et fouille Xavier Peixoto, Inrap.
› p. 114 : © Denis Gliksman, Inrap,
Fouille Jacques Legriel, Inrap.

Reims, carrefour économique sous l'Empire romain
› p. 117 : © J.-J. Bigot, Inrap.
Fouille Agnès Balmelle, Inrap.
› p. 118 : © J.-J. Bigot, Inrap.
Fouille Agnès Balmelle, Inrap.
› p. 121 : © Ph. Rollet, Inrap.
Fouille Agnès Balmelle, Inrap.
› p. 122 : © J.-J. Bigot, Inrap.
Fouille Agnès Balmelle, Inrap.

L'art décoratif des maisons antiques du sud de la France
› p. 125 : © Rémi Bénali, Inrap.
Fouille Marie-Pierre Rothé, Musée départemental Arles antique.
› p. 127 : © et fouille Bernard Houix, Inrap.
› p. 128 : © B. et S. Coignard.
Fouille Jean-Yves Breuil, Inrap.
› p. 131 : © Denis Gliksman, Inrap. Fouille Jean-Yves Breuil, Inrap.

Quand les griffons devinrent chrétiens
› p. 133 : © et fouille Emmanuel Ferber, Inrap.
› p. 135 : © et fouille Emmanuel Ferber, Inrap.
› p. 137 : © et fouille Emmanuel Ferber, Inrap.
› p. 138 : © A. Valois, Inrap.
Fouille Emmanuel Ferber, Inrap.

Paysages visibles et invisibles du premier Moyen Âge
› p. 141 : © Denis Gliksman, Inrap. Fouille Isabelle Catteddu, Inrap.
› p. 144 : © Pilar Martin Ripoll, Inrap. Fouille Michiel Gazenbeek, Inrap.
› p. 145 : © François Gauchet, Inrap. Fouille Michiel Gazenbeek, Inrap.
› p. 146 : © Joseph Le Gall, Inrap. Fouille Joseph le Gall, Inrap et Y. Menez, Drac.

Histoires connectées
› p. 148-149 : © Denis Gliksman, Inrap. Fouille François Gentili, Inrap.

Des musulmans en Provence au Moyen Âge
› p. 151 : © P. Pliskine, Inrap.
Fouille Jean-Yves Breuil, Bernard Houix, Inrap.
› p. 152 : © Yves Rigoir/ Ministère de la Culture – Drassm.
› p. 154 : © L. Savarese/Centre archéologique R. Marichal de Ruscino, ville de Perpignan.
› p. 156 : © Musée archéologique de Saint-Raphaël ; ph. Anne Joncheray.

L'archéologie du judaïsme en France
› p. 159 : © Métropole Rouen Normandie ; ph. Alan Aubry.
› p. 160 : © Métropole Rouen Normandie ; ph. Alan Aubry.
› p. 161 : © et fouille Christian Markiewicz.
› p. 163 : © et fouille Philippe Blanchard, Inrap.

Entraide, soin et compensation du handicap
› p. 167 : © Jean-Pierre Aguer.
› p. 168 : © C. Le Forestier, Inrap. Fouille Stéphane Marion, Inrap.
› p. 169 : © E. Jacquot, CG93.
Fouille Stéphane Marion, Inrap.
› p. 172 : © Myr Muratet, Inrap.
Fouille Franck Verneau, Inrap.

Les arts de la table à la Renaissance
› p. 175 : © L. de Cargouët, Inrap. Fouille Xavier Peixoto, Inrap.
› p. 176 : © L. de Cargouët, Inrap. Fouille Xavier Peixoto, Inrap.
› p. 179 : © D. Bossut, Inrap.
Fouille Vincent Lascour, Inrap.
› p. 180 : © D. Bossut, Inrap.
Fouille Vincent Lascour, Inrap.

L'archéobotanique, une discipline en pleine expansion

› p. 277 : © et fouille T. Pertlwieser, univ. Vienne/ARAFA.
› p. 278 : © Loïc de Cargouët, Inrap. Fouille Nicolas Tikonoff, Inrap.
› p. 281 © Sylvie Coubray, Inrap.
› p. 282-283 : © Manon Cabanis, Inrap.

Rendre l'objet bavard

› p. 285 : © Hervé Paitier, Inrap. Fouille Cyril Marcigny.
› p. 286 : © et fouille Alban Horry, Inrap.
› p. 288 : © et fouille François Schneikert, Inrap.
› p. 290 : © Inrap-Image ET.

L'archéologie portuaire : plongée dans l'Antiquité

› p. 293 : © Lionel Roux, CNRS-Centre Camille Jullian.
› p. 295 : © Laurent Vallières, Inrap. Fouille Anne Richier, Inrap.
› p. 296 : © Loïc Damelet, CNRS-Centre Camille Jullian.
› p. 298 : © Loïc Damelet, CNRS-Centre Camille Jullian Fouille Souen Fontaine, Drassm.

Conclusion

› p. 301 : © Denis Gliksman, Inrap. Fouille Véronique Brunet-Gaston, Inrap.
› p. 302 : © Denis Gliksman, Inrap. Fouille Véronique Brunet-Gaston, Inrap.
› p. 304-305 : © Myr Muratet, Inrap.
› p. 306 : © Rémi Bénali, Inrap. Fouille Véronique Canut, Inrap.
› p. 309 : © Bibliothèque d'Amiens Métropole.

Inrap

p. 321 : © Myr Muratet, Inrap.

Malgré nos recherches, nous n'avons pu retrouver certains photographes ou leurs ayants droit afin de solliciter l'autorisation de reproduction. Nous les invitons à se manifester auprès de l'éditeur.

Couverture

Plat I

› Verre à pied de Venise du XVIe siècle, exhumé du fossé du château de la Phalecque à Lille (Nord).
© Dominique Bossut, Inrap. Fouille Vincent Lascour, Inrap.
› Biface provenant de l'atelier de débitage du Paléolithique moyen de Saint-Amand-les-Eaux (Nord).
© Dominique Bossut, Inrap. Fouille Philippe Feray, Inrap.
› Montre à gousset retrouvée lors de la fouille d'un cimetière provisoire français de la Grande Guerre, à Soupir (Aisne).
© Denis Gliksman, Inrap. Fouille Bénédicte Hénon, Inrap.
› Détail de l'anse d'un chaudron au décor figurant le dieu-fleuve Acheloos. Complexe funéraire de Lavau (Aube), Ve siècle avant notre ère.
© Denis Gliksman, Inrap. Fouille Bastien Dubuis, Inrap.
› Vase recueilli dans la tombe étrusque de Lamajone (Haute-Corse), IVe siècle avant notre ère.
© Pascal Druelle. Fouille Laurent Vidal, Inrap.

Plat IV

› Détail d'un porte-allumettes publicitaire retrouvé dans un dépotoir à Vénissieux (Rhône), début du XXe siècle.
© et fouille Alban Horry, Inrap.
› Peigne en buis trouvé dans l'ancien lit de la rivière Vesle à Reims, fin du IIe-IIIe siècle.
© Jean-Jacques Bigot, Inrap. Fouille Agnès Balmelle, Inrap.

Rabat avant

› Décor peint découvert sur le site de la verrerie de Trinquetaille à Arles, Ier siècle avant notre ère.
© Rémi Bénali, Inrap. Fouille Marie-Pierre Rothé, Musée départemental Arles antique.

Rabat arrière

› Boucle d'oreille en or retrouvée dans la tombe étrusque de Lamajone (Haute-Corse), IVe siècle avant notre ère.
© Pascal Druelle. Fouille Laurent Vidal, Inrap.
› Tesson de faïence fine découvert dans un dépotoir à Vénissieux (Rhône), début du XXe siècle.
© et fouille Alban Horry, Inrap.

L'INSTITUT NATIONAL DE RECHERCHES ARCHÉOLOGIQUES PRÉVENTIVES

L'Institut national de recherches archéologiques préventives (Inrap) est un établissement public placé sous la tutelle des ministères de la Culture et de la Recherche. Ses missions s'étendent de la détection et de l'étude du patrimoine archéologique en amont des travaux d'aménagement du territoire à la transmission et à la diffusion culturelle de l'archéologie au public le plus large (ouverture de chantiers, expositions, publications, production audiovisuelle, colloques...). Compétent sur l'ensemble du territoire, pour toutes les périodes, de la préhistoire à nos jours, il intervient dans tout type de contexte qu'il soit urbain, rural, subaquatique et sous-marin.

Première structure de recherche archéologique en Europe et présent dans la France entière, l'institut assure l'analyse et l'interprétation des données relevées sur le terrain jusqu'à la diffusion des résultats de ses recherches auprès de la communauté scientifique et au partage de la connaissance avec le grand public. Une grande partie de ses chercheurs travaillent en étroite collaboration avec le ministère de la Culture, les universités, le CNRS et de nombreux organismes de recherche.

Et sur les 20 ans de politique de diffusion de la recherche : inrap.fr/publications-9874

inrap.fr

De la prescription de l'opération de terrain à la conservation du mobilier archéologique, en passant par la gestion administrative et financière des dossiers jusqu'à la valorisation des archives, le processus d'archéologie préventive dépasse de beaucoup la seule mise en avant des « belles découvertes ». C'est à l'ensemble des acteurs qui participent à ces missions que cet ouvrage est dédié.

Édition : Sandrine Bachmeyer (Inrap)
et Christian Counillon (Flammarion).
Rewriting : Romain Pigeaud.
Correction : Laurence Godec.
Mise en pages : offparis.fr
Iconographie : Valérie Bureau (Inrap)
et Marthe Pilven (Flammarion).
Fabrication : Louisa Hanifi et Christelle
Lemonnier (Flammarion).
Gravure : IGS.

INRAP
Présidence : Dominique Garcia
Direction générale : Daniel Guérin
**Direction du développement culturel et
de la communication :** Thérésia Duvernay

Achevé d'imprimer en septembre 2021 par GPS Group, Slovénie